ノストラダムス・エイジ

NOSTRADAMUS AGE

YUKIKO MARI

真梨幸子

祥伝社

ノストラダムス・エイジ

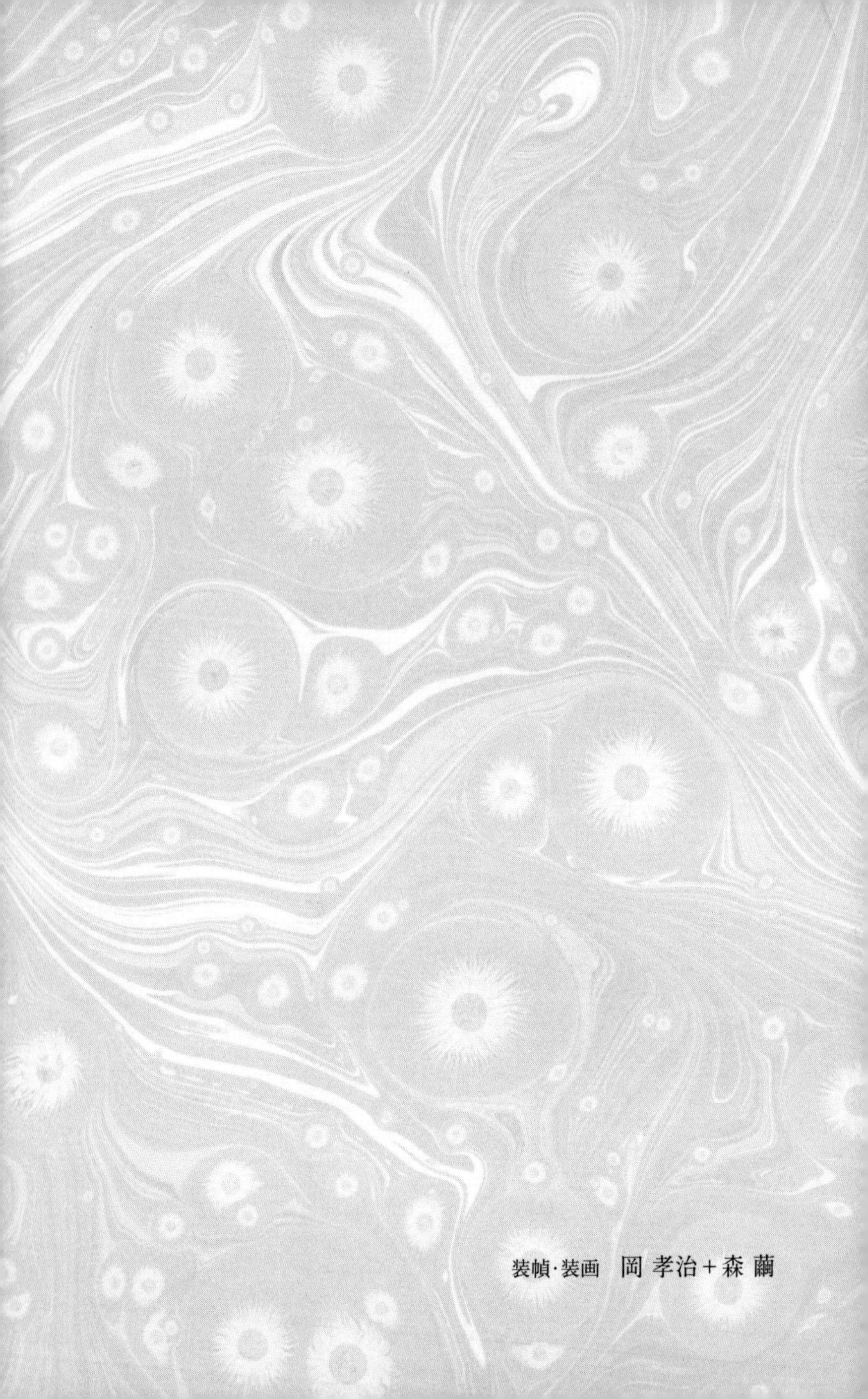

装幀・装画　岡 孝治＋森 繭

Contents

人物相関図

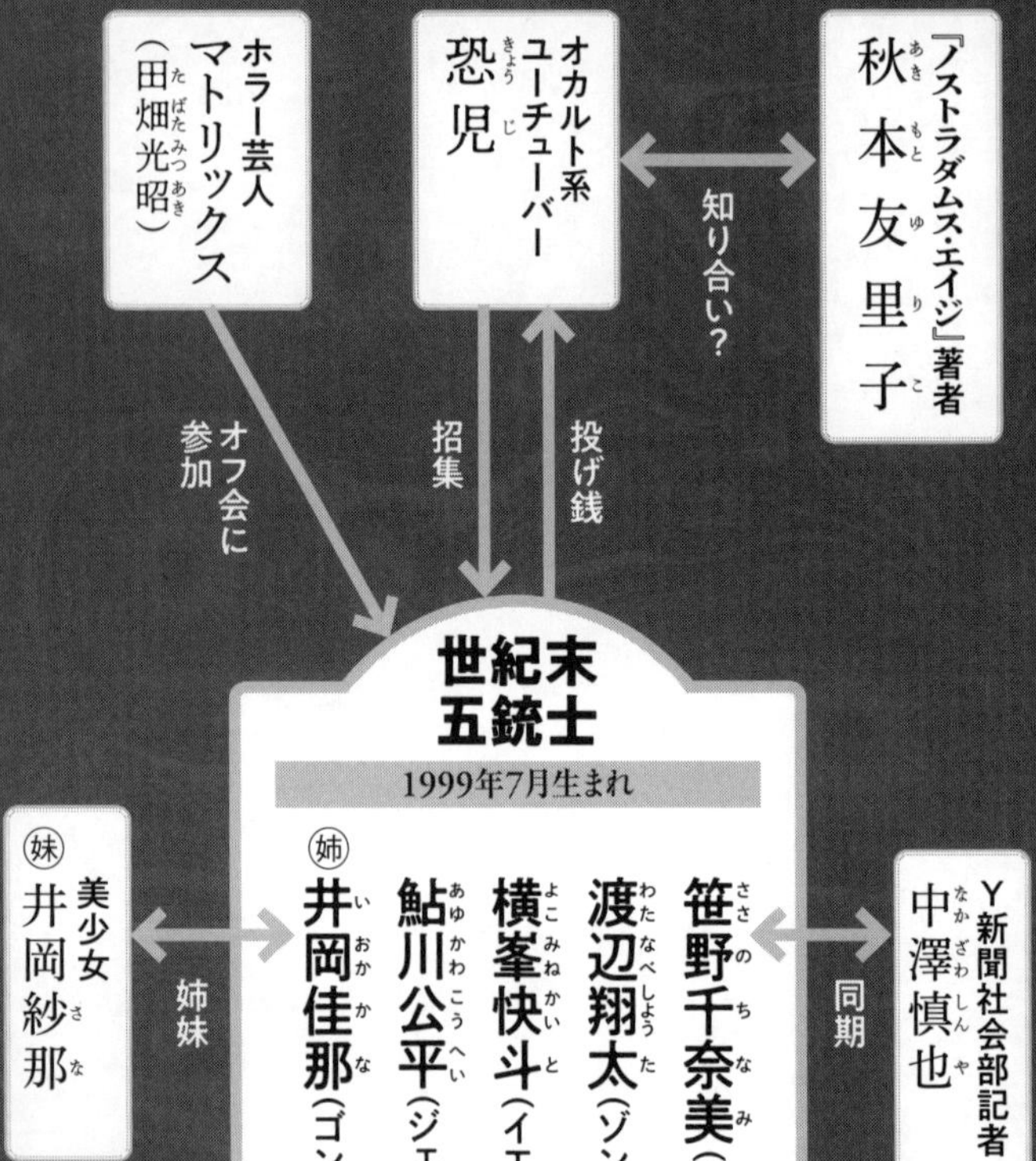

ホラー芸人
マトリックス
（田《た》畑《ばた》光《みつ》昭《あき》）
オカルト系
ユーチューバー
恐《きょう》児《じ》
『ノストラダムス・エイジ』著者
秋《あき》本《もと》友《ゆ》里《り》子《こ》
知り合い？
オフ会に
参加
招集
投げ銭
世紀末
五銃士
1999年7月生まれ
㊛
美少女
井《い》岡《おか》紗《さ》那《な》
姉妹
姉
井《い》岡《おか》佳《か》那《な》（ゴンベエ）
鮎《あゆ》川《かわ》公《こう》平《へい》（ジェイソン）
横《よこ》峯《みね》快《かい》斗《と》（イエヤス）
渡《わた》辺《なべ》翔《しょう》太《た》（ゾンビ）
笹《ささ》野《の》千《ち》奈《な》美《み》（キャリー）
同期
Y新聞社会部記者
中《なか》澤《ざわ》慎《しん》也《や》

一九九九の年、七の月
空から恐怖の大王が降ってくる
アンゴルモアの大王を復活させるために
その前後の期間、マルスは幸福の名のもとに支配に乗りだすだろう
（五島勉　著『ノストラダムスの大予言』より）

† 巻頭 †

ええ、そうです。私の名前は、秋本友里子《あきもとゆりこ》。

昭和三十七年……西暦でいえば一九六二年に、東京は小金井《こがねい》市で生まれました。今年で、六十歳、還暦です。

独身です。いわゆる、おひとり様というやつです。

結婚したことはありません。ずっとずっと独《ひと》り身です。

なぜか。

だって、一九九九年の七月に、人類は滅亡すると思っていましたから。だから、結婚しても無駄だって。子供を作ったら、子供がかわいそうだって。

五島勉《ごとうべん》さんの『ノストラダムスの大予言《だいよげん》』、知りません？　聞いたことはあるけど、詳しくは知らないって？　そうか。あなた、お若いから。でも、あなた、新聞記者ですよね？　『ノストラダムスの大予言』ぐらい勉強しておかないと。戦後史に残る奇書なんですから。

そう、大ブームだったんですから。私が小学生の頃。

えっと、あれは確か……。私が小学五年生のときだから……そう、昭和四十八（一九七三）年の暮れ。五つ年上の兄が一冊の本を買ってきて、それを熱心に読んでいるんですよ。食事の最中もね。まさに寝食忘れて……な状態。いったいなにを読んでいるのだろう？　そんなに面白い本なのか？　って気になるじゃないですか。で、兄の部屋にこっそり入って、その本を無断拝借したんです。

表紙を見て、いきなり衝撃を受けましたね。

だって、「迫りくる一九九九年七の月、人類滅亡の日」って、はっきり書いてあるんですもの。一九九九年といったら、私、三十七歳じゃない！　私、三十七歳で死ぬんだ！　って。ショックで、その夜は眠れませんでした。

今思えば、あの時点で、私の人生は決まっていたのかもしれませんね。

どうせ三十七歳で死ぬんだ、長生きできないんだ、だったら結婚しても無駄だし、子供だって作らないでおこう……って。

こんなふうに思ったのは、私だけではないと思いますよ。だって、『ノストラダムスの大予言』は、二百万部以上売れた大ベストセラー。大ブームを巻き起こしたんです。特に、少年少女の心を鷲摑《わしづか》みにしました。うちの兄も夢中になりましたし、私のクラスでも「一九九九年」と「人類滅亡」が、流行語になりました。

そうなんです。あの時代はまさに、「ノストラダムス・エイジ」。

おりしも、当時は空前のオカルトブーム。超能力やら心霊やらＵＦＯやらこっくりさんやらが、少年少女の心を支配していました。

兄なんか、ユリ・ゲラーにわざわざ会いに行ったんですから。

ユリ・ゲラーは、さすがにご存じですよね？　え？　知らない？　超能力者ですよ。スプーン曲げが得意でした。……で、兄はそれをテレビで見て、夢中になってしまって。カレーとかを食べるときのスプーンをいっつもポケットに忍ばせて、「曲がれ、曲がれ」って。でも、全然曲がらないんです。だから、ユリ・ゲラーが来日したとき、テレビ局まで会いに行ったんです。スプーン曲げの極意を教わろうと。テレビ局のエントランスで何時間も出待ちして、ちらっとだけですが、本物を見たそうです。兄は、「ユリ・ゲラーから力をもらった！」と喜んでいましたが、スプーンは結局、一度も曲げることはできませんでした。

……実は、ここだけの話、私、スプーンを曲げられるんです。兄が羨《うらや》ましがるので、一度も披露《ひろう》したことはありませんけどね。それに、下手に有名になってマスコミの餌食《えじき》になるのはいやだな……とも思いまして。当時、いたんですよ、マスコミにさんざん利用された哀《あわ》れな超能力少年たちが。彼らは本当に力を持っていたのに、インチキの烙印《らくいん》を押されて、無惨な形で消えていってしまいました。それを目《ま》の当たりにしましたから、私は彼らのようにはなるまいと。……だから、力を封印したんです。

……でも、力って、使わないと衰えるものなんですね。筋肉と同じです。私の力はいつのまにかなくなっていました。……それとも、あれって、子供のときだけの力なのかしら。ユリ・ゲラーのように、大人になっても力が消えない人のほうが珍しいのかしら。

いずれにしても、私は普通の大人になり、普通の人生を歩むことになります。偏差値五十程度の大学に進み、大きくも小さくもない会社に就職し、満員電車に揺られ、九時に出勤し、六時に退社する。

つまらない人生です。何度も転職を考えました。結婚だって考えました。

でも、私の心の奥底にはノストラダムスの大予言がべったりと貼りついていました。まるで、お札《ふだ》のように。

『一九九九年の七月、人類は滅亡する』

私がなにか前向きなことを考えるたびに、その言葉が無数のお札となって私の体を封じるのです。動きを止めるのです。

そして私は三十七歳になり、いよいよ、一九九九年の七月を迎えました。

なにも起きませんでした。

天からはなにも降ってきませんでした。アンゴルモアの大王も復活しませんでした。

というか、アンゴルモアの大王ってなに？

もう、笑うしかありませんでしたよ。私、なにやってんだ？　って。

ええ、分かっています。当時の私は、自身の不甲斐《ふがい》なさをノストラダムスの大予言のせいにしていたのです。思うような仕事ができないのも、結婚できないのも、すべてノストラダムスの大予言のせいにしました。ノストラダムスの大予言を言い訳にして、私は消極的で安易な人生を送ってきたのです。

だから、一九九九年の七月に期待していたんだと思います。人類なんて滅亡してしまえ……！って。そう、私は、人生を終わりにしたかった。こんなつまらない人生、あと何十年も続くと思ったら、耐えられなかった。

今思えば、ちょっとした鬱《うつ》状態だったのかもしれませんね。兄が心配して、「病院に行く？」って何度も誘ってくれましたっけ。

その兄は、ノストラダムスのことなんかすっかり忘れていました。ユリ・ゲラーに会いに行ったことも。スプーンを曲げようと毎日訓練していたことも。

大学に進学した頃から、兄はまるで別人。あんなに好きだったオカルトやホラーをすっかり卒業して、キャンパスライフを謳歌《おうか》してましたっけ。そのときに知り合った女性と後に結婚して。子供も儲《もう》けて。

遺伝子をしっかりと次の世代にまで残した兄と、残せなかった私。生物的には、兄は勝ち組で、私は負け組です。

両親は口にはしませんでしたが、その視線で私たちをよく比較していました。

「兄妹《きょうだい》で、どうしてこうも違ってしまったんだろうね」と。

そんな視線をもらうたびに、言ってやりたかった。

「お兄ちゃんが悪いのよ！　あんな本を買ってくるから！」

……またまた、言い訳です。そう、兄はなにも悪くない。兄があの本を買ってこなくても、私はどこかであの本と巡《めぐ》り合っていたでしょうから。だって、二百万部以上売れた、大ベストセラーなんですから。テレビでも新聞でも、何度も紹介されていた話題の本だったんですから。

兎《と》にも角《かく》にも、一九九九年の八月を無事迎えてしまった私は、糸がきれた凧《たこ》のようでした。ふわふわと空を彷徨《さまよ》いながら、ゆっくりと地上に落ちていく。

そんな私を受けとめてくれたのが、「占い」でした。

そう、私はいつのまにか、デパートの占いコーナーにいたのです。

十五分三千円。結構な額です。それだけあれば豪華な食事ができます。でも当時の私は、どんなに美味《おい》しそうな料理を出されても、画素の粗いモノクロ写真を見せられているようでした。気力も食欲も、そして感情すら渇き切っていました。なのに、なぜ、占いコーナーに立っていたのか。説明できません。「運命」としか。「巡り合わせ」としか。

そのパイプ椅子《いす》に座った途端です。

「今が、転機のときです。いよいよ、生まれ変わるときです。世界は、あなたを待っています」

占い師は言いました。どうってことのない、巣鴨《すがも》の商店街でよく見かけるような、どこにでもいるぽっちゃりとしたおばちゃんでした。でも、その視線は鋭く、私の現在過去未来をすべて見通しているようでした。

占い師はこうも言いました。

「今までは、あなたにとって暗黒の時代でした。なにをやっても空振り、うまくいかなかったことも多かったでしょう。でも、これからは新しい時代の幕開けです。新しい時代は、あなたに味方してくれるでしょう。あなたが望むことをおやりなさい。必ず成功します」

私があまりに死にそうな顔をしているものだから、そんな慰《なぐさ》めを言ったのだろうと思います。でも、占い師の言葉は、少なからず励《はげ》みになりました。心が軽くなったというか。モノクロだった世界に、色彩が戻ったというか。そのあと食べたラーメンの美味しかったこと！　……あのときのチャーシューの味は、たぶん死ぬまで忘れません。チャーシューの旨《うま》みを噛《か》み締めながら、思いました。

「新しい時代がやってきたのだ！」

力がみなぎるようでした。それまでとは嘘《うそ》のように、仕事にも精を出しました。その甲斐あって、課長に昇進しました。部長の席もすぐそこに迫っていました。

でも、結局は会社を辞めたんです。リーマン・ショックで、会社じたいが傾きはじめて、リストラされました。二〇〇九年の暮れのことです。私は、四十七歳になっていました。次の就職先もなかなか決まらず、私は、小金井の実家に戻ることにしました。……肩身が狭かった。私が知っている家はすでになく、兄夫婦とその子供、そして両親が暮らす二世帯住宅に様変わりしていました。もちろん、私の部屋なんかはありません。六畳あるかないかの母の部屋で、身を縮《ちぢ》こまらせて暮らすことになりました。

早く仕事を探して、この家を出なくちゃ。複数の転職サイトに登録し、派遣サイトにも登録し、履歴書も何十枚と書き、ようやく、契約社員の仕事を見つけることができました。新宿《しんじゆく》にある小さな出版会社で、編集アシスタントの仕事です。お給料はそれほどよくはありませんでしたが、とにかく、家を出たかった。急ぎ、職場近くにアパートを探して、下落合《しもおちあい》にお家賃六万円のワンルームを見つけました。さあ、いよいよ引っ越し……という段で、東日本大震災。幸い、家族にも家にも被害はありませんでしたが、福島の原子力発電所が水素爆発した映像を見たとき、私の中に唐突に蘇《よみがえ》ったのが、ノストラダムスの大予言でした。

「ああ、やっぱり、人類は滅亡するんだ。空から降ってくる恐怖の大王って、放射線のことだったんだ！」

私は着《き》の身《み》着のまま、西の方角に逃げました。行くあてなんてありません。とにかく、放射線を避けるように西へ西へと逃げたのです。……あとで聞いた話ですが、実家では大騒ぎになっていたそうです。私が失踪《しっそう》したと。

私が東京に戻ったのは、その一年後のことです。その間、なにをしていたかって？　ネットカフェを渡り歩いていましたよ。まあ、いってみれば、ホームレスみたいなもの。この頃のことはあまり思い出したくもないので、割愛していいですか？

では、二〇一二年の春に飛びますね。

二〇一二年の春、私は東京に戻りました。両親に連れ戻された格好です。

実家はすっかり変わり果てていました。脳梗塞《のうこうそく》を発症した兄は半身不随。兄夫婦は離婚をし、嫁は子供を連れて家を出て行ったそうです。年老いた両親が、兄の介護をしていました。

それにしても、なんて血も涙もない嫁か。兄が半身不随になったとたん、見放すんですから。しかも、財産分与だとかいって兄の口座からごっそりお金を引き出して。それでも足りないと、両親の口座からもお金を引き出したそうです。子供に生前贈与をするからと。そのとき、子供は確か、当時で二十七歳。私の姪《めい》にあたりますが、ほとんど喋《しゃべ》ったことがありませんでした。……なんだか愛想のない子で。二十七歳にもなって定職に就《つ》かず、なんとかっていうアニメの同人誌を作ってましたっけ。そう、おたくだったんです。

ああ、すみません。横道に逸《そ》れましたね。話を戻します。

二〇一二年に実家に戻った私は、兄の介護を手伝いながら、自宅でできる仕事をはじめました。アフィリエイトです。アフィリエイト、これはさすがにご存じですよね？　ネットのコンテンツに広告バナーを表示させて、そのクリック数で収入を得るシステムです。

当時、アフィリエイトといえば、ブログでした。ですから、まずはブログを立ち上げたんですが。……全然なんです。月に百円もいかなかった。そもそも、アクセス数も一日に二十とか三十とか。やっぱり、私には無理なのかな……と半《なか》ば諦《あきら》めていると、いきなりアクセス数が千を超えたんです。ノストラダムスの大予言に言及したときです。他にも、昔体験した不思議な話とか、怪談とか。そういうオカルト的な話題に限って、アクセス数が伸びたんです。「あ、これだ」と思いまして。それで、ブログのタイトルを『ノストラダムス・エイジ』に変更して、内容もオカルトに特化しました。

それでも、高収入とはいきませんでした。月に五万円いけばいいほうで。

でも、お金じゃないんですよ。「使命」。そう、「使命」なんです。

私が「使命」を強く感じたのは、二〇一六年の四月のことです。

夢を見たんです。熊本城が壊れる夢を。そう、二〇一六年四月十四日の熊本地震の予知夢です。でも、私はそれが予知夢だと気が付かず、無視してしまったんです。……夢で見た光景をテレビで見たとき、自分でも驚きました。

夢が当たった！

それだけじゃありません。兄が亡くなり、その後を追うように両親が次々と亡くなる夢も見たのです。それも、当たりました。死因と日付まで、夢で見た通りになったのです。

そして、私は確信しました。

私にはやっぱり力が備わっている。小さい頃、スプーンを曲げられたのもその力のおかげです。でも、私はその力を自ら封印してしまった。世間の目が恐ろしくて、石を投げられることが恐ろしくて、封印してしまったのです！

でも、その力は私を見捨てることはなかった。冬、枯れているように見える草が、土の中で養分を蓄《たくわ》えているように、力は私の中でぐんぐん育っていたのです。そして、いよいよ、力は芽《め》吹《ぶ》いたのです！

特別な力を持つ者は、同時に「使命」も負わなくてはなりません。熊本地震のときは、ひどく後悔しました。予知夢をブログで公開していれば、助かった命もあったんじゃないかって。もう二度と、後悔はしたくない。私は、自身の「使命」に向き合わなければならない。

そう、私の「使命」は、予知夢を広く伝えることです。

予知夢を見たら必ずブログで知らせること。それが、私の「使命」となりました。

その後も、西日本に大洪水が起こる夢、パリのノートルダム大聖堂が火事になる夢、沖縄の首《しゅ》里城《り》が焼け落ちる夢を見ました。その度にブログに書きました。そして、その内容はすべて現実のものになりました。あまりに当たるので、私のブログは徐々に注目されていきました。収入も増えていきましたが、でも、お金じゃないんです！

「使命」なんです！

……でも、二〇一九年の十一月に見た夢は、私を戸惑《とまど》わせました。

それは、世界中の街という街から人がいなくなり、一方、病院には患者が溢《あふ》れている夢でした。そしてオリンピックは延期される。

夢の中で、私はピンときました。

「あ。これ、近い未来のことだ。近い未来に、感染症が世界を覆う。パンデミックがやってくる。そして、そのせいでオリンピックが延期される」

でも、そのときはそれをブログで発表することはありませんでした。だって、あまりに荒唐無稽《こうとうむけい》で、さすがの私も信じられなかったからです。どう考えたって、オリンピックが延期になるはずなんかない。パンデミックもそうです。現在の科学をもってすれば、感染症なんてすぐに収束するはずだ。……そう高を括《くく》ってしまったのです。

なのに、私はその夢をたびたび見ました。そして、夢の中で私は「使命、使命」という言葉を何度も聞きます。

私はなにをすればいいの？　そう聞き返しても、答えは返ってきません。

もたもたしているうちに、二〇一九年の十二月になってしまいました。夢の中の「使命、使命」という言葉はどんどん激しくなり、まるで脅迫されているようでした。仕方なく、私は、ブログで発表します。

「予知夢ではないと思うんですが。こんな夢を見ました。……全世界をパンデミックが襲い、そして、東京オリンピックが延期になります。オリンピックは翌年に開催されるんですが、観客が一人もいないんです。……なんか不思議な夢です」

が、それは現実になってしまいました。

新型コロナウイルス感染症が世界を席巻し、世界中の街という街から人がいなくなり、病院には患者が溢れ、ついにはオリンピックが延期になりました。

まさに、私が見た夢の通りになったんです！

私は、気絶するほど、恐怖しました。

だって。

その予知夢には続きがあるからです。

そう、東京オリンピックが延期され、そして……。

ああ、これを口にしていいものなのか。

私はひどく悩みました。数日間は、寝込んでしまったほどです。そして、私が出した結論は、ブログの閉鎖。

もう無理だと思ったからです。

私には、手に負えない。

「使命」なんていう言葉も吹っ飛ぶような、過酷な日本の未来。

私は、口を閉ざすほうを選択してしまったのです。

+

……さて。少し長くなってしまったが、ご紹介したのは、ある事件の関係者が私に語ってきかせた内容の一部だ。

勘のいい人なら、ピンときたことだろう。

「『小金井市十五人集団自殺、あるいは殺人事件』のことか?」と。

正解だ。二〇二一年の十月二十四日、その衝撃的な事件が世間を驚かせた。

東京都小金井市の一軒家で、十五人の遺体が見つかったのだ。練炭が山積みされていたことから当初は集団自殺と報じられたが、その後捜査すると、十五人全員に殺害された形跡があった。

死亡した十五人に関係性はなかった。年齢も性別も職業もバラバラ。が、いくつか共通点があった。そのひとつは、『オカルトカリスマ・恐児《きょうじ》』(以降『恐児』)というユーチューバーの熱心な視聴者だった……という点だ。

恐児は、オカルト好きな人にはよく知られている、トップユーチューバーだ。私も、何度か視聴したことがある。というのも、検索サイトで「予言」「心霊」「UFO」「超能力」「都市伝説」……といったオカルト的なワードを検索すると、必ず恐児の動画が上位に表示されるからだ。

が、恐児が広く知られるきっかけになったのは、テレビだ。時代遅れ、テレビ離れ……などと言われるようになって久しいが、今でもテレビの影響力は大きい。それまで、オカルト好きの一部にしか知られていなかった恐児は、テレビの深夜番組で紹介されたのをきっかけに、一気にその知名度を上げる。そのときの視聴率は三パーセントほど。ぱっと見は少ない数字だが、一億二千万人の三パーセントといえば、およそ三百六十万人が視聴したことになる。トップユーチューバーの動画でも、三百六十万人の視聴者を集めることはなかなか難しい。

その深夜番組で、どうして恐児が紹介されることになったのか。普段は世の中の流行り物をランキング形式で紹介するポップな番組であるにもかかわらず。

「まあ、季節的なものですよ」

その番組のディレクターは証言する。

「夏になると、怪奇特集をするのが常なんです。風物詩みたいなものですね。例年ですと、心霊動画とか心霊写真とかをランキング形式で紹介するんですが、さすがに、どの動画もどの写真も手垢《てあか》がついてしまっている。というか、フェイクばかりで。ほら、最近は、コンプライアンス的なことがうるさいから、あまりにあからさまな嘘は、扱いにくいんですよ。心霊動画や写真以外に、なにかいいネタはないか……と、企画会議で話を振ってみたら、ある構成作家がこんなことを言うんです。

『やばい動画チャンネルがありますよ』って。『いわゆる、オカルト系動画なんですけどね。でも、ちょっとアレなんですよね。……宗教っぽいというか。百聞は一見に如《し》かず。ちょっと見てみてくださいよ』

言われるがまま、自身のタブレットでそのサイトにアクセスしてみたんですが。

まあ、第一印象は、『なんじゃ、こりゃ』でした」

その動画こそが、恐児のチャンネルだった。ディレクター氏は「なんじゃ、こりゃ」と言いながら、恐児の動画に釘付《くぎづ》けになってしまったのだそうだ。会議の場であることも忘れ、次々と動画をクリックしてしまったとか。

そして、ある動画をクリックしたとき、「あ、これだ」と、直感した。そして「これは、いける」と、大興奮したそうだ。

ディレクター氏を興奮させた動画こそが、『ノストラダムス・エイジ』というブログを紹介したものだった。

『ノストラダムス・エイジ』は、かつて存在したブログで、閲覧数もそれほど多くない。が、「予知夢が当たっている」と、マニアックなオカルトファンには以前から有名だったそうだ。匿《とく》名掲示板《めいけいじばん》などでは、専用のスレッドが立つほどだった。

件《くだん》のディレクター氏いわく、

「『ノストラダムス・エイジ』の目玉は、ずばり〝予知夢〟です。これまたマジで当たっているんですよ！　古くは熊本地震、最近では、新型コロナパンデミック、東京オリンピックの延期。いやー、鳥肌立ちましたね」

しかし、予言とか予知夢とか言われるものには、インチキも多い。というか、インチキだらけだろう。一番多いトリックは、何かが起きたあとに、あたかもそれ以前に予言したかのように装《よそお》うパターンだ。『ノストラダムス・エイジ』もまたその一例だろう。ブログならば、それは簡単だ。投稿した記事を編集すればいい。例えば、地震の場合。地震が起きる前に投稿した記事を、地震が起きたあとに編集して、内容を実際に起きた地震に寄せるのだ。日付は前のままだから、あたかも、地震の前に予言したように見える。

「もちろん、僕もはじめはそれを疑いました。ところが、そうじゃないんですよ。『ノストラダムス・エイジ』に予知夢が投下されるたびに、匿名掲示板の専用スレッドにそのスクショが貼り付けられていたんです。一種のウェブ魚拓《ぎよたく》です。これればかりは、誤魔化《ごまか》しがきかない」

〝スクショ〟とは、言うまでもなくスクリーンショットのことで、端末に表示された画面をそのまま保存することである。ネットでは、その記事や画像が削除されたり編集されたりする前に〝証拠〟として残すことが多い。

「そう、つまり、〝証拠〟があるんです。だからこれは本物だと思ってしまいました。いよいよ、本物が現れた！　唾《つば》をつけなくては！　って」

ディレクター氏は、早速行動に出た。まずは『ノストラダムス・エイジ』の運営者を捜した。が、すでにブログは閉鎖されていて、キャッシュも残っていない。藁《わら》をも摑む思いで恐児の動画チャンネルにコメントをつけてみた。

「『ノストラダムス・エイジ』に取材をしたいのですが、仲介してくれませんでしょうか？」

というのも、恐児の動画では、『ノストラダムス・エイジ』の運営者とメールでやりとりしているシーンが紹介されていたからだ。そのやりとりの様子は、かなり親しげだった。

「結局、恐児を仲介して、『ノストラダムス・エイジ』の運営者と接触することができました。接触といっても、メールですが。

メールのやりとりで、その運営者がブログに記事を投稿していた本人であること、女性であること、昭和三十七年生まれであること、スプーンを曲げたことがあること、ノストラダムスの大予言の信奉者であることを知りました。信奉者というよりは、生まれ変わりだと。そう、自身こそがノストラダムスだっていうんです！　……この時点で、あ、この人、ちゃっとやばめな人？と思ってしまったんですが、でも、予知夢をことごとく当てている事実もある。これは無視できない。それに、仲介者の恐児は、有名なトップユーチューバーで、信者もたくさんいる。なにしろ、チャンネル登録者は八十万人。不義理をしたら動画でなにを言われるか……。まあ、色々と悩みましたが、うちの番組で紹介することにしたんですけど——」

その番組は、大反響だったという。メール、電話、ファクスがじゃんじゃん届いたそうだ。

そして、『ノストラダムス・エイジ』がツイッターのトレンドワード一位に躍り出て、恐児の動画チャンネルの登録者数もさらに増え、百五十万人に達した。

他のオカルト系ユーチューバーも、こぞって『ノストラダムス・エイジ』を扱った。名前を聞けば誰でも知っているあの有名人もこの有名人も、競うように『ノストラダムス・エイジ』について意見をつぶやいた。オカルト界はまさに、ゴールドラッシュのような賑《にぎ》わいを見せはじめた。

ついには、『ノストラダムス・エイジ』を書籍化しようと、大手出版社S傳社《でんしゃ》が乗り出してきた。

「企画は、一発で通りました」

そう証言するのは、S傳社文芸部の男性編集者A氏だ。入社二年目の若手だ。

「ダメ元で企画を出したんですけどね。というのも、うちの部署は純文学寄りの小説を扱っているので、オカルト的なものは門前払いされるだろうと。ところが、部長がやけに食いついて。『俺、ノストラダムスの大予言を信じていたもんだから、婚期が遅れたんだよね』とか言いながら、大乗り気でした。部長、実はオカルトが大好きだったんです。ユリ・ゲラーが来日したときの話とか嬉《うれ》しそうに披露していましたっけ。で、とんとん拍子で企画が通ったのはいいんですが、肝心のブログ、『ノストラダムス・エイジ』は閉鎖中。テレビ関係者に訊《き》いても運営者と突然連絡が取れなくなった……とのこと。はてさてどうするか……と悩んでいたところ、『ノストラダムス・エイジ』の中の人だと名乗る人物が、ツイッターをはじめたんです。新しい予知夢を伝えるために……って。多くの人を救いたいから……って。アカウント名は、『六島勉子《むとうべんこ》』。言わずもがな、『五島勉』をもじったものです。あっという間に三十万人のフォロワーがつきました。恐児が自身の動画で告知したからです。僕もそれで知り、慌《あわ》ててフォローしました。……もちろん、『本物かな?』と疑う気持ちはありました。でも、恐児が太鼓判を押すんです。本物だって。恐児は、オカルト系ユーチューバーの中ではトップクラス、本も何冊か出している人で、社会的信用はあります。だから、間違いないだろう……と。

六島勉子をフォローすると、あちらもフォローを返してくれました。それで、ダイレクトメッセージを出してみたんです。

『ノストラダムス・エイジ』を、S傳社で本にしませんか？　と。

S傳社といえば、自分で言うのもなんですが大手出版社、この国でその名を知らない人はいません。その社名を出せば、大概は即ＯＫをもらえます。が、六島勉子は難色を示しました。金儲《かねもう》けのために予知夢を広めているわけではないと。

正直、断られるなんて思ってもみませんでしたから、面食らいました。と同時に、なにがなんでも出版したい！　という気持ちが募《つの》りました。振られた女にますます恋慕を募《つの》らせる男と同じ心理です。

粘《ねば》り強く、ダイレクトメッセージを送り続けました。そして、ようやくＯＫをもらったのです。ただ、『ノストラダムス・エイジ』は閉鎖してしまって、そこに投稿した記事は手元にない……ということでしたから、恐児の助けを借りて、ネットに点在するスクショをかき集めました。スクショがあらかた集まった時点でゲラにし、刊行日も決定したそのとき。……事件が起きたのです」

六島勉子が偽者《にせもの》だったことが発覚したのだ。なぜ、発覚したのか。

編集者A氏はこう証言する。

「刊行の予告をネット書店に大々的に出した日の翌日です。ある人物から編集部に電話がかかってきました。それは、女性の声でした。

彼女は言いました。六島勉子は偽者だと。なぜなら、『ノストラダムス・エイジ』を運営していたのは自分で、自分が記事を投稿していたのだと。はじめは、とても信じられませんでした。というか、いたずらだと思いました。ですから、適当にあしらってそのときは電話を切ったのですが。電話はしつこくかかってきました」

電話をかけてきた人物こそが、秋本友里子だ。

「あまりにしつこいので、警察に相談しようかと思ったときです。恐児からコンタクトがあったのです。『秋本友里子こそ、本物だ』と。どうやら彼女は恐児にも連絡を入れていたようです。恐児もはじめはいたずらだと思って無視をしていたようなのですが、念のため、六島勉子に確認したんだとか。本物と名乗る人物から連絡があったけど、本物はあなたですよね？……と。そしたら、呆気《あっけ》なく、白状したんだそうです。自分は偽者だと」

そのことはあっという間にネットで拡散された。オカルト業界はそれこそ大騒ぎだった。なぜなら、六島勉子はすでにテレビをはじめ多数のメディアに登場し、それなりに有名だったからだ。が、言われてみれば、六島勉子に直接会った人はいない。そのやりとりはすべてメールかツイッター。テレビで紹介されたときも、メールのやりとりが映し出されるだけ。そうなのだ。誰も六島勉子本人に会っていなかったのだ。声すら聞いてない。編集者A氏もしかり。

一方、秋本友里子は、電話をかけてきた。その声をしっかりと晒《さら》したことになる。

「どちらを信じるか……といえば、やはり後者ですよね」

編集者A氏は、複雑な笑みを浮かべながら言った。

「というか、秋本友里子を信じるしかなかった。だって、本の刊行日はすでに決定していて、それを覆《くつがえ》すことはできなかったんです。だから、僕たちは、秋本友里子著として『ノストラダムス・エイジ』を刊行することにしたのです」

この『ノストラダムス・エイジ』は、十万部のベストセラーとなる。

「本当は、『ノストラダムスの大予言』ぐらい売りたかったのですが、やはり、このご時世、本を売るのは難しいです」

編集者A氏はそう言うが、このご時世に十万部はすごいことだ。ベストセラーと言っていい。

ところが、またもや問題が起きる。

秋本友里子が失踪《しっそう》するのだ。

「ちょうど、『小金井市十五人集団自殺、あるいは殺人事件』が起きて、世の中が騒然としていた頃です。突然、連絡が取れなくなった」

時を同じくして、ユーチューバー恐児の動画配信も閉鎖された。

「連絡もとれなくなったんです。メールを送っても、エラーで戻ってくる。ますます嫌な予感がしました。……恐児に騙《だま》されたんじゃないかって。もっといえば、恐児と秋本友里子はグルなんじゃないかって。もっといえば、六島勉子も……」

確かに、そう疑いたくもなる。だが、恐児は登録者数百五十万人超えの、まさにトップユーチューバーだ。その稼ぎはエリートサラリーマンの年収以上だろう。たぶん、大手出版社の正社員であるA氏よりはるかに稼いでいるはずだ。それほどの成功者が、せっかくのキャリアを投げ打って詐欺《さぎ》？　どうも考えにくい。ちなみに、『ノストラダムス・エイジ』の印税は一千万円ほど。秋本友里子と六島勉子と山分けしても、三百万円ほど。もちろん大金だが、恐児はそれ以上稼いでいたはずだ。

「三人が姿を眩《くら》ました理由は、『小金井市十五人集団自殺、あるいは殺人事件』に関係があるのではないかと考えています。というのも、警察から編集部に連絡がありましてね、亡くなった人全員が、うちから刊行された書籍版『ノストラダムス・エイジ』を手にしていたというのです。しかも、みんな同じページに栞《しおり》が挟まれている。そのページは、『人類滅亡の章』です」

事件現場は異様だったという。

小金井市の一軒家。一階のリビングに十五人の男女が集まり、折り重なるように亡くなっていた。手には書籍版『ノストラダムス・エイジ』。まるで聖書のようにそれを胸に抱いていたという。

（†巻末†につづく）

Chapter 1.

マンデラ・エフェクト

1

問題です。

オーストラリアとニュージーランドの地図を思い浮かべてください。

思い浮かべましたか。

では、実際の地図をお見せしますね。

「え？」

ほら、やっぱり、あなたたちも混乱してしまいましたね。

僕も最初、ひどく混乱しました。まさに、今のあなたたちと同じような顔をしていたと思います。半笑いしながらも、目は怯《おび》えたように見開いている。

「嘘《うそ》だ、嘘だ。記憶と違う！」

そう、記憶と事実が異なる現象を〝マンデラ効果《エフェクト》〟と呼びます。正式な専門用語ではなくて、ネットから生まれたスラングですが。

〝マンデラ効果〟の定義のひとつに、多くの人が、事実と異なる記憶を共有している……という点が挙げられます。そう、個人的なただの記憶違いではないのです。

そもそも、なぜ、〝マンデラ効果〟と呼ばれるようになったのか。

遡《さかのぼ》ること十年。二〇一〇年当時生存していた南アフリカの元大統領ネルソン・マンデラが、もっと以前（一九八〇年代）に獄中死しているはずだ……と言い出す人が大量に現れたことに由来します。しかも、その追悼式の様子や獄中死したあとの南アフリカの混乱なども具体的に記憶している人が多数。事実とはまったく異なる記憶を、大勢の人が共有している……という怪現象が起きたのです。それにちなんで、事実と異なる記憶をたくさんの人が持つことを、ネットでは「マンデラ効果」と呼ぶようになりました。

それ以前にも、事実と異なる記憶を複数の人が持つ現象は、多く存在していました。

日本で有名なのが、「ファンタゴールデンアップル」です。二〇〇〇年頃、某匿名《とくめい》掲示板で、「一九七〇年代に、ファンタゴールデンアップルを飲んだ、見た」という人が多く現れました。が、その年代にファンタゴールデンアップルは発売されていない……というのがメーカーの公式見解。それでも、「いや、自分は間違いなく飲んだ」という記憶を持つ人が次々と現れ、ネットで大論争が巻き起こりました。が、「ただの記憶違いだ」と一方的に否定派が結論づけ、論争は終わるのです。

実は、僕にも、ゴールデンアップルを飲んだ記憶があります。飲んでいる写真もありました。が、その写真はいつのまにか消失してしまったのです。……やっぱり、記憶違いなのかな？と、思っていたのですが。でも、腑《ふ》に落ちなかった。自分だけではなく、こんなに大勢の人が、同じような記憶違いをするものだろうか？

そして、二〇一〇年、マンデラ獄中死の記憶を持つ者が大量に現れた記事を読んで、僕の頭の中にある仮説が浮かんだのです。

「もしかして、パラレルワールドか？」と。

無数の並行世界《パラレルワールド》が同時進行で存在している……という説が今の量子力学のトレンドです。そう、パラレルワールドという考えはただの妄想でもフィクションでもなく、量子力学的には存在する……というのです。

だとしたら、僕たちはひとつの世界を一定方向に進んでいるのではなく、常に無数の世界線とともにある。しかも現在過去未来が同時に存在する。

簡単に言うと、こういうことです。……僕たちは、日々、なにかと選択を迫られる。AかBか、それともCか。その選択肢の数だけ世界は分岐し、Aを選んだ自分とBを選んだ自分と、はたまたCを選んだ自分が同時に存在するというわけです。つまり、選択肢の数だけ世界線が存在し、その数だけ自分が存在するのです。

世界線は常に並行して進行していますが、ときおり、世界線が交わるときがある。例えば、ゴールデンアップルがあった世界線と、ゴールデンアップルがなかった世界線が交わったとき、〝マンデラ効果〟が起きるのです。

最初に出した、質問。オーストラリアとニュージーランドの地図は〝マンデラ効果〟の代表的な一例です。記憶の中にある地図と実際の地図が違うと感じませんでしたか？　そう感じた人は、オーストラリアがもっと南に存在して、そしてニュージーランドがオーストラリアの右上にある世界線から来た人たちです。

え？　意味が分からないって？

簡単なことです。僕たちの意識は、なにかの拍子に世界線をジャンプすることがあるのです。Aという世界線からBという世界線にジャンプすることが。世界線Aと世界線Bはひどく似ていますが、微妙に違っています。その微妙な違いが、〝マンデラ効果〟となるのです。

では、どんなときにジャンプするのか。

僕が考えた仮説では、ジャンプのきっかけを作るのは災害や事件や事故です。そして、大量死。特に大地震などの大災害は時空を歪《ゆが》めて、世界線が乱れるのだと思います。たとえば、阪神《はんしん》・淡路《あわじ》大震災、東日本大震災などの大災害のあとは、〝マンデラ効果〟が起こりやすくなっているのではないかと考えます。それを立証するには、まだまだ証拠を集めないといけませんが。

いかがですか？

その証拠集め、あなたたちも協力してくれませんか？

＋

二〇二〇年の九月二十日。

横峯快斗《よこみねかいと》は、その話を懐疑的な気持ちで聞いていた。が、ワクワクしていることも確かだった。ワクワクしすぎて、腹の調子がおかしくなるほどだった。本屋に入るとお腹《なか》が痛くなるあの現象と似ている。快斗は、話の途中で席を立った。

「どうしたの？」

そう言いながらジャケットの裾《すそ》を摘《つま》んだのはキャリーさんだった。キャリーというのはハンドルネームで、本名は知らない。どうやら、自分に気があるらしい。さっきから、妙に体温が近い。

「ね、イエヤスくん！」

イエヤス……というのは、快斗のハンドルネームだ。徳川家康《とくがわいえやす》からとった。特に深い意味はない。あるとしたら、静岡県生まれ……という点だろうか。

「あ、ちょっと、トイレ」

快斗は、キャリーさんの指からジャケットを救い出すと、トイレに走った。

ここは、池袋《いけぶくろ》西口にあるカラオケボックス。

快斗は、いわゆるオフ会というものに参加している。集まったのは快斗を含めて、六人。そのうち五人の共通点は、動画チャンネル『オカルトカリスマ・恐児』だ。五人とも熱心な閲覧者で、コメント欄の常連だ。

あるとき恐児が、「一九九九年七月生まれの人、手を挙げて！」と配信動画で呼びかけたことがある。そのとき手を挙げたのが、この五人だった。キャリーにジェイソンにゾンビにゴンベエに、そしてイエヤスこと快斗。誰が言い出したのか、いつのまにか『世紀末五銃士《ごじゅうし》』と呼ばれるようになり、それがきっかけで、五人でオフ会をするようになった。

今日、集まったのは、とある怪談イベントが発端だった。客席に、たまたま五人がいた。奇遇だね！（恐児の動画でイベント告知があったからそれほどの奇遇でもないのだが）せっかくだからオフ会しようか？　という流れだ。

そして、もう一人。自称ホラー芸人のマトリックスさんだ。禿《は》げ上がったチビのおっさんだ。誰の知り合いなのかは知らないが、気がつけば、この場にいた。そして、マトリックスさんがタブレット片手にはじめたのが、オーストラリアとニュージーランドの地図の話。面食らったが、つい前のめりで聞いてしまった。腹を下すほどに。

腸の中身をあらかた放出した快斗は、考える人のポーズでしばし、その余韻に浸《ひた》っていた。

温水便座のシャワーが、死ぬほど気持ちいい。気が遠くなりそうだ。

ああ、本当に気持ちがいい……。

あ、と我に返ったとき、シャワーは止まっていた。タイマー付きのシャワーなんだろうか。水の節約のために？　でも、もう少しシャワーに当たりたい、快斗は、左の壁に貼りついたリモコンに視線をやった。

「あれ？」

リモコンがない。……マジか。さっきまであったじゃないか。そうだ、よく見るメーカーのリモコン。「大」のボタンを押したのも覚えている。いったい、どこに行ってしまったんだろう？

左の壁をくまなく捜すが、ない。

なんで？

変な汗が出る。

闇雲《やみくも》に視線を動かしていると、あった。右側の壁に。

「え？　さっきは、左の壁にあった気がするんだけど」

……酔っ払っちゃったかな？

トイレットペーパーをホルダーからカラカラ引き出していると、また違和感。トイレットペーパーの位置、ここだったっけ？

うん？　また違和感。

今度は、ドアがない。

嘘だろう？

さっきまで、前にドアがあったじゃん。俺、そこから入ってきたじゃん！　ドア、どこに行っちゃったんだよ！


「イエヤスくん、遅かったね。どうしたの？」

部屋に戻ると、キャリーさんが早速声をかけてきた。

「いや、トイレのドアがなくなって、パニクってた」

「トイレのドアがなくなった？」

「うん。入ったときは前のほうにあったんだけど、いつのまにか、左側に移動していた」

「やだ、なにそれ！　妖怪の仕業《しわざ》？」

キャリーさんが、真剣に怖がってみせた。……だから、この女は苦手なんだ。なんでもかんでも、妖怪に結びつける。面倒臭い。

そうだ。ここにいる連中は、なんでもかんでも超常現象に結びつけるオカルトマニア。快斗もオカルトは嫌いじゃないが、というかむしろ好きだが（だから、このオフ会に参加しているのだが）、ここまで度がすぎると、引いてしまう。ちょっと風が吹いただけでも「地縛霊の仕業だ！」などと大騒ぎする。……そうじゃないんだよ。俺が求めているのは、そういう子供じみた怖がりではないんだ。科学的に立証できる現象とそうでない現象をきっちり分けて、真実の超常現象を見究《みきわ》めたいんだ。……でも、この連中といると、そんな理想からどんどん離れていってしまう。そろそろ潮時《しおどき》かもしれない、この輪から抜け出すのは。

「ねえねえ、みんな聞いて。イエヤスくん、妖怪のいたずらに遭遇したみたい！　たぶん、枕返しの仲間だよ！」

キャリーさんが、いつもの派手な身振り手振りで、みんなの注目を集める。……ってか、やめろよ、そういうの。

「酔っ払っていただけだよ」

快斗は、冷たく言い放った。

「そう、妖怪は、酔っ払った人とか隙《すき》のある人を狙《ねら》って、いたずらを仕掛けるんだよ！」

だから……。

うん？　キャリーさん、なんだかさっきとちょっと感じが違う。……メイクが違うのか？　俺がトイレに行っている間に、化粧直しでもしたか？　うん？　そういえば、他のメンバーも、なにか違う。ジェイソン、おまえ、そんなに髯《ひげ》が濃かったっけ？　というか、俺がトイレに行っているあいだに、髯が伸びた？　それに、そのTシャツ、なんだかピチパツじゃないか。また太ったか？　だから、食べすぎなんだって！　おまえ、ポテトフライとオニオンフライを、ほぼ一人で食ってたもんな！　俺なんて、ポテトフライ二本しか食ってないのにさ！　っていうか、ジェイソン、おまえ、そんなTシャツ、着てたか？　なんか、さっきと違う気がするんだけど。

うん？　ゾンビも、違う。顔が真っ白だ。さっき、「ずいぶん焼けたね！」「うん、海に行ってきた」なんて話していたのに。今は、まさにゾンビそのものだ！

……そしてゴンベエさん。ますます綺麗《きれい》になった。

快斗は、その美女に改めて見惚《みと》れた。〝ゴンベエ〟なんていうハンドルネームだから、てっきりむさ苦しい男かと思ったら、違った。さらさら黒髪の絵に描いたような美女。そう、まるで昭和の美形アイドルのような。実家にあった古いレコードジャケットのアイドルに似ている。あれは、なんていう名前だったか。……とにかく、ゴンベエさんの美しさは、群を抜いている。しかも、控えめで優しくて、気が利《き》いて。キャリーさんが妖怪の話に熱中しているあいだにも、快斗の前に温かいおしぼりをそっと差し出してくれた。……快斗が、この面倒臭いサークルから抜け出せない理由が、まさにこれだった。ゴンベエさんへの恋心。

「どうしたんですか？」

ゴンベエさんが、顔を覗《のぞ》き込んできた。

え？　嘘だろう？　憧れのゴンベエさんの顔がこんなに間近に！

が、ドキドキと同時に、違和感も覚えた。

ゴンベエさんも、なにか違う。どこが違うんだろう？　どこが？

服は、いつもの白いワンピース。ゴンベエさんの定番だ。……うん？　ピアス？　嘘。ゴンベエさん、ピアスだったっけ？　いつ穴を開けたの？　開けないほうがよかったのに……。ああ、ちょっと残念。

あと、他には、他には……。

まるで、難度の高い間違い探しをしているような気分だった。

と、そのとき。部屋には五人しかいないことに気がついた。

「あれ？　ホラー芸人さんがいない」

え？

ゴンベエさんが、さらに顔を覗き込んできた。ジェイソンとゾンビとキャリーさんまで。

「イエヤス、おまえ、本当に大丈夫か？」

ジェイソンが、カビのような髯をさすった。

「そんなことよりさ」ゾンビが、物欲しそうな目でこちらを見る。「例のアレ――」

けたたましいブザー音が鳴り響く。フロントに繋《つな》がっているインターホンだ。たぶん、時間が近づいていることを知らせるコールだろう。

ゴンベエさんが慌《あわ》てて受話器をとった。

「延長、延長！」キャリーさんがゴンベエさんの肘《ひじ》をつっつく。

が、ゴンベエさんはすぐに受話器を元の位置に戻すと、

「ダメですって。延長できないって」

と、申し訳なさそうにぺこりと頭を下げた。さらさらの黒髪が優雅に肩の上を舞う。

あ。分かった。髪の長さが違うんだ！　ゴンベエさんの黒髪は肩甲骨まであったはずだ。でも、今は、肩の上。

……どういうことだ？

あ、やべ。また便意が。快斗は慌ててトイレに走った。

2

カラオケボックスでのオフ会がお開きになったあとも、違和感は続いた。

自宅の最寄駅、Z駅前。小腹が空《す》いたのでラーメンでも食べようかと、いつもの店を目指していたとき。

嘘だろう？　なんで、空き地になってんだ？　一週間前は、ラーメン屋があったよな？　うん、間違いない、一週間前、ここには確かにラーメン屋があった。この一週間で閉店し、さらに店を解体してしまったのだろうか？　確かに、それほど繁盛している店ではなかった。一人で切

り盛りしていた店の大将も腰の曲がった老人で、そう長くはないだろうな……と思ってはいたが。……いくらなんでも、急すぎないか？

「うん？」

ここで、また違和感。

雑草がすごい。一面、得体の知れない草で覆われている。一週間やそこらで生《お》い茂《しげ》ったとは思えないような密度だ。しかも、腰の高さまで生長している。

違和感を抱《いだ》きながらも、快斗は次の店を探した。……とにかく腹が減って仕方がない。オフ会では、ポテトフライを二本食べただけだ。そのあとに、腹を下した。今は、胃も腸も中身は空《から》っぽだ。まさに、空腹だ。何か入れておかないと、朝までもたない。

気がつくと、蕎麦《そば》屋の前にいた。……ああ、ここか。味はいいんだけど、あの大将が怖いんだよな……。むっつりとした表情で、愛想のひとつもない。店内の空気もぴりついている。パワハラもひどくて、いつ行っても、若い店員をねちねちと怒鳴《どな》りつけている。確かに、あの、チビでしゃくれ顎《あご》の男性店員はちょっと動作がのろくて暗くてミスもしがちだけど、あんな怒鳴らなくても……。聞いているほうがまいっちゃうんだよな……。でも、まあ、背に腹は代えられない。もう耐えられないぐらい、腹が減っている。快斗は、その引き戸を開けた。

ここでも、違和感。

「いらっしゃいませ！」

出迎えてくれたのは、いつもの男性店員だったが、その挨拶《あいさつ》は聞いたことがないようなハキハキとした声だった。しかも、笑っている！　笑顔なんて、はじめて見たよ！　呆気《あっけ》にとられていると、店員が、これまたキビキビとした動作で席に案内してくれた。

「らっしゃい！」

カウンター向こうの厨房《ちゅうぼう》からは、大将の声。……笑っている!?　大将の笑顔もはじめて見たよ！

なんだ？　どうした？

しかも、大将と男性店員が、笑顔を交わしている！

驚きのあまり、快斗は、その値段故に注文したことがない特上天ぷら蕎麦を、つい注文してしまった。その値段、二千五百円。……うん？　違う。二千七百円だ！　嘘だろう？　前に来たときは、二千五百円だったじゃないか！　なんで、いきなり二百円も値上がり？

違和感は、自宅に戻っても続いていた。

いつもの部屋だが、でも、違う。……ベッドも棚もちゃぶ台も、位置が微妙に違う！

極め付けは、姿見に映った、自身の姿だった。

「なんで？　なんで俺、こんな服着てんの？」

それは、見たこともないような服だった。買った覚えがない。というか、自分の趣味とはかけ離れた、ストリート系コーデ。……髪まで金髪だ！

『なるほど。それは、もしかしたら、マンデラ効果《エフェクト》のひとつかもしれないなぁ』

そう言ったのは、ホラー芸人のマトリックスさんだった。

立て続けの違和感、そして自身の変わり果てた姿に怖くなり、「誰でもいいから助けてくれ！」とスマートフォンを取り出したとき、咄嗟《とっさ》に頭に浮かんだのがマトリックスさんだった。今日はじめて会った人だが、マトリックスさんなら、なにかヒントをくれるような気がした。

『というか、イエヤスくんも、心のどこかでマンデラ効果だと思ったんでしょう？　だから、僕に電話をくれたんでしょう？』

当たりだった。だから迷わず、マトリックスさんの電話番号をタップしていた。電話番号は、会ってすぐマトリックスさんが交換を迫ってきたのでスマホに登録されていた。

「でも、いまいち、マンデラ効果の理屈が分かりません。俺はどうなっちゃったんでしょう？」

藁《わら》にもすがる思いで訊《き》くと、

『考えられるのは、イエヤスくんが、並行世界にジャンプしたってことだね』

「ジャンプ……」

『そう。世界線Aから世界線Bにジャンプしたんだよ、意識だけ』

「意識だけ……」

『もしかしたら、元いた世界線で、なにか大きな事故とか事件とか災害とかがあって、イエヤスくんの肉体は消えてしまったのかもしれない』

「それで、意識だけが世界線Bに？」

『そう。……聞いた話なんだけど。ある男が歩道を歩いていたら、暴走してきたバイクに轢《ひ》かれたんだそうだ。ああ、完全に死んだな……と思った瞬間、ふぅぅと意識が遠のいて、気がついたら、向こう側の歩道に移動していた。で、バイクは他の歩行者を轢いていたってさ』

「つまり、その男の人は、バイクに轢かれた瞬間に、向こう側の歩道を歩いていた世界線Bにジャンプしたってことですか？」

『そういうこと。イエヤスくんにも、同じことが起きたんだと思う』

「じゃ、元々世界線Bにいた俺の意識はどこに行っちゃったんです？」

『まあ、それは分からないけど。……融合したか、それとも消えたか、はたまた、世界線Cにジャンプしたか』

「つまり、ところてんのように、俺が俺を押し出したってことですか？」

『まあ、そうなるね』

「そんな……」

『そんなに気にすんなよ。どのみちイエヤスくんであるわけだから、同じじゃない』

「いやいや、同じじゃないっすよ。だって、金髪になっているんですよ？　服だって、まるで違う。もはや、別人ですって！」

Chapter 1. マンデラ・エフェクト

『安心して。その違和感もどんどん薄れるから』

「どういうことです？」

『さっき話したバイク事故の男もそうだった。はじめは、違和感まみれの世界に怯《おび》えていて、元の世界に帰りたがっていたけれど、徐々に、元いた世界の記憶が薄れていった。そして、いつのまにか今の世界線に馴染《なじ》んでいた。僕がバイク事故の話を振っても「え？　なんのこと？」って、全然覚えてないいんだよね。しまいには、僕の妄想ってことになってしまったんだよ』

「じゃ、俺も……」

『そう。今、こうして僕と話していることすら忘れると思うよ。だから、悪いけど、この会話、全部録音させてもらっているよ。世界線をジャンプした証拠だからね。つまり、マンデラ効果を立証する証拠だ』

　そういえば、マトリックスさんは、マンデラ効果の証拠を集めていると言っていた。もっともそれは元いた世界線での話だが、今の世界線でも、マトリックスさんの活動は変わっていないようだ。

『ね、近いうちに、会えないかな？』

　マトリックスさんが言った。『君の前の記憶がなくなってしまう前に、実際に会って話を聞いておきたいんだ。できれば、早いほうがいい。その記憶は、長くはもたない。さっきのバイク事故の男の場合、三日で消えてしまったからね。だから、すぐにでも会いたい。……今からは？』

「今からなんて、無理ですよ」

快斗は、腕時計を見た。これだけは前と変わらない。じいちゃんに買ってもらったG-SHOCK。大学入学祝いだ。

うん？　……十九時二十六分？

マジか。まだ、こんなに早かったんだ。カラオケボックスに入ったのが二十時過ぎだったから、もうとっくに、日付が変わっていたと思っていた。……もっともそれは、元いた世界線での話だが。

＋

結局、快斗は、その日のうちにマトリックスさんと再会した。聞くと、マトリックスさんの家も快斗が利用している同じ私鉄沿線にあり、二十分もあれば到着するというので、二十時、Z駅前のカラオケボックスで落ち合った。

またカラオケボックスか……と思ったが、やはり、カラオケボックスが一番落ち着くし、込み入った会話にも適しているし、なによりリーズナブルだ。

快斗がそのカラオケボックスの前に行くと、すでにマトリックスさんが待っていた。すぐに分かった。マトリックスさんは、元いた世界のマトリックスさんとまったく変化がない。チビで四角い顔で頭部が薄くて、そしてしゃくれた顎。髪型も服装もまったく同じだ。その雰囲気も。きっとマトリックスさんは、無数に存在するどの世界線でも売れない芸人のマトリックスさんで、どの世界線でもマンデラ効果の証拠集めを趣味にしているのだろう。

っていうか。マトリックスさんって、何歳なんだろう？


「僕は、昭和四十三年……つまり一九六八年生まれ」

カラオケボックスのフロント。身分証明書の提示を求められたマトリックスさんは、免許証を出しながら、なにかバツの悪そうな感じで訊かれてもいないようなことをべらべらと喋《しゃべ》り出した。

っていうか、うちの父親より年上か！

快斗は、マトリックスさんから少し距離をとった。

このフロントの女性、俺たちのことをどう思っているだろうか？　親子？　それとも歳の離れたゲイカップル？　いずれにしても、なにかイケナイことをしそうな二人に見えたのだろう、だから、身分証明書の提示を求めたのかもしれない。

……考えすぎだった。カウンターには、「初めての方は、身分証明書の提出をお願いします」と書いてある。……うん？　前はあっただろうか？　ここには二、三回入ったことがあるが、身分証明書なんて求められたことはない。……まあ、前の世界線での話だが。

「御同伴の方も、なにか身分を証明するもの、ございますか？」

フロントの女性に言われて、快斗は財布の中を探った。……学生証が確かここに。……あ、あった。引き抜くと、そこには懐かしい自身の顔写真が貼りついていた。チェックのネルシャツを

着た、黒髪の男。快斗は、学生証を差し出しながら、

「金髪にしたのは、最近のことなんです。ちょっと、失敗しちゃって……」

と、訊かれてもないことをべらべらと喋り出した。さらに、

「あ、実は俺、芸人を目指していて、今日は、芸人の先輩にネタのことで相談しようと思いまして……」

と、まるっきり事実とは異なる嘘までついていた。

というのも、フロントの壁に貼られていた指名手配のチラシに気がついたからだ。どんな事件の犯人かは知らないが、金髪だ。間違えられたらシャレにならない。

フロントの女性はにこりともせずに、マイクが二本入った小さなカゴをカウンターに置いた。

「では、とりあえず、一時間でよろしいでしょうか？　延長するときは、インターホンでお知らせください」


「なんだか、緊張した」

マトリックスさんが、脱力するようにソファーになだれ込んだ。

「僕、昔から苦手なんだよね、受付とか窓口とかって。なんかほら、ああいうところにいる人って、怖くない？　慇懃《いんぎん》無礼《ぶれい》というか、こちらのすべてを見透《みす》かしているというか。だから極度に緊張しちゃって、喋らなくてもいいことまで喋っちゃうんだよね」

まったく同感だが、でも、マトリックスさんは芸人だろう？　芸人なら、どんな場面でも華麗

に対応しなくちゃ。なのにさっきのあんた、まるで不審者だよ。……まったく、そんなんだから、五十代になっても、売れない芸人なんかしているんじゃないの？　あんたより年下の俺の父親なんて、もうすでに会社の社長だからな。地元じゃ、名士で通っている。

「とりあえず、なんか食う？」

マトリックスさんが、メニューを開いた。

「ああ、俺はいいっす。さっき、特上天ぷら蕎麦を食ったから」

「あ、そう。じゃ、僕、頼んでいい？」

「どうぞどうぞ。……俺はコーラをお願いします」

十分後、テーブルには大量の料理が並んだ。唐揚《からあ》げ、たらこスパゲッティ、えびピラフ、ツナサラダ、ホットドッグ、そしてポテトフライ。

「これ、全部食うんですか？」

呆気にとられていると、

「まあね。朝からなにも食べてないんだよ」

朝から？　でも、さっき、カラオケボックスで……。ああ、そうか、それは世界線Aの話か。

料理を見ていたら、なんだかちょっと腹が減ってきた。ポテトフライに手を伸ばす。

「イエヤスくんって、揚げ物が好きなんだね」

「え？」

「だって、天ぷら蕎麦を食べたんでしょう？」

「ええ、まあ」

「だから、ハンドルネームがイエヤスなの？　徳川家康も、揚げ物が大好きだったよね」

「別に、そういう理由じゃないんですけど」

「気をつけなよ。徳川家康は天ぷらにあたって死んでるからさ」

…………。

変な間が空く。快斗は話題を変えた。

「ところで、マトリックスさんはなんで、マンデラ効果の証拠集めをしているんですか？」

「ジャンプの秘訣を知りたくってさ」

「……は？」

「秘訣が分かったら、意識的にジャンプできるかな……って」

「どうして、ジャンプ、したいんですか？」

「だってやっぱり、怖いじゃん」

「なにが？」

「人類滅亡」

「……はい？」

「人類が滅亡するその瞬間に、人類が滅亡しない世界線にジャンプしたいんだよ」

「…………」

やっぱり、この人は危ない人だ。なんで、こんな人を頼っちゃったかな……。快斗は、二本目

のポテトフライをつまみながら、

「人類が滅亡するって、本気で思ってんですか？」

「そりゃそうだよ！　『ノストラダムス・エイジ』、知ってるでしょう？」

「ああ、あれ」

恐児の動画チャンネルで紹介されていたあれか。予知夢がことごとく当たっているという。

でも、あんなの、インチキだよ。必ず、なにかトリックがあるはずだ。

半笑いしていると、マトリックスさんが身を乗り出してきた。

「『ノストラダムス・エイジ』は、新型コロナのパンデミックと東京オリンピックの延期を予言したところで終わっているけれど、実は、そのあとがあるらしいんだ」

「そうなんすか？」

「なんでも、『人類滅亡』の予言らしい。しかも、人類滅亡は案外すぐのことで――」

なるほど。それで、その日その時に備えて、並行世界にジャンプする秘訣を探しているってわけか。

馬鹿馬鹿しい。

と、三本目のポテトフライをつまんだとき、腸が突然蠕動《ぜんどう》運動をはじめた。

マジか！

快斗は、トイレに走った。

腸の中身をあらかた放出した快斗は、考える人のポーズでしばし、その余韻に浸っていた。

温水便座のシャワーが、死ぬほど気持ちいい。気が遠くなりそうだ。

ああ、本当に気持ちがいい……。

あ、と我に返ったとき、シャワーは止まっていた。タイマー付きのシャワーなんだろうか。水の節約のために？　でも、もう少しシャワーに当たりたい、快斗は、左の壁に貼りついたリモコンに視線をやった。

……うん？　このシチュエーション。オフ会のときとまったく同じだ。

「あ」

そうか。分かった！

自分は、あの瞬間に、並行世界をジャンプしたんだ！　そう、トイレで用を足しているときに！

3

「マトリックスさん！　分かりましたよ！　ジャンプの秘訣が！　災害でも事件でも事故でもなくて、トイレで――」

快斗が部屋に戻ると、そこにいたのは、キャリーさんにジェイソンにゾンビだった。

「なんで？」

Chapter
1.
マンデラ・エフェクト

快斗は、混乱した。

「なんで、オフ会に戻っているんだ？」

まさか、世界線Cにジャンプした？

「イエヤスくん、遅かったね。どうしたの？」

キャリーさんが声をかけてきた。

「いや、トイレのドアがなくなって、パニクってた」

快斗の口から、勝手に言葉が出る。

「トイレのドアがなくなった？」

「うん。入ったときは前のほうにあったんだけど、いつのまにか、左側に移動していた」

「やだ、なにそれ！　妖怪の仕業？」

しかも、時間が巻き戻っている？

「どうしましたか？」

そう言いながら顔を覗き込んできたのは……誰？

長いまつ毛にさらさらの黒髪ボブカット。ゴンベエさん？

いや、ゴンベエさんに似ているけれど、違う。なにより、制服を着ている。この制服は……T館高等部のものだ。

え？　もしかして、時間が戻りすぎて、ゴンベエさん、女子高校生になっちゃった？

呆気にとられていると、

「イエヤスくん、本当に大丈夫？」

と、今度はジェイソンが顔を覗き込んできた。ジェイソンは、いつものジェイソンだ。小太りの丸い顔、そして……スーツ姿？　なんだ、どうした、そんな格好して？　いつもはラフなＴシャツとジーパン姿なのに。髯も剃《そ》ってスッキリしているし、髪の毛も短くなってさ。なんだかまるで、つまらないサラリーマンのようじゃないか。

「やっぱりさ、イエヤスくん、一度、病院に行ったほうがいいんじゃないか？」

と、肩に手を置いたのは、……ゾンビ？　前に見たときは白い顔だったのに、目の前の顔はうっすらと焼けている。しかも、ゾンビまでスーツ姿。……メガネまでかけちゃって。やっぱり、つまらないサラリーマンのようだ。

快斗は、肩に置かれた手をはね除《の》けると、

「病院？　なんで？　どこも悪くないよ」

そして、平常心を装《よそお》いながら、ソファーに体を沈めた。

が、実際は、心臓がばくばくいって、今にも爆発しそうだ。

だって、目の前の光景は、ただごとではない。キャリーさんにジェイソンにゾンビ。そして、女子高校生のゴンベエさん。

世界線Ｃだとして、いったい、これはどういう状況なんだ？　というか、いったい、今は――。

日付を確かめようと左手首を上げてみるが、そこに巻き付いているはずのG-SHOCKがない！

なんで？　いつでもどこでも、スマホを忘れたときだって絶対に忘れたことがないG-SHOCK。快斗は、その手首を何度か摩《さす》ってみた。当たり前だが、G-SHOCKは現れない。怪訝《けげん》そうな四人の視線が、容赦なく降り注ぐ。

快斗はお笑い芸人がするように、「はっはっはっはっ！」と空笑いすると、「えっと。……今日は何月何日だっけ？　そして何時だっけ？」と、なるべく冗談めかして言ってみた。

なのに、四人の視線は真剣そのもの。にこりともしない。そして、

「やだ、イエヤスくん」

と、キャリーさんがあからさまに眉《まゆ》をひそめる。……キャリーさんも、なんだか妙にマジメぶった服を着ている。紺色のパンツスーツ。

「イエヤスくん、さっきも同じことを訊いてなかった？」

キャリーさんが、さらに眉をひそめた。その眉も、妙にきれいに整っていて、まるで、新人OLのようだ。

「んもう。やっぱり、なんだか変だよ、イエヤスくん。一度、検査してもらったほうがいいって」

なんだよ、さっきからみんなして、病院だ検査だと。俺はどこもおかしくない。おかしいのは、世の中のほうだ！　なんなんだよ、この世界線は⁉

パニックになりそうな思考をどうにか抑えつけると、快斗はしつこく質問を投げつけてみた。

「そんなことより、教えてよ。今日は何月何日——」

「今日は、二〇二三年の――」

ゾンビが、自身のスマートフォンの画面をこちらに向けた。

その表示は、ゾンビが言うとおり、二〇二三年の三月二十四日。そして、時間は午後の四時三十二分。

「え？」

快斗は立ち上がった。二〇二三年だって⁉

いつのまに、そんなに時間が経ってしまったんだ！　だって、だって、さっきまで、二〇二〇年九月二十日だったよ。時間が巻き戻ったどころか、進みまくっている！

……じゃ、ゴンベエさんが女子高校生に戻っているのはなぜ？

だめだ、混乱しすぎて、全身から力が抜けていく。

快斗は、再びゆっくりと体をソファーに沈めた。

「なんか、またはじまったみたいだね」

ジェイソンが、肩を竦《すく》めた。

またはじまった？　なにが？　なにがはじまったって？

「えっと。じゃ、最初から説明するね、イエヤスくん」ジェイソンが、オニオンフライをつまみながら、子供に語りかけるように言った。「今日は、例の事件の真相を解明するために、元『世紀末五銃士』が集まっている」

「例の事件？　元？」快斗は疑問を挟んだ。

「ああ、そっから説明が必要？」ジェイソンが再び肩を竦めた。さらに、「二〇二一年の十月二十四日に起きた、『小金井市十五人集団自殺、あるいは殺人事件』、分かる？」

「小金井市？」

「小金井市の民家で、男女十五人が遺体で見つかった事件だよ。はじめは集団自殺と思われていたんだけど。というのも――」

「『ノストラダムス・エイジ』って本をね、十五人がみんな手にしていたのよ」と、割り込んできたのは、キャリーさんだった。キャリーさんは、目を爛々《らんらん》とさせながら続けた。「『ノストラダムス・エイジ』は、分かるよね？」

「う、うん？」

「ブログ。それが書籍化されたんだよ」と、今度はゾンビが会話に参加した。「書籍版『ノストラダムス・エイジ』の『人類滅亡の章』が、この事件のトリガーだと言われている。その、あまりにも絶望的な内容に感化された十五人が、集団自殺してしまったんだろうと――」

「ところが」またまた、キャリーさんが割り込んできた。「殺人の疑いも浮上しているのよ！それで、元『世紀末五銃士』が今日集まって――」

「あの、だから〝元〟って？」快斗は、すかさず、疑問を差し込んだ。

キャリーさんの目が飛び出るほどに見開かれる。

「うそ。……そこから？」そして、どこか脱力したように、乗り出した体をソファーの背もたれに預けた。

そんなキャリーさんをフォローするかのように、代わって身を乗り出したのは、ジェイソン。

「イエヤスくん、ここにいるメンバー、よく見てみて」

言われて、快斗は、改めて部屋の中にいるメンバー一人一人に視線を飛ばした。

キャリーさん、ジェイソン、ゾンビ、そして女子高校生になったゴンベエさん。

「いや、違う。あの子は、ゴンベエさんの妹だ」

ジェイソンの言葉に、快斗は飛び上がった。

「え？　妹？　なんで？」

「妹さんがぜひ参加したいというから、お呼びした」

「はじめまして。わたし、ゴンベエこと井岡佳那《いおかかな》の妹、井岡紗那《さな》といいます」

「イオカ……サナちゃん……？」

「はい。十七歳の、高校二年生です。よろしくお願いします」

ちょこんと頭を下げるその可愛《かわい》らしさに、快斗の鼓動が、違った意味で速くなる。……ゴンベエさんによく似て、めっちゃ美少女だな。なんなら、ゴンベエさんより可愛いかも。……などと鼻の下を伸ばしていると、

「わたし、どうしてもお姉ちゃんの死の真相を突き止めたいんです。だから、今日はよろしくお願いします」

「死の真相!?」

快斗の鼻の下が、一瞬にして元に戻った。「つまり、ゴンベエさんは死んだってこと？」

「よく聞いてね、イエヤスくん」キャリーさんが、子供に言い聞かせるように説明をはじめた。

『世紀末五銃士』はゴンベエさんの死をきっかけに、自然消滅したの」

続けて、ジェイソンが視線を遠くに飛ばしながら言った。「そして、今日、久しぶりに、こうやって集まったってわけ。ちなみに、このカラオケ店を予約したのはおれ」

「このカラオケ店にしてほしいって、わたしがお願いしたんです」サナちゃんが、蚊の鳴くような声で言った。「お姉ちゃんのノートパソコンが、最近見つかったんです。部屋の収納の奥にありました。パスワードがかかっていたんですが、色々と試して、先週ようやく、解除に成功しました。で、開けてみたら。『世紀末五銃士』のことが。連絡先も」

「それで、ジェイソンに連絡したってわけ？」

快斗が言うと、サナちゃんは小さく頷《うなず》いた。「ジェイソンさんの名前が最初にありましたから。あ、そのあと、イエヤスさん、あなたにも連絡したんです。覚えてませんか？」

「え？」

「だって、イエヤスさん、お姉ちゃんと付き合っていたんですよね？」

「は？」

「お姉ちゃんのパソコンには、イエヤスさんとのツーショット画像もたくさん保存されていました。……動画も」そこでサナちゃんは言葉をとめた。その顔は真っ赤だ。

「いやいやいや。俺とゴンベエさんが付き合っていた？　ないない、それはない！」快斗は、あえておちゃらけてみせた。「ゴンベエさんほどの美女が俺なんか相手にしないよ！　もちろん、俺はゴンベエさんに気があったけど。……でも、完全なる片思いだよ！」

「惚《とぼ》けないでいいよ、そういうの、なんかみっともないからさ」

キャリーさんが、睨《にら》み付けてきた。さらに、ゾンビも睨み付けてきた。……そしてジェイソンも。

「本当は、ずっとそういう関係だったんだろう？　だけど、おれたちには内緒にしていた。五人で集まっているときも、おれたちの目を盗んでいちゃついていたんだろう？」

は？　は？　は？

四人の視線に追い詰められるように、快斗は、壁際に体をすり寄せた。

なんだかよく分からないけど、この世界線では、俺とゴンベエさんは恋人どうしだったらしい。それはとてつもなくラッキーなことだけど、でも、そのゴンベエさんは、死んでしまった。

そんなことってあるかよ！

だったら、元いた世界線に戻してくれよ！　ゴンベエさんと付き合っていなくていいから、ゴンベエさんが生きている世界線へ！

そうだ。ここは、俺がいるべき世界線ではない。ジャンプしなくちゃ、元の世界線に！

「ごめん、俺、ちょっとトイレ！」

快斗は、四人の視線をはね除けると、トイレに走った。

Chapter 1.
マンデラ・エフェクト

いったい、どういうことなんだ？　今日は、二〇二三年の三月二十四日？

二年半も先の世界線にジャンプするなんて。

それに、『小金井市十五人集団自殺、あるいは殺人事件』って、なんだ？　って、ゴンベエさんが死んだ？　なんで？　なんで？

快斗は、便座に座ると、祈るように両手を合わせた。

こんな世界線にはこれ以上いたくない、元いた世界線にジャンプしろ！

………。

……したか？

いや、たぶんしていない。

ドアの位置も温水洗浄便座のリモコンの位置も変わっていない。

温水洗浄便座？　そうか、もしかしたらシャワーがトリガーなのかもしれない。あれにあたっているときの恍惚《こうこつ》感。あれがまさに、世界線をジャンプするときの鍵になるんだ。

よし。

快斗は、ズボンごとパンツを下ろした。……と、そのとき、ズボンのポケットからスマートフォンが飛び出してきた。黄ばんだタイルの床に、無残にも叩《たた》きつけられる。……あ、なんだ。

俺、スマホ持ってたんじゃん。

快斗はそれを拾い上げると、静かに便座に腰を落とした。

スマートフォンの画面にひびが入っている。今の衝撃のせいか？

が、動作には問題ないようだ。サイドボタンを押すと、いつものように起動した。が、その待ち受け画面は、いつ、い、つものものではなかった。

「え？」

ゴンベエさんと自分のツーショット自撮り。いったいどこで撮ったのか、二人ともほぼ半裸だ。

「やべ……」

こんないかがわしい画像を待ち受け画面にした自分に腹が立つ。この世界線の俺は、かなりやばいやつだ。だって、眉毛は半分なくなっているし、髪は金髪だし、なにより、この裏ピース。人差し指と中指の間から、舌を出している。……人前では決してしてはならない卑猥《ひわい》なサインだ。

「やべ……」

その隣のゴンベエさんはさらにやばかった。舌を出して、中指を立てている。その髪はやっぱり金髪で、耳たぶにはドクロのピアス。……あの清楚《せいそ》なゴンベエさんからはまったく想像がつかない。というか、もはや別人だ。

「そうか。この世界線のゴンベエさんは、阿婆擦《あばず》れギャルだったのか……」

こうなると、まったくの赤の他人だ。なんの思慕も憂《うれ》いも浮かんでこない。見知らぬギャルが死んだとて「へー、また誰か死んだんだ」としか思わないだろう。

それでも、気になった。なんで、ゴンベエさんは死んだのか？

快斗は、スマートフォンを握り直すと、検索サイトを表示させた。そして、『小金井市十五人集団自殺』と入力。すると、大量の項目がヒットした。

とりあえずは、最初に表示されていたネット百科事典をクリックしてみる。

『小金井市十五人集団自殺、あるいは殺人事件（通称『ノストラダムス・エイジ事件』）とは、二〇二一年十月二十四日に東京都小金井市の民家で男女十五人の遺体が発見された事件。当初、集団自殺だと報道されていたが、遺体には他殺と疑われる痕跡《こんせき》もあり、無理心中あるいは殺人事件として、現在も捜査が続いている――』

「え？」

快斗の指が止まった。

その死亡者の名前を見ていたときだ。

「田端光昭《たばたみつあき》って。……マトリックスさん？」

そうだ、間違いない。ホラー芸人のマトリックスさんだ。二人でカラオケに行ったとき、運転免許証をちらりと見たが、「田端光昭」という名前だったはずだ。

「つまり、マトリックスさんも、死んだってこと？」

＋

「どうした、イエヤスくん。顔が真っ白だぞ。まるでゾンビだ。てか、ゾンビはオレだけどな！」

トイレから戻ってきた快斗を指さして、ゾンビが面白くもないしゃれを飛ばした。

「ホラー芸人……」

快斗は、呟《つぶや》くように言った。「ホラー芸人のマトリックスさんも、死んだの？」

部屋の空気が、一瞬にしてかちんこちんに固まった。いやな静寂が広がる。その静寂を破ったのは、ジェイソンだった。オニオンフライをつまみ上げると、言った。

「死んだというか。……マトリックスが主犯じゃないかっていう説もある」

「どういうこと？」

「だから、マトリックスが、無理心中をはかったのよ」そう声を上げたのはキャリーさん。

「いや、まだ断定はされてないよ。一部週刊誌がそう言っているだけで」ゾンビが、キャリーさんの言葉を遮《さえぎ》る。が、キャリーさんも黙ってはいない。

「間違いないわよ！　マトリックスが主犯よ！　自分だけ死ねばいいのに、自分以外に十四人も集めて無理心中したのよ！　だって、なんかおかしな人だったじゃん。マンデラ効果《エフェクト》がどうの、世界滅亡がどうのって。マジで、いかれた人だったじゃん！　でしょ、イエヤスくん？」

いきなり名前を呼ばれて、快斗は、「う、うん」と反射的に頷いた。

「そういえばさ、イエヤスくんもなんか洗脳されかかってたよね」

「洗脳？」

「だって、前に言ってたじゃん。『マトリックスさんの言っていたことは本当だった。マンデラ効果は、マジだ』って、真剣な顔で言ってたじゃん」

「そ、そうだっけ？」

「そうだよ。私、そのとき思ったもん。イエヤスくん、マジでオカルト脳になったって」

「オカルト脳？」

そんなことを言われて、快斗もさすがにカチンときた。

「いや、ちょっと待ってよ。ここにいるみんなは、オカルト脳なんじゃないの？　だから、ユーチューバー恐児の動画も熱心に閲覧していたんじゃないの？　キャリーさんだってさ、枕返しがどうのって、すぐに妖怪の話になるじゃん。キャリーさんも、立派なオカルト脳じゃん」

「妖怪は立派な民俗学だからね？　私、大学の専攻は文化人類学で、その流れで妖怪に興味を持っただけだからね。世界が滅亡するだの、マンデラ効果だの、そんなインチキとは全然違うからね」

「インチキ？」

「そうよ、インチキなのよ、詐欺《さぎ》なのよ。古今東西、詐欺師は世界滅亡とか人類滅亡とか、そういうのを出汁《だし》にして、人の恐怖心をあおって、阿漕《あこぎ》な商売をしてきたのよ!」

「おいおい、それは言いすぎじゃないか」首を突っ込んできたのは、ジェイソン。「古今東西、どの宗教にも終末論は存在する。キリスト教だって、イスラム教だって、仏教だって、ヒンドゥー教だって――」

「私から言わせれば、そんな宗教はすべてインチキ。詐欺。洗脳に他ならない!」

キャリーさんの剣幕に、快斗は後ずさりした。

ただの妖怪おたくの不思議ちゃん……だと思っていたが、案外、リアリストなんだ。

「いずれにしても……」

静かにそう言ったのは、ゴンベエさんの妹、サナちゃんだった。その声は小さく弱々しかったが、場の空気を変える〝意志〟がみなぎっていた。

「お姉ちゃんがなぜ死んだのか。わたしが知りたいのは、それだけなんです」

サナちゃんの大きな目から、涙がこぼれ落ちる。

その涙で、空気はすっかり変わった。

「うん、分かった。じゃ、ここでいったん、整理してみないか?」

ジェイソンが、どこぞの塾の講師のような顔で、ぱんぱんと手を叩いた。実際、ジェイソンは有名塾の講師のバイトをしていたはずだ。いつか、聞いたことがある。

「あ、オレ、一応、時系列をレジュメにしてきたよ」

そう言いながら、A4用紙を鞄《かばん》から取り出したのは、ゾンビ。確かゾンビは、ある出版社でバイトをしていると前に言っていた。担当は週刊誌で、情報をまとめるのが仕事らしい。そのせいか、そのレジュメもみごとなものだった。

「私も、まとめてみた」

キャリーさんも、Ａ４用紙をテーブルに広げた。そこには、事件の関係者の相関図がまとめられている。キャリーさんも確か、新聞社でバイトしていたんじゃなかったっけ？

……なんだかんだ言って、みんな、ちゃんと働いてんだな……。働いてないのは、俺だけか？　だって、する必要がない。地元の名士である父親から毎月、たっぷりと仕送りがある。

「実は、わたしも、できる範囲で調べたものをまとめてみたんです」

サナちゃんまでもが、持参したＡ４用紙を広げた。

なんだよ。みんな用意周到じゃないか。……ちょっと、こういうの、やめてくれよ。俺、なんにも用意してないよ。なんか、怠《なま》け者みたいじゃないか。いやんなっちゃうな……と、そわそわしていると、

「イエヤスくんとおれのレジュメと合わせて五枚、集まったね。じゃ、この五枚をひとつひとつ検証してみようか」

と、ジェイソンがもう二枚、Ａ４用紙をテーブルに広げた。

「え？」

それは、紛《まぎ》れもなく、自分の字だった。

「これ、もしかして、俺の？」

「そうだよ。ここに来てすぐに、これを提出したじゃん。やだな、もしかして、もう忘れちゃったの？」

「いや、あの、その」

こういうとき、どうすればいいんだろう？　まさか、自分は世界線Aから来た人間で、この世界線のことはよく知らない……とでも言えばいいのだろうか？　言ったとして、誰が信じるだろう？　キャリーさんにいたっては、またさっきのような剣幕で拒否反応を示すに違いない。……そんなの、面倒だ。まあ、こういうときは、おちゃらけるに限る。

「そうそう、そうだったね。ここに来てすぐに出したんだった。なんだろう、今日は調子が悪いな。はっはっはっはっ」

快斗は、適当にトボけてみたが、場はそんな雰囲気ではなかった。

四人の視線が、ぐさぐさと突き刺さる。

ああ、やっぱり、この世界線、俺には合わない。居心地が悪い。……元の世界に戻りたい！

そうしたら、ゴンベエさんは生きていて、もしかしたら俺の隣に座っていたかもしれないのに。

……なんで、なんで、ゴンベエさんがいない世界線に飛ばされてきたんだ。

なんで！

快斗の頬《ほお》に、いつのまにか涙が流れていた。

四人の視線が、今度は憐《あわ》れみの色に変わる。

快斗は、慌てて取り繕《つくろ》った。

Chapter 1.
マンデラ・エフェクト

「ああ、ごめん。……なんか、ゴンベエさんのことを思い出しちゃって。……なんで死んじゃったんだろう……って」

　快斗の言葉に、キャリーさんが、ふと、息を漏《も》らした。

「そうよ。イエヤスくんがそう言うから、今日はみんなこうして集まっているんだよ」

「え？」

「だから、先週のことだよ。イエヤスくんから電話があってさ。……ゴンベエさん、なんで死んじゃったんだろう？　って。俺たちでその真相を確かめてみないかって。みんなで情報を持ち寄って、検証してみないかって」

「おれのところにも、電話があった」そう言ったのは、ジェイソン。

「右に同じ」ゾンビも追従した。「そして、みんなで会おうってことになって――」

「そんなときに、わたしがジェイソンさんに連絡したんです」そして、サナちゃん。「で、今度みんなで会うんだ……って言うから、わたしも参加させてくださいって。できたら、場所はみなさんがよく使っていたカラオケボックスにしてください……って」

　え？　ということは、発起人は、俺だったの？　ジェイソンではなくて？

「おれはただ、このカラオケボックスを予約しただけ。幹事みたいなもんだよ。言い出しっぺは、イエヤスくん、君だからね」

　そう指をさされて、快斗は反射でのけぞった。

　まったく意味不明《イミフ》だが、こうなったらとことん話を合わせるしかない。

「そ、そうだったね。俺が言い出しっぺだった。なんだか、最近、物忘れがひどくて。はっはっはっはっ」

またもや、場の空気が凍りつく。

快斗は、手をパンとひとつ叩くと、

「じゃ、検証をはじめようか？」

＋

検証をはじめて、一時間が過ぎた。

ここまでの経緯をまとめてみると。

サナちゃんいわく、ゴンベエさん……井岡佳那の様子があるときから急におかしくなった。金髪に染め、服装もギャル風に。きっとまた、彼氏の影響だろうと家族の誰もが思った。というのも、今までにも髪を伸ばしたりベリーショートにしたりと、彼氏が変わるたびにキャラを変えてきた。佳那には昔からそういうところがある。確固たる自分というものを持たず、付き合っている友人や彼氏の好みにすんなり合わせてしまうのだ。まるで、擬態するように。だから、金髪のギャル風キャラになったときも、家族はさして驚きはしなかった。ところが、すぐに以前の姿に戻った。そして、「世界が滅亡する」と言い出した。秋本友里子の預言書『ノストラダムス・エイジ』も肌身離さず持ち歩くようになった。……ああ、また誰かに影響されてしまったんだなと、家族は気にもとめなかったのだが、佳那の言動がいよいよ怪《あや》しくなり、これはとんでもない人と付き合っているのかもしれないと、さすがに家族も心配するようになった。そんなとき、「今まで、ありがとう。向こうの世界で、また会おうね」という置き手紙だけを残して、佳那が失踪《しっそう》。警察に行方《ゆくえ》不明者届を出した翌日、警察から連絡が入る。小金井市の民家で十五人の遺体が見つかった。その一人が佳那の可能性があるので、確認してほしいと。

「じゃ、ご遺体を確認したんだね？」

キャリーさんが訊くと、

「はい。……父と母が確認して、姉に間違いないと」

と、サナちゃんが、唇を震わせた。

「遺体はとってもきれいで、死んでいるようには見えなかったと聞いています」

「練炭があったようだから、きっと苦しまずに死んだんだと思う」キャリーさんが、静かに頷いた。

「……ただ、首に、アザのようなものがあったので、ただの自殺ではないのかもしれないと思ったそうです」サナちゃんがさらに唇を震わせた。

「知り合いの記者にそれとなく聞いたら、十五人全員に、傷のような、あるいはアザのようなものがあったらしい」そう補足したのはゾンビ。「しかもだ。現場となった小金井の民家は、もともとは、秋本友里子の実家だったそうだよ」

「え？　『ノストラダムス・エイジ』の秋本友里子？」反応したのは、ジェイソン。「だとしたら、秋本友里子が黒幕だったりして？」

「っていうか。ユーチューバーの恐児って、今、どうしているんだろうね？」そう言い出したのは、キャリーさん。「突然、動画チャンネルも閉めて、音沙汰《おとさた》ないよね？」

その問いに答えたのは、ゾンビ。「これも、知り合いの記者から聞いた話なんだけど。どうやら、恐児の正体って、マトリックスじゃないかって」

「え？」「そうなの？」「マジ？」「信じられない」

一斉に、驚きの声が上がる。

「ああ、でも、それだったら納得だな……」ジェイソンが腕を組み、ひとり頷いた。「そもそも、秋本友里子を取り上げたのは恐児だったじゃん。それがきっかけで、秋本友里子ブームがオカルト業界界隈で起きて、ついには書籍版『ノストラダムス・エイジ』が発売される。つまりさ、はじめから、恐児が火付け役で、そして黒幕だったんよ」

「そういえばさ」キャリーさんも腕を組むと、「マンデラ効果のことも、恐児の動画で扱っていたことあったよね？　マトリックスさんがマンデラ効果のことを話しはじめたとき、めちゃ、既視感があったんだよね」

「いや、オレは、恐児の正体はマトリックスじゃないと思う」ゾンビが、ひときわ高い声で言った。続けて、

「これも知り合いの記者から聞いた話なんだけど、警察が、恐児を重要参考人として行方を追っているらしい。……そう、恐児はまだ生きているってことだよ。すなわち、マトリックスではな

いってこと。だって、マトリックスはもう死んでいるんだからさ」

「じゃ、恐児は今もどこかで?」ジェイソンが、怪談師のようなおどろおどろしい調子で言った。

場の空気が、またもや凍りついた。何度目だろう。が、今回の凍りつき方は、今までのどれよりも、強力だった。キャリーさんなんか、目をひん剝《む》いて、蠟《ろう》人形のように固まってしまっている。

「……もしかしたら、恐児さん、ここにいたりして?」

快斗は、場の空気を少しでも和《やわ》らげようと、ボケ芸人のようにふざけた調子で言ってみた。が、それは裏目に出たようだ。

四人の視線が、今までのどれよりも鋭く、快斗を射貫《いぬ》く。

「そういえば」真っ先にリアクションをとったのは、ゾンビだった。「これも、知り合いの記者に聞いたんだけど。……事件現場には、腕時計が落ちていたってさ」

腕時計と聞いて、快斗は無意識に自身の左手首を見やった。いうまでもなく、そこにはなにもない。視線を感じ隣を見ると、ジェイソンが快斗の左手首をじっと見ている。そして、

「腕時計? もしかして、G-SHOCK?」

「種類までは分からないけど。でも、メンズだったのは間違いないみたい」

言いながら、ゾンビまでもが視線を快斗の左手首に飛ばしてきた。

「G-SHOCK といえば――」

サナちゃんが、久しぶりに言葉を発した。

「お姉ちゃんが、いつだったか、BABY-Gをしていたときがあったんです」

「BABY-Gって、G-SHOCKの女性版？」すかさずリアクションしたのは、キャリーさん。

「そうです。……お姉ちゃんが残したパソコンの中に入っていた画像で知ったんですが、それは、イエヤスさんと同じ色のBABY-Gでした。たぶん、イエヤスさんのG-SHOCKとお揃《そろ》いです。

……ですよね、イエヤスさん？」

名前を呼ばれて、快斗は、どういうわけか左手首を右手で隠した。

なんでだろう、汗が止まらない。心臓のばくばくも、いよいよ佳境《クライマックス》に入ってきた。

この感覚。

そうだ。秘密がバレそうなときにやってくるパニックだ。

隠していた零《れい》点の答案用紙が親に見つかりそうになったとき、エロ動画を隠れて見ていると後ろから足音が聞こえてきたとき、未成年飲酒がバレて職員室に呼ばれたとき、それからそれから……。

あ。なんだ、この記憶は？

快斗は、頭の中に唐突に浮かんだ映像を凝視した。

知らない家。リビングに、男女が所狭《ところせま》しと座っている。……あ、奥にいるのは、ゴンベエさん？……マトリックスさんもいる。え？なんだ、この場面は。なんだ、この記憶は。

『逃げろ！　今すぐに！』

そんな声が聞こえたような気がして、

「ごめん、俺、トイレ！」

と、快斗は逃げるようにその部屋から飛び出した。

やばい、やばい、やばい！

なんだか知らないけど、とてつもなくやばい！

頭の中に、見覚えのない映像が次々とフラッシュバックする。それは、とんでもない殺人の場面だった。

なんなんだよ、この記憶は！

いったい、世界はどうなっちゃったんだよ！　とにかく、元の世界に戻らなくては。なにも、起きなかった、世界線に！

トイレのドアがすぐそこまで迫っている。快斗は、そのドア目掛けてダッシュした。

4

腸の中身をあらかた放出した快斗は、考える人のポーズでしばし、その余韻に浸っていた。

温水便座のシャワーを出そうと、左手を壁に伸ばしたが、リモコンは見つからない。

え？

もしかして、シャワーの前に、違う世界線にジャンプしたのか？　マジか？

「ああ、よかった……」

快斗は、大きく伸びをした。

ここは、世界線Aか？　それとも世界線Bか？　それとも……。

「え？」

快斗の動きが止まった。

「てか、ここ、どこ？」

随分《ずいぶん》と広いトイレだ。六畳ほどの広さがある。自分の部屋より広いんじゃないか？　随分と豪華なトイレだな。……にしては、なんなんだこの暗さは。じめじめして湿っぽいし。なにより、壁も床も陰気臭《くさ》い。

……え？　畳？　畳敷のトイレ？　随分と変わった趣向のトイレだ。うん？　向こう側にあるのはなんだ？　ストライプ柄の壁か？　それにしても、随分と立体的でリアルなストライプだな。まるで、監獄の鉄柵じゃないか。

え？　監獄？

快斗は、ようやく気がついた。自分が今いる場所に。

5

笹野千奈美《キャリー》は、スマートフォンを静かにデスクに置いた。画面に表示されているのは、『小金井市十五人集団自殺、あるいは殺人事件』の真犯人逮捕を告げるネットニュース。

「なんか、後味悪いよな」

そう言ったのは、鮎川公平《ジェイソン》。「まるで、おれたちがイエヤスくんをハメたみたいで」

「いや、仕方ないよ。あの場合、ああするしかなかった。……警察に通報するしか。だって、突然、トイレの中で暴れ出したんだからさ」

渡辺翔太《ゾンビ》が、無理やり笑みを作る。

「ところで、みんなは、いつからイエヤスこと横峯快斗が怪しいって思っていたんですか？」

そう質問したのは、笹野千奈美《ささのちなみ》の同期で、Y新聞社の社会部の記者、中澤慎也《なかざわしんや》。T大卒の、すらっと背の高い、どこか某野球選手似の好青年だ。

そう、今、千奈美たちは、Y新聞の会議室にいる。『小金井市十五人集団自殺、あるいは殺人事件』の犯人についての取材を受けるためだ。Y新聞社会部は、かつて千奈美がアルバイトをしていた部署で、そして、今の職場でもある。

事件のことを話したら、中澤慎也がまんまと食いついてきた。そして、関係者を集めてくれとお願いされた。中澤慎也に頼まれたら断るわけにはいかない。なにしろ、憧れの君だ。

我ながら、なんて気の多い女なのかと嫌になる。はじめは、あのイエヤスに恋をしていた。育ちがいいおぼっちゃま風で、癖がなくて、ほどよく優しくて、聞き上手で。でも、彼が思いを寄せていたのは、井岡佳那《ゴンベエ》。彼女は、イエヤスのような男はタイプではないと言っていたくせに、陰で付き合っていた。本人たちは内緒にしていたが、二人の外見がみるみるうちに同じような感じにイメチェンしていったので、親密な関係になったことは隠しようがなかった。

だからって、なんであの方向にイメチェンしたのか。あるとき、オフ会に現れた二人は、まるで歌舞伎町《かぶきちよう》のスカウトマンにキャバ嬢のようだった。

でも、キャバ嬢のような風貌《ふうぼう》は少しの間で、事件が起きる前は、すっかり元のゴンベエさんに戻っていた。

「たぶん、それは、マトリックスさんが関係していると思う」

チョコバーを頬張りながらジェイソンが身を乗り出した。「だって、あるときから、マトリックスさん、マトリックスさんって、かなり心酔してたじゃん、ゴンベエさん」

「マトリックスというのは？」

中澤慎也の質問に、今度は千奈美が答えた。

「事件で亡くなった一人で、田端光昭さんです。ホラー芸人と言ってましたが、その正体はユーチューバーの恐児ではないかと――」

「恐児？　ああ、『ノストラダムス・エイジ』を世に広めた？」

「そうです。ゴンベエさんは、熱心な恐児のファンでした。……そう、狂信的なファンでした。それで、なにかのきっかけでマトリックスさんの正体が恐児と噂《うわさ》されていることを知り、呆気なくイエヤスくんを捨て、マトリックスさんに乗り換えたんだと思います」

「つまり、三角関係？」

「はい。事件前、イエヤスくん、かなり荒れてましたからね。あいつをぶっ殺す！　なんてことも言ってました」

「じゃ、もしかして、その三角関係が、あの事件を引き起こした？」

「あるいは……」

「ところで、警察関係者から聞いた話だと、イエヤスこと横峯快斗は、精神鑑定が必要なようだよ」

「精神鑑定？」

「そう。なにか思い当たる節《ふし》は？」

千奈美は、ジェイソンとゾンビに視線を送った。そして、三人で小さく頷いた。

「思い当たる節、あるんだね？」

「はい」答えたのは、ジェイソン。「イエヤスくん、ちょくちょく記憶が飛んでいました。そのせいなのか、マンデラ効果がどうのと言い出すようになって――」

「記憶が飛ぶ？」

「たぶん、記憶障害のひとつだと思います。……うまく説明できないけど、時系列の一部がばっさり削除されるというか。はじめは、一日単位で記憶が飛んでいたようなんですが、それがどんどん長くなって。最後に会ったときは、トイレから出てきたら二年半分の記憶が飛んでいました」

「つまり、本人的には、トイレに入っている間に二年半が過ぎてしまったという感じ？　浦島太郎的な？」

「はい、そんな感覚だったんでしょうね。まさに、意識がジャンプする感じだったのでは」

「なるほど……」

「でも、その後に、不思議とすべての記憶を思い出すんです。で、普通の生活に戻る……と。でも、またなにかのきっかけで記憶が飛んで。そんなことの繰り返しでした」

「なるほど……」

中澤慎也が、一瞬、宙を仰《あお》いだ。そして、

「もしかしたら、横峯快斗、真犯人ではないかもしれないね」

「え？」千奈美は、思わず声を上げた。「でも、自供したんですよ？　自分がやったって」

「うん、確かに、自供した。でも、記憶障害があるってことは、その記憶が本当に正しいのかどうかは、本人にも分からないんじゃないかな。裁判になっても、そこが争点になってくると思うよ」

「じゃ、真犯人は他に……？」

Chapter 2.

龍の子孫

6

いつ頃からだろう。ここに、これができたのは。

井岡紗那は、いつものように右肘《ひじ》のそれにそっと触れた。骨の部分、その横にコリコリとした感触がある。仁丹《じんたん》の粒ほどの小さな小さなコリコリだ。はじめはなにかできものかと思った。が、なかなかなくならない。できものなら、数ヶ月もすれば消えるものだ。が、このコリコリは、ずっとずっとここにある。

まさか、変な病気？

ネットで調べてみても、該当するような項目はない。ネット掲示板で質問してみたが、「ただの軟骨だろ」「気にするな」など、無責任な回答しか得られなかった。

病院に行ったほうがいいだろうか？　でも、大袈裟《おおげさ》にはしたくない。

ママもパパも仕事で忙しい。あの人たちの手を煩《わずら》わせたくない。……だって、またネチネチ言われる。

こういうときは、やっぱり姉の佳那だろう。姉とはそれほど仲がいいわけではないが、でも、いざというときはなにかと役に立つ。

姉は、我が家においてはいわゆる緩衝材で、姉がいるから我が家の均衡は奇跡的にとれている。両親が衝突するたびに、姉がその衝撃を和《やわ》らげてくれるのだ。

例えば、パパの浮気がバレて離婚寸前にまでいったとき、姉が補導された。悪友たちと廃屋に肝試しにでかけて、不法侵入で通報されたのだ。さらにその翌年、今度はママの浮気がバレてまたまた離婚の危機にさらされたとき、姉が風俗のスカウトマンを彼氏だと言って連れてきた。どちらのケースも上を下への大騒ぎで、離婚どころではなくなった。むしろ、夫婦の結束が強まった。

子は鎹《かすがい》というらしいが、まさに姉の佳那は悪い意味での〝鎹〟だった。

いずれにしても、姉のおかげで、この家はなんとかまとまっている。

そんな姉ではあるが、頼りになる存在でもある。六年長く生きているだけあって、紗那が知らないことを知っていたりするし、解決法も見つけてくれたりする。なにより、姉の交友範囲は広い。趣味や嗜好《しこう》が変わるたびに交友範囲を広げ、その交遊録には、下は小学生から上は老人までいるんだとか。……嘘《うそ》か本当かは知らないが、今は、姉に頼るしかない。

「ね、お姉ちゃん、いる？」

姉の部屋のドアを三回ノックすると、

「どうぞ。お入りになって」

と、妙な日本語が返ってきた。

最近の姉は、こんな調子だ。どこぞの貴族のような言葉遣い。どうやら、またなにか変なものにハマってしまったようだ。小説だろうか漫画だろうかアニメだろうか、それとも、男だろうか。

「では、お言葉に甘えて失礼しますね」

紗那まで、変な言葉遣いになってしまった。が、

「げっ」

すぐに、いつもの野蛮な声に戻る。

「なに、これ？　マジか」

姉の部屋に入るのは久しぶりだ。かれこれ一年ぶりだろうか。一年前は、アメリカ西海岸風のポップなインテリアだった。付き合っていた彼氏がサーファーだったのがその理由だ。が、今、目の前に広がる光景は、なんとも形容しづらい、怪《あや》しい雰囲気。無理矢理形容するならば、占い師の部屋という感じか？　いたるところにキャンドルの灯火《ともしび》がゆらめき、妙な気分にさせる香が焚《た》かれている。

思い返せば、ここ最近の服装もなんだか妙だった。白い布をそのまま服にしたような民族衣装風のチュニック。そして、それまで金色に染めていた髪も黒髪に戻した。一見したら清楚《せいそ》系だが、一歩間違えたら宗教《スピリチュアル》系だ。

えええっ。もしかして、今、お姉ちゃんがハマっているのって、そっち系だったりする？　やっぱり、相談するのやめておこうかな……と、踵《きびす》を返そうしたとき、

「紗那さん、まあ、お座りなさいな」

と、姉が紗那の動きを止めた。

って、紗那さんって。なんで、さん付け？

「紗那さん、あなたが悩んでいたのはずいぶんと前から分かってましたよ。いつ、この部屋の扉をノックするのか、ずっと待っていたんです」

「ははは」乾いた笑いが飛び出す。

今までも、彼氏や友人によってキャラを変えてきた擬態女ではあったが、今回は今までとはかなり様子が違う。

って、今回のキャラは、いったいなんなんだ？

「さあ、紗那さん。お座りになって」

再度そう促《うなが》されて、紗那はしぶしぶベッドの端に腰を沈めた。

「さあ、お悩みはなに？　正直におっしゃって」

だから、その妙な言葉遣いやめてくんないかな。背中がむずむずする。……と思いながらも、

「肘が変なんでございます」

と、紗那も妙な丁寧語で応《こた》えた。そして、カットソーの袖《そで》を捲《まく》り上げた。すると、

「あら」

と、姉が紗那の腕を強く引っ張り、自分のほうに引き寄せた。そして、右から左からと、舐《な》めるように紗那の前腕に視線を這《は》わす。

「ど……どうなさいました？」

そんな必要もないのに、紗那は妙な丁寧語を続けた。

「あなた、やっぱり、線がないわ」

「線って？」

「だから、これですよ」

姉も、袖を捲る。むき出しにされた前腕はどこまでも白く、うっすらと浮き出す青い血管すら艶《なま》めかしい。一方、自分は色黒だ。紗那は、思わず、自分の腕を引っ込めた。

なのに、姉は自身の前腕をぐいぐいと押しつけてきた。

「ほら、ごらんなさいな。私の腕のこの部分」

言いながら姉は、腕の内側、肘窩《ちゅうか》と手首の中間を指さした。

「ほら、よくよくごらんなさいな。この部分に、うっすら皺《しわ》がありますでしょう？」

「うん？」

……あ、本当だ。うっすらと、線というか皺がある。

「紗那さん、足を見せて」

「は？」

「だから、足の指を見せて」

「なんで？」

「いいから、見せろ！」

突然のがらっぱちな口調に、紗那は思わず、スリッパを脱いでとりあえず右足を上げた。

「ああ、やっぱり」

姉があからさまに落胆する。

「なにが、やっぱりなの？」

「あなたは、龍の末裔ではない」

「は？」

「残念ながら、あなたは、ただの人」

「は？」

「ママとパパのも確かめてみたけれど、あの二人もただの人だった」

「ちょっとお姉ちゃん、いい加減にしてよ。ただの人、ただの人って。お姉ちゃんだってただの人じゃん！」

「違う。私はただの人ではないの。……私は選ばれし者なの。これがその証拠よ」

そして、姉もスリッパを脱ぎ捨てて、右足をベッドの端に投げ出した。

「小指をよく見て。……これが証拠よ」

7

「なるほど。小指の爪が……」

Y新聞社会部の記者、中澤慎也の言葉に、井岡紗那は顔を赤らめた。テーブルの向こうからその顔が近づいてきたからだ。

カラオケボックスの一室。紗那は「小金井市十五人集団自殺、あるいは殺人事件」の取材に応じているところだ。

笹野千奈美《キャリー》も一緒だと聞いていたが、どうしても外せない用事があると言って、欠席だ。つまり、今、この部屋には紗那と某野球選手似の記者の二人っきり。

この状況、ヤバくない？

だって、わたし、一応女子《J》高校生《K》だし、だから制服姿だし。

いくら取材だからといって、男の人と二人でカラオケボックスの一室にいるなんて。……前も同じようなことがあったけど、あのときもちょっとヤバい感じになった。今は、その十倍、ヤバい感じだ。……ああ、なんで、取材になんか応じてしまったんだろう？

だって、仕方なかった。

姉の佳那がどうして死んだのか。

はじめは自殺だと聞いたから、それなりに納得もした。あの姉だ。いつかこういうことを引き起こすのではないかという予感がずっとあった。

でも、他殺の可能性もある。そう知らされてからは、心が千々《ちぢ》に乱れた。さらに、容疑者が逮捕された。その容疑者は、姉の元彼。さらにさらに心が乱れた。乱れすぎて、もうこの世にいないはずの姉の気配を感じるようにもなった。

昨日なんて、

「紗那ちゃん。早くこっちにおいで。そっちにいたら大変なことになるよ」

なんていう姉の声まで聞こえてきた。

もちろん幻聴だが、〝幻《まぼろし》〟の割にはあまりにはっきりしていて、姉に直接囁《ささや》かれているようだった。

わたしまで、イカれちゃった？

そう怯《おび》えていると、笹野千奈美からメールが来た。三月二十五日、昨日のことだ。

『「小金井市十五人集団自殺、あるいは殺人事件」の真相について、取材させてほしい』

真相って。もう犯人は捕まったじゃん。もっとも、その犯人の記憶は曖昧《あいまい》で、動機も被害者たちとの関係もよく分かってないらしい。このままでは無罪、最悪不起訴になるかも。

無罪？　不起訴？　冗談じゃない。

姉は死んだのだ。このまま有耶無耶《うやむや》にされたら、浮かばれない。

いや、姉は心のどこかで死にたがっていたから、もしかしたら浮かばれているのかもしれないけれど、残されたこちら側がもやもやする。

もっとも、姉が生きていたとしても、その奇行のせいでもやもやしっぱなしだったろうけど。

「うん？」

紗那の視界に、中澤慎也の前腕が飛び込んできた。いつのまにかジャケットを脱ぎ、シャツの袖を捲り上げている。

確かに、この部屋はちょっと暑い。エアコンの設定がおかしいのか。紗那も先ほど、ブレザーを脱いだところだった。

「うん？」

紗那は、中澤慎也の前腕を凝視した。それは男性とは思えないほどのもち肌で、そして産毛《うぶげ》すら見えないほどすべすべしている。

お姉ちゃんの腕も、こんな感じだったな……一方、わたしは色黒で産毛も濃くて……なんていつものコンプレックスを感じていると、

「ね、ちょっとここを見てみて」

と、中澤慎也が、注射を受ける患者のように、さらに前腕を近づけてきた。

「うん？　……あれ？」

その前腕には、うっすらと横皺が見える。そう、まさに、姉の腕にあったのと同じ線だ。

「これ、ネットなんかでは〝漢民線《かんみんせん》〟と呼ばれているんだよ」

中澤慎也がその線を指さした。

「お姉さんの佳那さんの前腕にもあったんだよね？」

「はい。……でも、カンミンセンって？」

「漢民族は知ってる？」

「カンミンゾク？」

「中国の大半を占める民族のこと」

「ああ、漢民族ですね」

「そう。漢民族特有の線なので、〝漢民線〟」

「は……」

「嘘か本当かよく分からないんだけどね、古代漢民族の特徴のひとつみたいなんだ。ほら、蒙古《もうこ》斑《はん》とか蒙古襞《ひだ》とかあるでしょう？　あれと同じで、その民族の血を引く者だけに現れる体の特徴らしいよ」

「蒙古斑とか蒙古襞は聞いたことありますけど。……漢民線というのははじめて聞きました」

「まあ、あまり有名ではないからね。僕だって、最近知った。たぶん、学問的にはスルーされているんだと思う。どちらかというと、迷信とかオカルトの域だ。……ただ、台湾なんかでは割と昔から言われているらしくて、前腕に漢民線がある人は、由緒正しい古代漢民族の血を引く民《たみ》。つまり〝龍の末裔《まつえい》〟だと」

「漢民族って、中国ですよね？　なのに、なんで日本人にもその線があるんですか？」

「あれ？　歴史で習わなかった？　日本列島には、大昔からいるネイティブの縄文《じようもん》人と弥生《やよい》時代に大陸からやってきた渡来人がいるって」

歴史はあまり得意ではない。黙っていると、

「未《いま》だに謎《なぞ》の部分はあるんだけど、日本には約九種類のハプログループがいるということが分かっている――」

「はぷろグループ？」

アイドルのプロダクション？

「ハプログループというのは遺伝的なグループのことで、共通の先祖を持つ集団のことだ。日本人の場合、一番多いのは渡来人の末裔であるタイプＤグループ。たぶん、その遺伝子を持つ人の

一部が〝古代漢民族〟で、漢民線があるんじゃないかと。ちなみに、僕の家族には全員にこの線がある。紗那さんのところはどう？」

「うちは、どうやら姉だけだったようです。わたしにはありません。ほら」

言いながら、紗那は袖を捲ると、前腕を差し出した。

「ご両親もないの？」

「はい」

「へー」

その〝へー〟はなんとも意味深な響きだったが、紗那は話を続けた。

「じゃ、足の指はどうなんですか？　姉の足の指……小指には、本来の爪の他に小さな爪がもう一枚ありました」

「それも、古代漢民族の証《あかし》らしいよ。……つまり〝龍の末裔〟」

「あの。さっきから〝龍の末裔〟って。それなんですか？　そういえば、姉も口にしていましたが」

「僕もよくは分からないんだけど。ネットの一部ではそう言われているんだよ。自ら〝龍の末裔〟と称する人たちが集うサイトもある。……まあ、ちょっと厨二病《ちゆうにびよう》的な集まりだな。世界を救うだの、選ばれし民だの」

「選ばれし民、いかにも姉が好きそうなワードです」

「お姉さんの佳那さんは、ユーチューバー恐児に心酔していたり、世紀末五銃士の一人だったり、そういうものが元々好きだったの？」

「いえ、スピリチュアル系とかオカルト系とかは、むしろ馬鹿にしていたと思います。でも、亡くなる一年ぐらい前から、急に、〝選ばれし者〟とか言い出したんです。だから、家族のみんなで、『ああ、また彼氏が替わったな』って」

「佳那さんは、付き合っている彼氏や友人の影響を受けやすかったとか？　擬態するようにキャラを変えていたとか――」

「はい、そうです。半年ぐらいのサイクルで、姉のキャラは変化《チェンジ》しました。大学に入ったばかりの頃はロリ系。髪もフランス人形のような縦ロール。でも、長続きはせず、すぐにサーファー系になって」

「新しい彼氏がサーファーだったんだ。分かりやすいね」

「はい、部屋もアメリカ西海岸風でした。でも、大学二年生になる頃には、またまたがらりとキャラ変《チェン》して。スピリチュアル系というか、清楚系というか。ユーチューバー恐児にハマったのもその頃です」

「なるほど、なるほど。で、世紀末五銃士の一員になると――」

「学業そっちのけで、イベントとかにも行っていたようです。なんだかんだ、亡くなるまでハマっていたので、姉としてはかなり長いほうです」

「でも佳那さんは、途中で金髪に染めたりして、パ《パ》ーティーピ《リ》ープ《ピ》ル系キャラにもなっているよね？」

「はい。それがよく分からないんですよ。『あ、お姉ちゃん、また彼氏が替わった』とはじめは思っていたんですが」

「彼氏は横峯快斗？」

「だと思うんですが——」

「そもそも、お姉さんは本当に横峯快斗と付き合っていたのか？　っていう疑問がある」

「どういうことです？　だって、証拠もありますよ？　姉のパソコンには、横峯快斗と付き合っていた証拠の画像がたくさん——」

それを発見したときのバツの悪さが蘇《よみがえ》り、紗那は顔を赤らめた。

「ビッチ」

突然そんなことを言われて、紗那は今度は違った意味で顔を赤くした。

「なんですか、唐突に！　失礼な！」

「あ、ごめん。……ということは、君は〝ビッチ〟という言葉の意味を知っているんだね？」

「知ってますよ！　馬鹿にしないでください。尻軽《しりがる》って意味ですよね？」

「そう。お姉さんの佳那さんは、ある時点で〝ビッチ〟と呼ばれるようになる。つまり、佳那さんは、手当たり次第、男と寝ていた……と」

「まさか！」

紗那は、思わず声を荒《あら》らげた。

姉は、奇行を繰り返していたし、いわゆる不思議ちゃんではあったが、貞操観念は人並みにあった。そのとき付き合っている彼氏以外には見向きもしない、一途《いちず》なところもあった。

「お姉ちゃん、そんな淫《みだ》らな性格じゃありません！」

ふと飛び出した〝淫ら〟という言葉に、紗那はさらに顔を赤くした。

「まあ、落ち着いて」中澤慎也が、不誠実な笑みを浮かべた。

こうやって見ると、全然某野球選手に似てない。ただ背が高いだけの、意地悪顔のおっさんだ。よくよく見ると、顎《あご》もしゃくれているし。

紗那はテーブルからグラスをとると、その残りをすべて飲み干した。

え？　これ、烏龍茶《ウーロンちゃ》じゃない！　アイスコーヒーだ！　うそ、まさか、中澤さんのグラスだったの？

紗那の体が、熱湯を浴びせられたようにかっと熱くなる。備え付けの紙ナプキンをあるだけ引き抜くと、ありったけの力を込めて唇を拭《ぬぐ》った。……やだやだ、マジで、キモい。間接キッスしちゃったかも！

パニくる紗那を尻目に、中澤慎也は話を続けた。

「もっとかみ砕《くだ》いて言うと。……お姉さんの佳那さんは、横峯快斗と付き合っていたわけではない。セ《セ》ックスフ《フ》レ《レ》ンドの一人だったにすぎない」

「セフレ！」

紗那は、たまらず立ち上がった。

「やめてください！　これ以上、お姉ちゃんを侮辱《ぶじょく》するなら、わたし、帰ります！」

あんな姉だが、それでも、血のつながった姉だ。姉が侮辱されたということは、自分自身も侮辱されたようなものだ。

「ああ、ごめんごめん。気を悪くしたのなら謝るよ」

中澤慎也が深々と頭を下げる。

……やっぱり、某野球選手に似ている。その顔で謝られたら、許さないわけにはいかない。だって、わたし、某野球選手の大ファンだ。

「あ、すみません、わたしこそ、取り乱して」

紗那は、しずしずとソファーに体を戻した。そして、

「つまり、お姉ちゃんは、同時に複数の男性とお付き合いしていたと？　なぜ、あなたはそう思うんですか？」

「思っているわけではない。取材に基づく真実なんだよ」

「とても信じられません。わたしが知っているお姉ちゃんは――」

「確かに、以前の佳那さんは、君が信じるような佳那さんだったかもしれないけど。でも、佳那さんは大学二年生の頃から大きく変貌《へんぼう》を遂げる」

「大学二年生？」

スピリチュアル系というか、清楚系になった頃だ。……ああ、確かに、あの頃からお姉ちゃんの秘密主義は顕著になった。部屋には自前でロックを取り付け、外出するときもしっかり施錠していた。そのせいで、ここ数年の姉の動向はよく知らない。ただ、相変わらずだったのは、短期

間でキャラをころころ変えていた点だ。突然パリピ系になったときは驚いた。

「佳那さんのキャラ変には、僕も取材してみて、あれ？　と思うことがいくつかあって。それで今日は、紗那さん、君をお呼びしたんだよ」

中澤慎也が手帳をぱらぱらと捲《めく》った。

「じゃ、ちょっと時系列を整理してみるね。二〇一八年、佳那さんはどんな様子だった？」

二〇一八年？　大学に入学したばかりの頃だ。あの頃は割と落ち着いていたかな。キャラ的にはロリ系だった。……ああ、そうだ。声優になりたいなんて言っていた時期だ。当時付き合っていたのが、確かアニメおたく。彼の嗜好に引きずられた形だ。でも、すぐにサーファー系になって。……でも、それもあまり長くは続かなくて、大学二年生になると、髪を真っ黒に染めてストレートパーマをかけて――。

「黒く染める？　ストパ？」

「ああ、姉は元々茶髪なんです。色素が薄いというか。その上、天然パーマなんです。……一方、わたしは色黒で髪も真っ黒でストレート。それがコンプレックスで――」

「コンプレックス？」

「はい。同じ親から生まれた姉妹なのに、どうしてこうも違うんだろう……って」

「違う？」

中澤慎也が、おもむろに腕を組んだ。そして、じっとこちらを見つめてきた。その視線の強さに、紗那は思わず目を逸《そ》らした。

なんだろう。……ドキドキする。

先ほどの間接キッスが唐突に思い出され、紗那の鼓動はさらに速まった。

そういえば、唇が痛い。さっき、ナプキンで強く擦《こす》りすぎた。……血が出てるかも？

と、唇に指を添えたとき、ドアが無遠慮に開いた。

「すみません！　遅れました！」

現れたのは、笹野千奈美だった。

え？　なんで？　今日は欠席のはずでは？

「思いの外《ほか》、用事が早く片付いたので、合流しにきました」

あ、そうなんだ。

いずれにしても、助かった。さっきからずっと閉塞感《へいそく》にさいなまれていた。しかも、男性とふたりきり。居心地の悪さに、呼吸まで乱れる始末。もう限界だった。

「いやだ、紗那ちゃん。顔真っ赤よ。もしかして、お酒飲んでる？」

「まさか！」紗那は立ち上がると全身で否定した。

「ごめんごめん、冗談よ。さあ、座って」

笹野千奈美の両手が紗那の肩を押さえつける。その力に従って、紗那は静かにソファーに沈み込んだ。

「それで、中澤さん」

紗那がおとなしくソファーに座ったことを確認すると、笹野千奈美……キャリーさんは、今度は中澤慎也のほうに体を向けた。

「話はどこまで進みました？」

中澤慎也が手帳を片手に、これまでの話を簡潔に説明する。

「なるほど。……ということは、紗那ちゃんは、佳那《ゴンベエ》さんにコンプレックスを抱《いだ》いていたってことと？」

妙なところで、キャリーさんは食いついた。そして、

「でも、なんでそんなコンプレックスを？」そんな質問を紗那に投げつけてきた。

「え？　……だって」

もじもじと返事に窮《きゅう》していると、

「同じ親から生まれた姉妹なのに、どうしてこうも違うんだろう……って思っているみたい」

と、中澤慎也が代わりに答える。

「え？　嘘でしょ？」キャリーが声を上げた。「だって、ゴンベエさんと紗那ちゃん、そっくりじゃない！　なんなら、紗那ちゃんのほうが可愛《かわい》いよ！」

「は？」

「ああ、なるほど。なんか、ちょっと分かった気がする」

キャリーさんが一人、うんうんと頷《うなず》いた。

「コンプレックスを抱いていたのは、ゴンベエさんのほうだったんだ！」

「まさか！」紗那は再び、立ち上がった。「お姉ちゃんのほうが可愛かった。髪だって茶髪でゆ

るくウェーブがかかっていて、色が白くて――」

「じゃ、なんでゴンベエさんは、ストパをかけて黒髪にしたんだろうね？」

「……それは」

「それは、あなたの容姿に寄せるためよ」

「意味が分かりません」

「まあまあ、いいから、座って、座って」

そしてキャリーさんは再び、その両手で紗那の肩を押さえた。有無を言わせないその力に、紗那は再びソファーに体を沈めた。

キャリーさんはその隣に座ると、

「ちなみにね、ゴンベエさんのこと、私、ずっと男の人だと思ってたんだ。だって、〝ゴンベエ〟だよ？　普通、男の人をイメージするよね？　ところが、オフ会に現れたのは、さらさら黒髪の清楚系の美女。おったまげたわよ。横峯快斗《イエヤス》くんなんて、鼻の下をだらーと伸ばしちゃって。目なんか、あからさまなハート型。一目惚《ぼ》れってやつ。早速、アプローチしてた」

「は……」

「私なんか、嫉妬《しっと》メラメラ。だって、私は私で、イエヤスくんに一目惚れだったから。ああいうお坊ちゃまタイプに、私、弱いんだ」

「は……」

「イエヤスくんだけじゃない。ジェイソンもゾンビも、ゴンベエさんにメロメロ。なんか、私だけのけ者みたいで頭きちゃった」

「は……」

「でも、もっと頭にきてたのは、ゴンベエさんだったと思う。だって、オタサーの姫になるところが、私という邪魔者が入ったんだから。あ、オタサーの姫っていうのは、おたくサークルの紅《こう》一点《いってん》のことね。ほら、おたくサークルって、童貞チックな男子ばかりが集まりがちじゃない？　その中に女子一人が飛び込めば、姫扱いされる。それを狙《ねら》って、男子ばかりのサークルに飛び込む女子は多いのよ」

「それって、もしかして……」中澤慎也が、恐る恐る言葉を差し込んだ。「もしかして、笹野も、それが狙いで？」

「バレちゃいました？」

キャリーさんが、ケラケラと豪快に笑い出した。

「そう、当たり。私、自分で言うのもなんですが、理屈っぽいところがあるんですよね。そのせいか昔から全然モテなくて。女子扱いされることも少なくて、で、非モテをこじらせていたんです。そんなときですよ。たまたま見ていたライブ動画で『一九九九年七月生まれの人、手を挙げて』なんて呼びかけていたんです。そう、ユーチューバー恐児の動画です。あれは、本当にたまたまでした。話題になっている動画としてお勧め表示されたものだから、なんとなく見に行ったんです。

……で、一九九九年七月生まれの人が四人、手を挙げる代わりに投げ銭したんですね。イエヤスにゾンビにジェイソンに、そしてゴンベエ。そしたら、誰かが世紀末四銃士とかコメントして、大盛り上がり。その様子を見ていたら、私まで妙な高揚感に襲われてしまって、『私も、一九九九年七月生まれです！』って、投げ銭してしまった。まったくの嘘だけど。ちなみに、私は、二〇〇〇年の二月生まれ」

「なんで、そんな嘘を？」

中澤慎也の質問に、

「だから、下心ですよ。イエヤスにゾンビにジェイソンに、そしてゴンベエ。どう見たって、男子の集まりじゃないですか。そもそも、ユーチューバー恐児の動画の閲覧者の大半は男性だと聞いたことがある。実際、集まっている人たちの大半は男性のように思えた。ここだったら、私でもイケるかも？　モテるかも？　姫扱いされるかも？　って、変な下心がうずいたんです」

笹野千奈美の独白が続く。

それにしても、明け透《あす》けな人だ。自分の下心まで包み隠さず話せるなんて。

紗那が呆気《あっけ》に取られていると、

「そういえば、なんで、佳那さんは〝ゴンベエ〟なんてハンドルネームだったのかしら。なにか知ってる？」

と、キャリーさんが質問してきた。

そんなの、知るはずない。紗那が首を横に振っていると、

「ちなみに、笹野は、なんで〝キャリー〟なの？」と、中澤慎也。

「え？　キャリーっていえば、スティーヴン・キングのホラー小説『キャリー』じゃないですか。知りません？」

「あ、いや。……ホラー小説はちょっと」

「二回も映画化されたんですけど。紗那ちゃんは知っているわよね？」

　またまた質問されて、紗那は再び首を横に振った。

「あら、知らないの」キャリーさんが、肩を竦《すく》める。そして、

「恐児の動画には、ホラー好きの人がたくさん集まっていてね。ホラーにちなんだハンドルネームにする人が多かったのよ。〝ゾンビ〟とか〝ジェイソン〟とかね。だから、私も〝キャリー〟にしたんだけど。でも、〝ゴンベエ〟は、ホラーとは関係ない。なんでこのハンドルネームにしたのか――」

「そんなことより、佳那さんが妹の紗那ちゃんにコンプレックスを抱いていたとかなんとか。……どういうこと？」

　中澤慎也が、話を強引に戻した。

「……はじめて紗那ちゃんを見たとき、ピンときたんですよ。ゴンベエさんにそっくりだなって」

「いや、それはだって、姉妹だし」

「ううん、そういうことじゃなくて。……赤の他人でも、髪型やメイクや服装を同じにしたら、似てくるじゃないですか？　まったく同じにしたら、双子と錯覚してしまうこともある。双子コ

ーデとかがその例」

「ああ、確かに。阿佐ヶ谷《あさや》姉妹とか、見分けがつかないことあるもんな。よくよく見るとまったく違う顔なのに、同じ髪型、同じメイクで、同じ衣装を着ているとまさに双子のようだ」

「ゴンベエさんと紗那ちゃんも、よく見るとまったく違う。姉妹なのに、むしろ似ていない。そして、紗那ちゃんのほうが明らかに可愛い」

そんな風に褒《ほ》められてどうリアクションしていいか分からず、ストローの袋をこよりにしながらモジモジしていると、

「ほら、そういう仕草。紗那ちゃんは、こういうぶりっ子なことを自然とやる。だから、嫌味がない。でも、意図的にやると、途端に嫌味になる」

ぶりっ子って。今度はディスられた？　不貞腐《ふてくさ》れながらこよりにしたストローの袋をくしゃっと丸めると、

「ほら、そういうところ。紗那ちゃんは無意識にやっているけど、ゴンベエさんは違った。まるで、台本のト書き部分を演じるように、不貞腐れるときも、頭で考えていた」

「あの。言っている意味が全然分からないんですけど」我慢がならず、嫌味を込めて紗那は言った。「もっと分かりやすくお願いします」

「ほら、そういうとこよ。嫌味を言っても、嫌味にならない。天然美少女の特権ね」

「…………」

「だからね。ゴンベエさんは、紗那ちゃんを完コピしていたってこと」

「……？」あまりに意味不明《イミフ》で、言葉にもならない。

「髪型も服装も喋《しゃべ》り方も仕草も、紗那ちゃんを完コピしてたのよ」

「なんでそんなことを？」紗那の疑問を、中澤慎也が代弁する。

「だから、紗那ちゃんに、コンプレックスを抱いていたからじゃないかな」

コンプレックス？

まさか、そんな。

いや、でも、思い当たる節はある。あれは、お姉ちゃんが大学二年生のとき。サーファー系の彼と付き合っていた頃だ。……一度、その彼氏と会う機会があった。まったくの偶然だ。デート中のお姉ちゃんと彼氏に、渋谷駅でばったり会ったのだ。……そのときの彼氏の視線がなにかおかしかった。顔を赤くしながらじっとこちらを見つめてきた。しかも後日、その彼氏から手紙がきた。気持ち悪いので開封しないで捨ててしまったが。思えば、お姉ちゃんが部屋に鍵をかけだしたのは、あれからすぐのことだ。そして、清楚系にキャラ変した。

「姉がわたしの真似《まね》をしていたなんて、嘘です。だって、わたし、清楚系ではないですよ」

紗那は、言い訳するように言った。

「わたしは、どちらかというとガサツ系で。それで、母からもよく注意されるんです、もっと女子力を身につけなさいって。でも、おしゃれとかファッションにもあまり興味がなくて。面倒なので、髪は伸ばしっぱなし、外出するときは制服、家での私服は無印良品の綿のワンピースって決めているんです」

「あらら。まったく自覚がないのね。こりゃ、天然の清楚系女子だわ」

キャリーさんが、呆《あき》れるように言った。そして、

「あなたは、どこからどう見ても、清楚系。ガサツなところまで清楚に映ってしまう、まさに男殺しの生まれながらの清楚系美少女。あなたは気がついてないかもしれないけど、今までに、あなたに恋い焦《こ》がれて何人の男が玉砕《ぎょくさい》していったか。ほら、今だって、玉砕しかけている男が一人」

キャリーさんの視線の先を追うと、そこには中澤慎也。アイスコーヒーのグラスの縁《ふち》を舐めている。

……いやだ、それ、わたしが間違えて飲んだやつだ。

「罪作りな人ね、紗那ちゃんは」

キャリーさんの視線が、今度はこちらに飛んできた。……なんだろう、めちゃ、痛い。

紗那の左手が、いつのまにか右肘を触っている。

いつ頃からだろう。ここにこれができたのは。

そして、気がつくと、これに触っている。そう、今のように緊張した場面とかストレスを感じたときには特に。

『もしかして、それ、チップかも』

そんな姉の声が聞こえたような気がして、紗那はその声の主《ぬし》を思わず探した。

8

『もしかして、それ、チップ、かも』

チップって？

『だから、マイクロチップだよ』

犬とか猫に埋《う》め込んで、個体を識別するやつ？

『そう。でも、あなたの体の中に入っているのは、もっともっと高度なチップよ。なにしろ、宇宙人が埋め込んだものなんだから』

宇宙人⁉

『そうよ。あなた、覚えていない？　宇宙人に誘拐《ゆうかい》されたことを』

宇宙人に……誘拐⁉

『俗に言う、〝エイリアン・アブダクション〟ってやつよ』

聞いたことはあるけど。そんなの、映画とか小説だけの話でしょう？

『ううん、本当の話よ。本当にあるのよ。だって、私も経験しているの』

どういうこと？

『忘れもしない、私が小学四年生のとき。放課後、クラスメイトに誘われて、屋上でＵＦＯを呼んでいたの。そう、いつかテレビでやっていたＵＦＯの呼び出し方を参考にしてね。お祈りするように両手を組んで、目を閉じて、息を一分間止めるの。その間に、心の中でこう唱えるのよ。

〝ほつまつたえのぶ　ほつまつたえのぶ　ほつまつたえのぶ……〟

ってね。すると、なんだか体がふわふわ浮いているような感じになって、気がついたら私、まっ白い部屋の、まっ白いベッドのような台に寝ていたの。

誰かが、見下ろしているんだけど、輪郭しか分からない。だって、まるで太陽のようにものすごく輝いていて。とてもじゃないけど、直視できなかった。

でもね、その人が私にしたことだけは分かったわ。その人は、私にチップを埋め込んだのよ。左足の膝《ひざ》のあたりにね。

私は、心の中で聞いてみたの。なんでそんなものを埋め込んだんですか？　と。そしたら、その人は言った。あなたは選ばれたからです……と』

選ばれた？

『そう。選ばれた人だけが、チップを埋め込まれるの。つまり、チップは、あの人に選ばれし使徒ってことなのよ』

じゃ、UFOを一緒に呼んだクラスメイトも選ばれし使徒？

『ところが、次に目覚めたとき、私は自分の部屋のベッドに横たわっていた。さらに不思議なことに、そのクラスメイトが誰だったのか、どうしても思い出せなかった』

それって、夢を見ていただけでは？

『私もはじめはそう思った。でも、夢じゃない、本当に起こったことなのよ。だって、左足の膝あたりに、小さな小さなコリコリがあったんだから。……あなたと同じ、コリコリがね。そう、チップよ』

仮に宇宙人が埋め込んだチップだとして。そのチップって、いったいどういう意味があるの？

『チップの中には、人類の全歴史が記録されているの。現在過去未来、すべてがね』

未来も？

『そう。私たちがいるこの世界は、あらかじめプログラムされたものなの。つまり、シナリオがあるってこと。そのシナリオには、ちゃんとラストも用意されている』

ラストって？

『それは、あなたも知っているはずよ。だって、あなたにも、それが記録されたチップが埋め込まれているんだから』

そんなことを言われたって……。

『あなたには、まだ覚醒が訪れていないだけ。でも、必ず、その時は来る。必ず、来る。あなたも、あの人に選ばれし使徒なんだから』

やっぱり信じられない。あまりに荒唐《こうとう》無稽《むけい》な話じゃない！　使徒だなんて。アニメじゃあるまいし！

っていうか。さっきから、あの人、あの人って。あの人って誰なの？

『まあ、簡単にいえば。……人間が神とか仏とか呼ぶものよ』

は？

『古今東西の神や仏は、元を辿《たど》れば同じ人。その人が、この世界をプログラムしたのよ』

馬鹿馬鹿しい！

馬鹿馬鹿しい……！


え？　ちょっと、待って。

あなた、誰？　お姉ちゃんじゃない！

うそ。わたし、どうしちゃったの？

頭が、くらくらする。頭が、ぐちゃぐちゃだ。

あ、もしかして、さっき、飲んだアレのせい？

ね、わたしに何を飲ませたの？

ね、それ、もしかして――。

9

「ええ、お察しの通り、あの子は私の本当の子供ではありません」

笹野千奈美《キャリー》の質問に、井岡紗那の母親……郁子《いくこ》は項垂《うなだ》れながら答えた。

「やっぱり……」

千奈美は、手にしていたメモ帳をいったん、テーブルに戻した。

Chapter 2. 龍の子孫

千奈美は井岡家を訪れていた。ダメ元でインターホンを押したのだが、ラッキーなことに玄関ドアが開いた。佳那《ゴンベエ》と紗那の知り合いだと自己紹介したことが功を奏したようだ。

家の中は、がらんとしていた。

通されたリビングも、ソファーとセンターテーブルがあるのみ。その他は、何も見当たらない。テレビも棚も、時計すら。

「元夫が処分しました。ここを出るとき」

「元？　離婚、されたんですか？」

「正式にはこれからです。でも、一日たりともここにはいられないと、あの人は夜逃げするように出て行きました。……男のくせに、神経が細いんです。……男のくせにっていうのは、今の時代、差別になるかしら？　ふふふふ」

郁子が無理やり笑顔を作る。千奈美もそれに応えようと笑ってみるが、なかなかうまく笑えない。唇を痙攣《けいれん》させていると、

「私だって、耐えられない！」

郁子が、突然声を荒らげた。

「私だって、こんなところ、今すぐにでも逃げ出したい。頭がおかしくなりそう！　……ああ、なんだって、こんなことに！」

千奈美は、「お気持ちお察しします」と言うのが精一杯だった。自分がその立場だったら、とっくに頭がおかしくなっている。

長女があんなことになっただけでもショックは大きいのに、さらに、あんな事件まで起きるなんて。

その事件が起きたのは、一週間前の、三月二十七日のことだった。

井岡紗那が、自宅の玄関土間で遺体となって発見される。

何者かに惨殺されたのだ。襲われた現場はリビングのようだが、土間まで逃げたのだろう。そして、そこで力尽きたらしい。

「あのとき、夫も私も仕事で出かけていたんです。紗那が一人で留守番していて。帰宅して玄関ドアを開けたら、土間にあの子が血塗《ちまみ》れで倒れていました。たぶん、犯人から逃げようとして、玄関まで行ったのでしょう」

さっき通った土間か。千奈美の手のひらがじっとりと湿《しめ》る。

「佳那に続いて、紗那まで！　いったい、どういうことなのかしら。……やっぱり、あ、あの子を引き取らない方がよかったのかしら？」

「後悔されているんですか？」

「あの子を引き取るとき、周囲にはかなり反対されました。悪魔の子……と言う人まで」

「悪魔の子？」

「まあ、母親があんなでしたから。……そうそう、あの子、小さい時に一度、誘拐されているんですよ」

「え⁉」

「誘拐といっても、犯人は身内でしたので、事件にはなりませんでしたが」

「身内というと？」

「ですから、あの子の本当の母親です。……夫の愛人です」

「実の母親は、旦那さんの愛人だったんですか」千奈美は言葉を詰まらせた。が、喉《のど》に力を込めると続けた。「ちなみに、そのことを娘さんはご存じだったんですか？　……実の母親のことを？」

「特別養子なので、戸籍上では分からないはずなんですが。でも、薄々は気がついていたんじゃないでしょうか。あなたはどう思います？　娘とは親しかったんですよね？」

逆に質問されて、千奈美はペンを落としそうになった。

ペンを握り直すと、

「もしかしたら、気がついていたかもしれませんね。あの移り気な雰囲気は、傍観者のそれでしたから」

「傍観者？」

「はい。なんていうか。……彼女、世界を傍観していたところがありました。傍観というか、観察というか。何事にも、当事者として関わっている感じがまったくなかった。自分というものを持っていなかった。だから、あんなに色々と――」

「？　……ああ、でも、なんとなく分かります。世界と自分を切り離していたところがありましたね、あの子」

「もしかしたら、離人感・現実感消失症だったかもしれません」

「なんですか、それ」

「一種の、精神障害です。主に、ストレスが原因で発症すると言われています。特に、小児期のストレス。虐待とか――」

「ああ、やっぱり。あの子の本当の母親に誘拐されたときに、なにかあったんだわ。きっと、そのときに自分の出自をすべて知ってしまったんだわ。それで、あの子、強いストレスを抱え込んでしまったんだわ！」

「ところで、その生みの母親は、今は？」

「さあ。あれからまったく音沙汰《おとさた》なし。生きているのか死んでいるのかすら、分かりません」

「先ほど、その人は、旦那さんの愛人だったとおっしゃってましたが」

「夫が単身赴任をしていたとき、スナックで働いていた地元の女に入れ上げてしまったんです。で、子供が生まれたんです。でも、女はそのまま失踪《しっそう》してしまったらしくて。生まれたばかりの赤ん坊を抱いて夫が家に戻ってきたときは、度肝を抜かれました。奈落の底に突き落とされるとはまさにあのことです。でも、あの人は言うんです。子供には罪はない、だから育ててやってくれ……と。泣きながらね。その姿を見て、私、覚悟を決めたんです。引き取ることにしたんです」

「よく、引き取られましたね。言ってみれば、夫の隠し子ですよね？」

「そりゃ、葛藤はありましたよ。言うまでもなく離婚も考えました。……でも、夫の言う通り、赤ん坊に罪はない。あどけない寝顔を見ているうちに、段々、我が子のように思えてきて。実際、実の子供のように育ててきました。姉妹とも分け隔《へだ》てなく、愛情を注いできたつもりです」

「ちなみに、佳那さんと紗那さんは、仲はよかったんですか？」

「どうなんでしょう？　喧嘩《けんか》したところは見たことはないけれど。だからといって、仲がいい感じではありませんでした。なんとなく、距離がありましたね、あの二人の間には。特に姉の佳那は、紗那に対抗心のようなものを抱いていたように思います」

「ああ、コンプレックスですね。分かります」

「そう。妹のほうが美人ですからね。佳那にボーイフレンドができても、すぐに紗那にとられちゃうんです。紗那は本当に悪い女ですよ。ふふふふ」

母親は、またしても笑顔を作った。その笑いがどこか不気味で、千奈美のペンが止まる。そんな千奈美の隙《すき》を衝《つ》くように、母親が言った。

「ところで、記者さん。あなたはどうして、あの子が私の本当の子供ではないと、……養子であると知ったのですか？　本人から聞いたんですか？」

本当は、中澤慎也から聞いた。が、

「はい。ご本人から聞きました」

と、千奈美はしれっと嘘を吐き出した。

我ながら、すっかり記者稼業《かぎょう》が板についてしまった。こんな嘘を平気でつけるようになるなんて。

「そう、やっぱり、あの子は薄々、分かっていたのね」

ここで郁子は、ようやく母親らしい表情をしてみせた。

それまで、まるで表情が読めなかった。まるでボトックスを濫用した女優のように表情が固まっていた。「ふふふ」と笑顔を作るときですら、固まったままだ。陳腐な喩《たと》えだが、まさに能面。というか、まったく当事者である感じがない。短期間に娘が二人も殺害されたのに。しかも、妹の場合は内臓が飛び出すほどの惨殺。なのにこの母親は、まるでワイドショーを見ながら「あら、いやだ、ひどい事件だわ」などと呟《つぶや》く視聴者のように、いちいち他人事《ひとごと》だった。この人こそが離人感・現実感消失症ではないのだろうか？　と疑っていたのだが、今、その目からは涙がとめどなく流れている。

娘を亡くした母親の顔で。

「いったい、誰が、紗那を。誰が、あんな酷《ひど》いことを……」

嗚咽《おえつ》が、部屋に響く。

千奈美は、再びペンを止めた。……酷いのは、私も同じだ。こんな母親を前にしても、質問をやめるわけにはいかない。

千奈美はペンを握り締めると、

「犯人に心当たりはありませんか？　どんな小さなことでもいいんです」

「私が知っていることは、すべて警察に話しました。あれがすべてです。……もう、勘弁してください、本当にもう——」

母親が、懇願《こんがん》するように言った。

が、千奈美も食い下がった。

「忘れていることはありませんか？　または、関係ないと思って話していないことはありませんか？」

「ですから、ありません」

「では、事件のことを最初からお話しくださいませんか？　そうしたら、何か新しい事実を思い出すかもしれま――」

「もう、結構です。どうぞ、お帰りください。お願いです！」

10

「それで、すごすごと帰ってきたのか」

帰社するやいなや、中澤慎也にそう馬鹿にされて、千奈美は買ってきたばかりの缶コーヒーをデスクに叩《たた》きつけるように置いた。

「だって。あんなに泣かれたら、さすがにあれ以上は」

「それでも食い下がるのが、一人前の新聞記者なんだけどな」

「食い下がりましたよ。自分でもいやになるほど」

「いやになるという感情があるうちは、まだまだだな」

「すみませんね。まだまだ半人前で。っていうか、私、記者には向いていないような気がしてきました」

「もう弱音か？」

「だって――」

「井岡紗那の死は、姉の佳那が巻き込まれた小金井市の事件と関連があると思う！　絶対、その謎《なぞ》を突き止める！　だから私に担当させてください！　って、ちょっと前まではやる気満々だったのに」

「あれは、ハッタリというか強がりというか。……テンションが正常ではなかったんです。だって、カラオケボックスで紗那ちゃんと会ったその翌日に、彼女はあんな形で殺害されたんですよ。本心は、ブルブル震えてました。あまりに不気味で、あまりに恐ろしくて」

千奈美は、自身の二の腕をかき抱いた。そして、

「最近、いやな夢ばかり見るんです。……知らない誰かに拉致《らち》られて、知らない部屋に監禁される夢。私の体はベッドのようなものに拘束されていて、そんな私を佳那紗那姉妹が覗《のぞ》き込んでいるんです。そして、細い棒を私のうなじに押し込んで、何かを埋め込もうとするんです」

「何か？」

「チップです。犬とか猫に埋め込む、個体識別チップのようなものです」

「それ、紗那ちゃんも言ってたな」

「え？」

「右肘のところに小さなコリコリがある。もしかしたらチップかもしれないって。ほら、あのときのカラオケボックスで」

「……そうでしたっけ？　確かに、右肘を気にしていたようでしたけど。チップのことなんて言ってました？」

中澤慎也の目が、ふと泳ぐ。

「君がくる前に、言ってたんだよ。……ああ、そうだ。『小金井市十五人集団自殺、あるいは殺人事件』について、興味深い情報が入ったよ」

「え？　新しい情報なんて、まだあるんですか？」

「新しいというか、公表されていない情報だ」

「警察からのリーク？」

「いや、検察からのリークだ。事務官に、高校時代の同級生がいるもんでね」

「すごいネタ元を飼ってるんですね。で、どんなリークです？」

「百聞は一見に如《し》かず。〝日本国尊厳維持局〟って、検索してみて」

言いながら、中澤慎也が千奈美のデスクを指さした。そこには置きっぱなしのノートパソコン。

千奈美は椅子《いす》に腰を沈めると、半信半疑でパソコンを起動させた。

＋

「なんじゃ、こりゃ」

千奈美は、動揺を隠すように缶コーヒーをがぶ飲みした。その顔は、恐怖と苦笑いが複雑に入り混じっている。

「これって、……本物なの？」

それは、『尊厳扶助　政府有事宣言時フィルム』という名の動画だった。

動画には、こうある。

『日本国が敵対勢力に対し　いかなる事由をもって攻防を行おうとも　絶望的な状態に陥《おちい》った時にのみ　政府の全権をもって　すべての機関でこのフィルムを放映することを許可する』

日本に有事が起き、絶望的な状況に陥ったときにメディアで流されるフィルムだという。つまり、日本（あるいは世界）が終わるときに流れるのだそうだ。日本が終わっても、最後まで日本人としての誇りと尊厳を守るため、バルビツール酸系の睡眠剤を日本人全員に配布する……ということを伝えるのが目的らしい。

要するに、一億玉砕を促《うなが》すフィルムだ。

マジで？　マジで？

千奈美が軽くパニクっていると、

「ネタバラシをすると、それは、フェイクだよ」

後ろから、中澤慎也が声をかけてきた。

「フェイク⁉」

「そう。うまくできているだろう？　この、なんともいえないレトロな感じとか」

確かに、うまくできている。すっかり騙《だま》された。

「その動画、二〇一六年ぐらいからネットで拡散されはじめたらしい。誰が投稿したかは分からないけど、元ネタは、アメリカで作られた『Local 58』という、アメリカ最後の日に流れる動画だ」

「え⁉　アメリカには本当にあるんですか？」

「いやいや、それもフェイク。創作だよ」

「やだ、もう！　なんて人騒がせな！」

「え？　信じたの？」

「普通、信じませんか？」

「いや、俺は信じなかったよ。だって、明らかに作り物じゃん。よく見ていれば一発で分かるよ。普通は信じないよ」

カチンときた。千奈美は軽く舌打ちすると、

「信じる人もいると思いますけど？」

「そう、それなんだよね、問題は。『小金井市十五人集団自殺、あるいは殺人事件』で亡くなっ

た人たちは、全員、この動画を信じてしまったのかもしれない」

「え？　どういうことです？」

「現場には、テレビがあった。しかも、ブラウン管テレビだ。それはビデオデッキに繫《つな》がれていてビデオテープがセットされていた」

「いまどき、ブラウン管テレビにビデオテープ」

「そう。しかも、テープに録画されていたのが『尊厳扶助　政府有事宣言時フィルム』」

「え！　つまり、亡くなった十五人全員が、あの薄気味悪いフィルムを見てたってことですか？」

「その可能性はある。しかもだ」

「しかも？」千奈美は、身を乗り出した。

「しかも、十五人全員から、バルビツール酸系の睡眠剤も検出されている」

「まさに、『尊厳扶助　政府有事宣言時フィルム』で促されていたやつじゃないですか⁉」

「だろう？　それで、検察も今、悩んでいるらしいんだよ。もしかしたら、十五人は洗脳された状態で自殺した可能性もあるって」

「じゃ、横峯快斗《イエヤス》くんは？」

「それが最近になって、さらに記憶が混乱してしまったみたい。それで、警察も検察も大揉《も》めみたいだよ」

「でも、十五人全員が自殺だとしても、洗脳状態だったんですよね？　ということは、洗脳した人がいるってことですよね？　『尊厳扶助　政府有事宣言時フィルム』を十五人に見せた黒幕が。それが、イエヤスくんなんじゃないんですか？」

「今の状態では、彼の証言はまったくもって信用するに値しないらしい。っていうか、僕は、彼じゃないと思うんだよね、黒幕は」

「じゃ、黒幕はいったい……」

「それはそうと、井岡紗那ちゃんからも睡眠剤が検出されたのは知ってる？」

「え？　そうなんですか？　ということは――」

千奈美は、興奮を抑えるために缶コーヒーを摑《つか》んだ。それを飲み干すと、

「もしかしたら、紗那ちゃんも、『尊厳扶助　政府有事宣言時フィルム』を見た可能性が？」

「あるいは」

「ということは、『小金井市十五人集団自殺、あるいは殺人事件』の黒幕と、紗那ちゃんを殺害した犯人は、同一人物？」

「あるいは」

「マジか……。あ」

「なに？」

「紗那ちゃんのスマホとかパソコンとか、……端末はどうなったんでしょう？」

「え？」

「紗那ちゃんがあのフィルムを見たとしたら、たぶん、スマホかパソコンかそれともタブレッ

ト。なにかしらの端末で見たはずですよね？」

「それは、分からないよ。もしかしたらテレビかもしれないよ？」

「テレビ？」

「だって、テレビから突然あんなフィルムが流れたら、びっくりするじゃん。さすがの僕だってうっかり信じちゃうよ。なんだかんだ言って、パーソナルな端末よりマスメディアのテレビのほうが、まだまだ影響力は強いと思うよ」

「じゃ、黒幕がテレビにあのフィルムが流れるように細工したとか？」

「あるいは」

千奈美は、なんとも言えない胸騒ぎを覚えた。居ても立ってもいられない気分になり、椅子から立ち上がる。

「私、もう一度、取材に行ってきます！」

11

「よく、ここが分かりましたね」

井岡一郎《いちろう》……佳那紗那姉妹の父親が、ゆっくりと缶コーヒーを啜《すす》る。

赤坂《あかさか》にある某制作会社。テレビのコンテンツを制作するのが主な業務で、制作会社の中では老舗《しにせ》だ。

Chapter
2.
龍の子孫

「ご自宅に伺《うかが》ったんです。そしたら、この会社のロゴが入った茶封筒が玄関先にあったんです。一枚だったら気にもとめませんでしたが、目算で三十枚はありました。ということは、ご家族の中に関係者がいるに違いない。たぶん、それは父親の一郎さんだ……と当たりをつけてこちらに伺ってみたんです。ビンゴでした」

「さすが、記者さんだ」

「でも、まさか、会ってくださるとは思ってもみませんでした」

「あなたのお名前、長女の佳那から聞いたことがあるんだよ。笹野千奈美さん、あなた、キャリーさんだよね？」

「ええ、まあ」こんなところでその名前を出されると、なんだかバツが悪い。気持ちを切り替えると、

「ところで、こちらで事前に調べた情報によると、あなたはGテレビで働いていたはずでは？」

「まあ、一応、籍はGテレビにあるけどね。今は、ここに出向中なんだ」

「出向中なんですか」

「あんなことがあったからね。追い出されたんだ」

「あんなことって、紗那さんが殺害された事件？」

「いや、もっと前に追い出された」

「じゃ、小金井のノストラダムス・エイジ事件？」

「いや、もっと――」

一郎は、ここで「ふふふふ」と、笑った。郁子と同じ笑いだ。長年夫婦をしていると、こういうところまで似てくるのだろうか？　いずれにしても、その質問には答えたくないという意味だろう、千奈美は質問を変えた。

「ところで、今はどちらにお住まいなんですか？　家を出て行かれたと聞きました。離婚されるとか」

「正式にはまだ。離婚届は置いてきたけどね。あとは、彼女がサインして役所に届けるだけ」

「家はずいぶんとすっきりしていました。家財道具は、あなたが処分されたとか？」

「元から、あんな感じだよ。あの家には生活感というのがまるでないんだ。断捨離《だんしゃり》っていうの？　彼女がそれにハマってしまってね。僕が処分したのは、テレビだけだよ」

テレビ。そのワードが早速出てきて、千奈美は身を引き締めた。

「ということは、かつてはテレビがあったんですね？」

「ああ、あったよ。でも埃《ほこり》をかぶっていたけどね。誰も見ないんだ。僕がテレビの仕事をしているというのにさ、家族はみんなテレビには興味がなかった。今はそういう時代なのかな？」

「うちも同じです。私が新聞社に勤めているのに、うちの家族は誰も新聞を読まないんです。ネットで事足りると」

「テレビと新聞は、シーラカンスのようなものなのかもしれないね。生きた化石。ふふふふ」

また、この笑い。なにか馬鹿にされているような気もしてきて、千奈美は姿勢を正した。

「ところで、紗那さんが亡くなられたときのことをお伺いしたいのですが」

「ああ、あのときのことか。でも、僕はよく知らないんだよ。終日外出していたから。戻ってきて、びっくりしたよ。家の前に人だかりができていたからさ。しかもパトカーまで数台停まっていて。警官もうじょうじょ。家に入りたくても入れなくて」

「ああ、じゃ、奥さんが第一発見者なんですか？」

「たぶん」

……なんだろう、この人からも当事者意識がまったく伝わってこない。母親と同じく、まるで他人事《ひとごと》だ。

「事件現場はご覧になったんですか？」

「いや、見てない。その日は、警官にいくつか質問されて、そのあとは駅前のホテルに泊まった。だって、戻りたくても戻れなかったんだよ。マスコミもわんさか来ていたし。Gテレビのクルーもいたな、そういえば。だから、ほとぼりがさめるまで、ホテルにいた。家に戻ったのは、事件から二日後のことだ。彼女に呼び出されて、行ったんだよ」

「彼女って、奥さんのことですか？」

「そう。葬式のこととか色々話し合いたいから帰ってこいって。だから、家に行った。……まだ警官が立っていてさ。なんか生々しかったよ」

「今日も、警官がいました」

「だろう？　近所でもすっかり有名な事故物件になっちゃったよ。いや、有名なのは全国的にか。だって、例の事故物件サイトにも載っちゃっているからな。あの家、どうすんだろうな。売れないだろうな……」

「売るおつもりで？」

「いや、知らない」

「え？」

「あの家は、彼女にあげたから。今となっては、僕とあの家はまったくの無関係」

「は……」

「慰謝料の代わりだよ。でも、慰謝料ってなんだろう？　僕、なにを謝る必要があるんだろう？　ね、あなたはどう思う？　うちがこんなことになったのは、僕のせい？」

「さあ……」

「むしろ、謝ってほしいのはこっちだよ。僕は、托卵《たくらん》されたんだからね」

「托卵？」

「そう。佳那は僕の子じゃない。彼女の浮気相手の子供だ。間違いない。彼女に内緒でＤＮＡ鑑定もしたんだ。そしたら、九十九パーセント親子関係にないという結果が出た」

「え？　ちょっと待ってください。……佳那さんって、あなたの愛人の子供なんじゃないんですか？」

「は？　違うよ！」

「え、でも。奥さん言ってました。単身赴任先で、他の女に産ませた子だって」

「それは、紗那のことだよ」

「え？」

千奈美は、慌《あわ》てて手帳を捲った。中澤慎也からの情報では、佳那は養子だと。……やだ、もしかして、中澤さん、肝心なところで間違えた？　それとも、私が聞き間違えた？

「紗那は、間違いなく僕の子だ。耳の形とかそっくりだからね」

一郎は、ここでようやく父親の顔をしてみせた。

「あんたの子よ、責任とって！　と言われたときは、とても信じられなかったけど。だって、紗那の母親は、不特定多数の男性を相手にしていたからね」

「つまり、それは――」

「そう、売春していた」

「でも、スナックの従業員だったんですよね？」

「表向きはね。でも、裏ではそういう商売もしていたんだよ。だから、僕の愛人ってわけではない。向こうにしてみれば、僕は客の一人。

ただ、僕は本気で好きだったけどね。だから、紗那を押し付けられたときはちょっと嬉《うれ》しかったんだ。これを機に妻と離婚して、親子三人で生きていこうとすら考えた。ところが、紗那の母親は、紗那を置いて失踪。仕方ないから、紗那を東京の家に連れて帰ったんだよ。うちで引き取るしかないって」

「奥さんを説得するのは、大変だったんでは？」

「ところがそうでもなかった。僕が単身赴任しているあいだに、彼女はすっかり人が変わってしまっていてね。嫉妬深い性格だったのに、やたらと寛容な女になっていた。『子供には罪はない。引き取りましょう』って。……あとで知ったことなんだけど、彼女、どうやらなにかのセミナーにハマっていたみたいなんだ」

「セミナー？」

「自己啓発セミナーのようなものが当時は大流行《おおはや》りだったんだよ。特に女性には人気が高かった」

「今も昔も変わりませんね」

「でも、結局のところ、彼女も彼女で、不貞をおかしていた。托卵されていた。長女の佳那は、間違いなく、僕の子供ではない。僕の血をひいてない。だって、全然似てないんだ。ふふふ」

笑いながらも、その目にはまるっきり光がない。まるで、すべてを諦《あきら》めた死刑囚のような雰囲気すらする。

「あの。話は戻りますが。……どうしてテレビを処分されたんですか？」

「だって、画面にヒビが入っていたんだよ。それにリモコンも見当たらない。こうなるともう役立たずだ。そのまま家に置いていこうとしたら、『それはあなたがもらってきたものだから、あなたがなんとかして』って、彼女に言われてね。

ちなみに、そのテレビ、十年ぐらい前にゴルフのコンペでもらった賞品でね。そのときすでに型落ちしていたから、ずいぶん旧式のテレビだったんだ」

「もしかして、ブラウン管テレビ？」

「いやいや、さすがにそこまで古くはない。一応は薄型テレビだった」

「では、ビデオデッキとかはお持ちでした？」

「ビデオデッキ？　まさか、今の時代にビデオデッキなんて持っているはず……あれ」

「どうしました？」

「いや、あったよ、あった！　ビデオデッキ！　ＤＶＤとＶＨＳ両方に対応した一体型デッキが！　確か、何年か前に通販で買ったやつじゃなかったかな」

「そのデッキは？」

「テレビと一緒に処分したよ」

「そのデッキに、なにか変わったことは？　たとえば、ビデオテープがセットされていたとか」

「ううん。特に変わったことは……。ただ、デッキの横にあるコンセントに、見覚えのない電源タップが挿《さ》さってたな」

「電源タップ？」

「うん。それも、処分しちゃったけど」

Chapter 3.

ブラックアイクラブ

12

笹野千奈美《キャリー》の消息が途絶《とだ》えて、三日。

「まさか、殺されたってことはないよな？」

鮎川公平《ジェイソン》が、長い沈黙を破ってそんなことを言った。

「冗談でもよそうよ、そういうの」

渡辺翔太《ゾンビ》が諫《いさ》めると、

「冗談じゃないよ、本気だよ」

そして、会話が途切れた。


ここは池袋西口の、馴染《なじ》みのカラオケボックス。

翔太《しょうた》は、久しぶりに公平《こうへい》と会っていた。

娘の居所を知らないか？　と、笹野千奈美の家族から連絡があったのが、昨日の四月五日。どうやら、家族は笹野千奈美の交友関係を片っ端から当たっているらしい。その声は、かなり切迫していた。そのあとすぐに、公平から連絡がきた。公平のところにも、笹野千奈美の家族から問い合わせがあったという。

ただごとではない。

そう判断した二人は、今日、会うことにしたのだった。

「ジェイソン、おまえ、また太ったな」

翔太は、話題を変えた。

「まあな。ストレス太りってやつ。……生徒たちが生意気でさ」

公平は、高校教師。八王子《はちおうじ》にある進学校に勤めている。

「今日は、悪かったな。八王子から池袋まで、遠かったろう？」

「まあ、こっちに用事があったからさ。ちょうどよかったよ。ところで、ゾンビは？　仕事どうなの？　出版社の編集だろう？」

「編集っていったって、契約社員だからね。大した仕事は振られてないんだ。そもそも、小さな出版社だし」

「おれも、まあ、似たようなもんだよ」

「嘘つけ。おまえが行っている高校はめちゃ進学校じゃん。忙しいに決まってんじゃん」

「まあ、そうなんだけどね――」

ここで、会話が途切れる。

翔太は、さらに、話題を変えた。

「そういえばさ。井岡佳那《ゴンベエ》さんの妹の――」

「紗那ちゃん？」公平が、言葉をかぶせてきた。

「そう、紗那ちゃん。紗那ちゃんもあんな形で殺されて」

「あれは衝撃だったな。犯人、まだ捕まってないんだろう？」

「キャリーさんが追っていたみたいなんだけど」

「その最中で、失踪《しっそう》だもんな」

ここで、またまた会話が途切れた。

またもや、重苦しい沈黙が広がる。

一時間ほど、こんなことを繰り返している。テーブルの上のポテトフライはすっかりしなびて、ドリンクの炭酸の泡もすっかり消えてしまった。

翔太も公平も、同じことを考えていた。が、なかなかそれを言い出せない。それを言葉にした途端、現実になるかもしれない。そんな恐怖が二人を寡黙にさせていた。

翔太は、組んでいた腕を解《ほど》いた。そして、

「そういえばさ——」と、またもや話題を変えた。「先週さ、久しぶりに昔住んでいた場所に行ったんだよ」

「昔住んでいた場所って？」公平が、冷め切ったポテトフライを一本、口に運んだ。

「所沢《ところざわ》」翔太も、泡の消えたコーラを一口すする。

「え？　所沢市に住んでいたの？」

「小五から中一までね。うちの父親が転勤族でさ——」

「そういえば、ゾンビのお父さんって、国家公務員だったたっけ？」

「そう。今は天下《あまくだ》って民間の会社にいるけど、当時は、全国各地の官舎を転々としていたもんさ。かあちゃんがよく言っていたよ。こんなことなら、地方公務員の人と結婚するんだった……って」

「で？　所沢がどうしたの？」

「通っていた小学校の前に、桜並木があってね。めちゃ綺麗《きれい》でさ。暗澹《あんたん》とした小学校時代の記憶の中の、唯一の希望というかさ。転校を繰り返していたオレにとって、その桜並木は慰《なぐさ》めのひとつでもあったんだ」

「で？」

「先週、所用でたまたま所沢に行くことになってね。そういえばあの桜並木、どうなっているかな……って、久しぶりにその小学校に行ってみたんだよ。そしたらさ——」

「そしたら？」

「小学校の前が、銀杏《いちょう》並木になっていたんだよ」

「は？」

「オレさ、本当にびっくりして、ちびりそうになった」

「いやいや。それ、なにかの記憶違いなんじゃないの？　だって、転校を繰り返していたんだろう？　他の小学校と間違って記憶していただけでしょ」

「いや、間違いない。あの小学校の前は桜並木だった。当時、オレ、ちょっとしたイジメにあっていたからさ、あの頃のことは録画された映像のようにさ、詳細までくっきりと覚えてんだよね」

「じゃ、桜並木を撤去して、銀杏並木にしたとか？」

「それは真っ先に考えた。で、ネットで検索してみたんだよ。そしたら、六十年も前から銀杏並木だった」

「なんだよ、じゃ、答えは出ているじゃん。やっぱり、記憶違いだよ。他の小学校と間違えているんだって」

「いやいや、間違えるはずはない。確かに、桜並木だった」

翔太は、頑として譲らない。

「もしかして、それ」翔太があまりにしつこいものだから、公平は適当に話を合わせてみた。

「……なんとかエフェクトってやつ？　ほら、なんだっけ。いつだったか、ホラー芸人が言っていたやつ」

「マトリックスさんね」

「そうそう。あの人、いつかのオフ会で、熱心にそんなこと言ってたじゃん」

「マトリックスさんといえば、あの人も死んじゃったんだよね、例の事件で」

例の事件とは、『小金井市十五人集団自殺、あるいは殺人事件』のことだ。横峯快斗《イエヤス》が「自分がやりました」と自供したが、彼の記憶はあやふやで、警察も検察もどう対処すればいいのか困っているらしい。

「なんだかさ、イエヤスくんの気持ち、分かった気がするんだよ」翔太が、コーラを飲み干した。「ほら、イエヤスくん、記憶障害やらで、時系列がめちゃくちゃだったじゃん」

「一種の、記憶喪失のようなもんだろう？」公平が、二本目のポテトフライをつまんだ。

「記憶と現実がまったく異なっている。これ、想像以上に怖いよ」

「そう？　記憶違いなんて、しょっちゅうだけどな」

「いやいや、そういう日常的な記憶違いではなくてさ。……なんていうかさ。自分のアイデンティティーがぐらつくような、インパクトある記憶の齟齬《そご》。これを食らうと、足下から自分という存在が消えていくっていうかさ。……オレ、マジで生きてんの？　とすら思ってしまう」

「大袈裟な」三本目のポテトフライをつまみながら、公平がせせら笑う。

「イエヤスくん、毎回そういう恐怖を味わっていたんだな……と思うとさ。気の毒でさ」

翔太は、空になったグラスを持ったまま、とりわけ大きなため息をついた。

その様子がなんとも病的だったので、今度は公平がさらに話を変えた。

「おれさ、動画はじめたんだよ」

「え？」

「ユーチューバーデビューしたんだ。『ジェイソンの備忘録』っていうタイトルのチャンネル。よかったら、登録してよ」

「了解。あとで登録しておく。で、どのぐらいなの？　視聴回数？」

「視聴回数は全然。登録者数も五十人もいかなくてさ。なんか、がっかりだよ。やっぱり厳しいよ。簡単じゃないよ。で、改めて感服した。恐児って、凄《すご》かったんだな……って。登録者数も視聴回数も」

「恐児って、なんで動画チャンネルを閉鎖しちゃったんだろう？　もったいない」

「恐児も、消えちゃったよな。今、どこにいるんだろう？」

「マトリックスさんが恐児じゃないか？　とも言われていたけどね」

「たぶん、違うと思う。別人だと」

「まさか、恐児も殺され――」

　ここまで言って、翔太はまたまた言葉を呑《の》み込んだ。もう、何回目だろうか？

「……な、ゾンビ、おまえは、本当のところ、どうなんだ？」

　そんなことを突然問われて、翔太は間の抜けた笑みを浮かべた。「え？　なにが？」

「オカルトとか都市伝説とか、本当に好きなの？」

「なんで、そんなことを訊《き》くんだよ」

「おれはさ、本当は特に興味ないんだよね、オカルトにも都市伝説にも」

「そうなの？」

「ただ、恐児のチャンネルがふつーに面白かったからさ、ときどき視聴していただけ。野次馬のようなもんだよ」

「実は、オレもそう」

「やっぱり？」

「なのに、世紀末五銃士だなんて言われてさ、気がつけばオカルト系のイベントとかに行くはめに」

「おれも同じ」

「キャリーさんとイエヤスくんだって、そうだったと思うよ。本当はオカルトにも都市伝説にも、そんなに興味がなかったんじゃない？」

「ということは、本当に興味があったのは、ゴンベエさんだけ？」

「たぶんな」翔太は、氷だけになったグラスをからから鳴らした。

公平も、何本目かのポテトフライをつまみながら、

「そうか。世紀末五銃士のうち、四人は野次馬だったってことか。ただの野次馬のはずだったのに、一人は死に、一人は大量殺人の容疑者に、一人は失踪――」

「なんかさ。こういう状態、ことわざになかったっけ？」

「触らぬ神に祟《たた》りなし？」

「そう。それだ。さすが、教師」

言ったあと、翔太はまたもや大きなため息をついた。そして、ついに、その言葉を口にした。

「オレたちも、殺されちゃったりするのかな？」

13

言霊《ことだま》。そんな文字が、ずっと頭の中をぐるぐる巡っている。

翔太はそれを振り払おうと、何度も頭を振った。

「そんなの、あるわけないじゃん。言葉に霊力が宿《やど》るなんてさ」

言ってはみたものの、背筋のぞわぞわがずっと消えない。

翔太が自宅マンションに戻ってきたのは、午後九時過ぎだった。

就職が決まって、慌てて借りた部屋。妥協だらけの部屋だ。築年数は古いわ、北向きだわ、壁は薄いわ。それでも、ここ最近は、ようやく馴染《なじ》んできたところだ。

電気ポットに水を注いで、スイッチを入れる。お湯が沸く間に部屋中の洗濯物を洗濯機に突っ込んで、洗剤を投入して――。

これら一連の動作も、体が勝手に動くようになった。

全自動コースを選んで、スタートボタンを押したときだった。

「ああ、そういえば、ジェイソン、ユーチューブはじめたって言ってたな。えーと。確か、チャンネル名は――」

翔太は、ふとそんなことを思い出した。

座卓の前に座ると、ノートパソコンを起動する。そして検索サイトを表示させ、『ジェイソンの備忘録』と入力。似たような名前のブログやホームページがヒットしたが、その中に、ユーチューブのチャンネルを見つけた。これだ。

チャンネルの登録者数は、確かに五十人もいない。

が、サムネイルのトップに表示されているその動画は、視聴回数が結構な数にのぼっている。一万超えだ！

「なんだよ。なんだかんだいって、割と人気あるじゃん……うん？」

翔太は、その動画に、なにやら見覚えのある光景を見つけた。

これって、もしかして？

恐る恐る、再生ボタンを押してみる。

それは、カラオケボックスの一室だった。固定《フィックス》カメラで撮られている。「やっぱり、あのカラオケボックスだ！　しかも！」

翔太は思わず立ち上がった。

「あのときのやつだ！」

特定できないように顔は加工されているが、間違いない。ゴンベエさんの妹の紗那ちゃん、キャリーさん、イエヤスくん、そして自分。

ジェイソンも参加していたが、動画には映ってない。たぶん、カメラの後ろにいたのだろう。

「どういうこと？　あのとき、カメラが回っていたのか？」

翔太は、混乱と興奮の中にいた。なんでこんな動画がアップされているのかという疑問と、今は亡き美少女と再会できた喜び。

そう、翔太は、紗那に一目惚れしてしまっていた。はじめて会ったとき、まさに恋の稲妻に打たれてしまったのだ。それからは、紗那の姿を思って自慰に耽《ふけ》る毎日だった。妄想の中の紗那はいつだって淫乱で、たわわな乳房《ちぶさ》を揺らしながら、自分に迫ってくる。そしてその足を開き、蜜《みつ》がしたたる花園を見せつけてくる。その花園をかき分けながら、ピンク色の花唇を探す。見つけた途端、翔太は自身の欲望を一気に放出する。……そんな切ない自慰に、どれほどの夜と朝を費やしてきたことか。

翔太の手が、自然と股間に伸びる。

ああ、紗那ちゃん、紗那ちゃん！

足の先まで痺《しび》れるような短い快感が駆け抜ける。翔太は、その場にくずおれた。

「やべ」

見ると、ノートパソコンが精液まみれだ。しかも、画面には、紗那ちゃんのどアップ。

モザイクはかかっているが、間違いない、これは紗那ちゃんの顔だ。

「うん？」

翔太は、イチモツを素早くしまうと、自身の精液にまみれた紗那ちゃんの顔をまじまじと見た。そして、リロードしてみた。

「なんか、紗那ちゃんのアップだらけだな」

もしかして、これを撮ったジェイソンも、紗那ちゃんを……？

それは大いにあり得る。紗那ちゃんは、とびきりの美少女である上に、とんでもなく無防備だった。男湯に、タオル一枚で飛び入りする少女のような。

このときもそうだった。制服姿ではあったが、それがなんともエロかった。一見、清楚系ではあるが、短めのスカートからはむちむちの太ももがちらちらと見え隠れしていたし、薄いブラウスの胸元にはその乳房の形が露《あら》わになっていた。

まさに、美少女ゲームに出てくるような、露出系清楚キャラ。

あそこにいた男はみな、間違いなく紗那ちゃんの胸元に、そして太ももに釘《くぎ》付けだったはずだ。

そう、この男も。

翔太は、紗那ちゃんの隣に陣取る男を睨《にら》み付けた。

イエヤス。

翔太は、イエヤスが苦手だった。いや、憎んでいたといってもいい。

世紀末五銃士のマドンナ、ゴンベエさんをいとも簡単に落とし、さらに、ゴンベエさんの引き立て役だったキャリーさんまで夢中にさせた。そう、二人の女性を、この男が独《ひと》り占めしたのだ。

確かにこの男は、まあイケメンの部類だろう。身長は低いが、逆三角形の細い顔に、さらさらの髪に、つるつるの腕と足。しゅっとした細身で、物腰柔らかく、しかも金払いもいいお坊ちゃま。女がそういう男に弱いのはよくよく承知だ。

一方、自分は。四角い顔に、くせ毛の激しい剛毛。腕も足も、なんなら胸も腹も毛むくじゃら。柔道をやっていたせいで耳は餃子《ギョーザ》のようだし、がに股だ。母親譲りのがさつな性格で、物心ついた頃から女子にモテたことがない。バレンタインデーのチョコレートだって、くれるのは母親と祖母ぐらいだ。

でも、頭のほうは、負けていなかったはずだ。イエヤスはFラン大学、自分は一応はマーチ。翔太は、唯一の長所であるその点をことあるごとにアピールしたものだが、ゴンベエさんにはまったく伝わらなかった。キャリーさんにいたっては、「あ、あの大学か。私、滑り止めで受けた」と言われる始末。

翔太にとって、世紀末五銃士のオフ会は屈辱の場でしかなかった。それでも抜けられないでいたのは、やはり、ゴンベエさんに未練があったからだろう。

が、そのゴンベエさんが死んで。次に現れた妹は、ゴンベエさんを軽く超える美少女で、しかもエロフェロモンがただごとではなかった。

ゴンベエさんと付き合っていたはずのイエヤスですら、一発で陥落した。

それにしたって。

ジェイソンは、なんで、こんな動画を？

翔太はスマートフォンを手にすると、『ジェイソン』の電話番号を表示させた。

＋

『動画、早速見てくれたんだ』

なにやら、楽しげなジェイソン。

「っていうかさ、なに、あれ」

『なにが?』

「だから、カラオケボックスの動画だよ」

『ああ、あれか』

「あのとき、カメラ回していたの?」

『うん。こっそりね』

「隠し撮りかよ」

『いや、だってさ、紗那ちゃんがあまりに可愛いからさ、つい』

「って、おまえ——」

『でも、撮っておいてよかっただろう? おまえだって、生きている紗那ちゃんの姿を再び拝《おが》むことができたんだから』

「…………」

『本当は、公開するつもりはなかったんだけどさ。あくまで、プライベート動画だから』

「じゃ、なんで、公開したんだ?」

『まあ、俗っぽくいえば、撒き餌《まえ》かな』

「撒き餌?」

『そう。真犯人を釣るためのね』

「真犯人って?」

『だから、紗那ちゃんを殺害したやつだよ』

「は……？」

『紗那ちゃんを殺害した人物には、紗那ちゃんに対する、並々ならぬ憎しみと執着と、そして愛情を感じるんだよね。そうでなければ、あんな殺し方はしない』

「愛情？　……執着？」

『そう。言ってみれば、ストーカー』

ストーカーか。確かに、それはあり得る。

『動画のキーワードに、〝井岡紗那〟と入れておいたんだけど、これが功を奏した。動画はバズって、コメントもたくさんついた』

確かに、他の動画とは比べ物にならないほど、コメントがついている。その大半は、不謹慎だの通報するだの、動画の公開を批判するものだが、『紗那さんとはお知り合いですか？』『この動画はいつ撮られたものですか？』などという問い合わせのコメントもちらほら見受けられる。

『このコメントの中に、真犯人の手がかりがある』ジェイソンが、興奮気味に言った。『今、コメントのひとつひとつを潰して、真犯人を炙《あぶ》り出しているところ』

「……てかさ、なんで、そんな警察のような真似《まね》をしてるんだよ？」

『復讐《ふくしゅう》だよ』

「は？」

『おれ、真剣に紗那ちゃんが好きだったんだ。おれにとっては、初恋だったんだよ』

「初恋だなんて。……いい歳してなに言ってんだ」

『まあ、遅い初恋であったことは認める。おれ、恋愛には疎《うと》くてさ。そもそも、恋愛に興味はなかった。これは体質かな……と思っていたところに、紗那ちゃんが現れて。本当に稲妻に打たれたような衝撃だったんだよ。恋って、こんなに凄いんだって。こんなに切なくて、こんなにやるせなくて、こんなに甘美なものなんだって。おれの日常は一変したよ、すべてが紗那ちゃん色に染まった。寝ても覚めても、紗那ちゃん。気がつけば、ノートには〝紗那〟という文字がびっしり。そんなノートが五冊はある』

「…………」

オレも紗那ちゃんに恋い焦がれてはいたが、それ以上だな。なんなんだこいつ。……翔太は、スマートフォンから耳を離した。

『だから、おれは必ず犯人を炙《あぶ》り出して、紗那ちゃんの仇《かたき》を取りたいと思っている』

「いやさ。そういうの、警察に任せようよ」

『そんなの、無理に決まってんだろう！』

その怒声に、翔太はさらにスマートフォンを耳から離した。

『だってさ、警察は、「小金井市十五人集団自殺、あるいは殺人事件」もろくに解決できてないじゃん。そんなポンコツに任せてられるかよ』

「いや、あの事件は一応、イエヤスくんが逮捕されて——」

言ってはみたものの、横案快斗《イエヤス》犯人説に、翔太はいまだ懐疑的だった。

イエヤスは、ただ、嵌《は》められただけなんじゃないか？

イエヤスの記憶障害を利用して、彼に罪を着せようとした誰かが、他にいるんじゃないか？

「っていうかさ」

翔太は、ジェイソンの興奮を鎮《しず》めようと、話題を変えた。

「おまえさ、仕事があるだろう？　高校教師という仕事がさ。警察ごっこをしている暇なんかないんじゃないの？」

『あんな仕事。……もう辞めた』

「は？」

『もう、とっくの昔に辞めた』

「でも、さっきはそんなこと、一言も」

『まあ、さっきは、そんな空気じゃなかったから。おまえが、あまりに能天気でさ。言いそびれた』

「能天気って――」

『おれのこれからの人生は、紗那ちゃんの復讐と供養に捧《ささ》げる』

「そうか。まあ、それも人生だ。頑張れ。じゃな」

翔太は、一方的に電話を切った。

そして、そのまま、ジェイソンの名前をスマートフォンの電話帳から削除した。

14

その二日後の、四月八日。

渡辺《わたなべ》翔太は、Y新聞社の本社ロビーにいた。

「待たせましたね」

現れたのは、某野球選手似の中澤慎也。前にジェイソンと一緒に取材を受けたことがある。そのときは、彼の横には笹野千奈美《キャリー》もいたが、今はいない。

「悪かったですね、お呼び立てして。……仕事は大丈夫？」

平日の午後二時。本来なら職場のデスクで資料を整理しているところだが、今日は、「取材」と言って抜け出してきた。

「はい。大丈夫です。で、どんなご用件で？」

中澤慎也から連絡があったのは、今朝。笹野千奈美のことでちょっと話を聞きたいと言われた。笹野千奈美とはそれほど交友はない。知っていることもない。そう言ったのだが、中澤慎也はしつこかった。ぜひ、会って話を聞きたいと。本来ならきっぱりと断るところだが、翔太も翔太で、笹野千奈美のことは気になっていた。もしかしたら、新たな情報が得られるかもしれない。今はまだ契約社員という肩書きだが、自分だっていっぱしのジャーナリストのつもりだ。ネタを目の前に垂らされたら、食いつかざるを得ない。

よし、どんとこい！

翔太は、目の前の椅子に座った中澤慎也に、挑戦的な視線を送った。

が、

「あなた、『ジェイソンの備忘録』という動画チャンネル、知ってますか？」

いきなりそう訊かれて、翔太は脱力した。

「は？」

もちろん知っている。翔太は、頷きだけでそれを示した。

「そもそも、ジェイソンさんって、どういう人？」

「は？」

なんで、そんなことを？　笹野千奈美……キャリーさんのことを聞きたいんじゃないのか？

無言で視線だけをぐるぐるさせていると、

「確か、彼、高校教師でしたよね？　以前、お会いしたときは、そのようなことをおっしゃってましたけど」

「辞めたそうです」

翔太は、ここでようやく、質問に答えた。

「辞めた？　なんでまた。だって、教師になったばかりでしたよね？」

「まあ、たぶん。……性《しょう》に合わなかったんじゃないかと。……言ってましたもん、生徒が生意気だって。……そもそも、あいつ、教師ってガラじゃないんですよ。人になにかを教えるキャラじゃない」

「でも、学生時代は、塾の講師のアルバイトをしていたんですよね？」

「それだって、本当かどうかは分かりませんよ。講師って言っているけど、実は事務のバイトだったかもしれませんよ。……あいつ、変なところで見栄《みえ》を張るから」

なんでだろう？　なんでオレ、ジェイソンの悪口をこんなに言っちゃってるんだろう？　そう思いながらも、止まらなかった。

「あるいは、講師をしていた時期もあったかもしれません。でも、あの見た目ですからね。小太りで、しょっちゅうなにかを食べていて、清潔感もゼロ。絶対、生徒たちに馬鹿にされていたんだと思います。しかも、あいつ、ちょっと怖いところがあって。その最たるものが『ジェイソンの備忘録』ですよ。その日の出来事を日記のように綴《つづ》る……というブイログの体《てい》ですが、あれ、ほとんど隠し撮りですからね。アップされていた動画、全部見ましたけど、どれも薄気味悪いものばかりだった。特に、カラオケボックスのやつは――」

「それです、それ」

中澤慎也が、身を乗り出してきた。

「それ、僕も見ました。あなたも映ってますよね？　うちの笹野千奈美も。そして、亡くなった紗那ちゃんも。逮捕された横峯快斗も。あれは、いつどこで、撮られたものなんですか？」

「え？」えっと、あれは――。

「そう、三月二十四日の午後ですよ。『小金井市十五人集団自殺、あるいは殺人事件』の真相を探ろうと、元世紀末五銃士が集まったんです」

「世紀末五銃士とは？」

「笹野千奈美《キャリー》さんから聞いてません？　一九九九年七月生まれのグループです」

「一九九九年七月？　もしかして、ノストラダムスの大予言と関係ありますか？」

「はい、ズバリ、それです。恐児というユーチューバーの動画チャンネルのライブで、『一九九九年七月生まれの人、いますか？』と声をかけられて、手を挙げたのが五人。キャリー、ジェイソン、イエヤス、ゴンベエ、そして、ゾンビことオレです」

「なるほど。『小金井市十五人集団自殺、あるいは殺人事件』で亡くなったゴンベエこと井岡佳那さんもその一人だったわけですね」

「そうです。彼女の死をきっかけに世紀末五銃士は解散しましたが、横峯快斗《イエヤス》が言い出しっぺになって、もう一度集まったんです」

「で、井岡佳那さんの代わりに、その妹の紗那ちゃんが参加したってことですね」

「そうです」

「じゃ、あの動画、そのときに撮られたものなんですか？」

「そうです。もっとも、撮られていたなんて、まったく知りませんでしたけどね。一昨日《おととい》、アップされていた動画を見て、驚愕《きょうがく》していたところなんです。あまりに不謹慎で薄気味悪いので、動画を撮ったジェイソンとは一方的に縁を切りました」

「縁を切ったんですか？」

「はい。……といっても、そもそも、そんなに仲がよかったわけではなくて」

「悪かった？」

「悪いわけでもなかったんですが。……なんとなく、ずるずると一緒にいただけで。でも、それも学生時代のことで、卒業後はほとんど会っていませんでした。会ったのは、例の動画を撮られたときと、そして、二日前です」

「二日前、会ったんですか？」

「はい。池袋西口の、カラオケボックスで」

「三月二十四日に集まったときと同じカラオケボックス？」

「そうです。あそこは、世紀末五銃士のオフ会でよく使っていたんです」

「そのときは、どんな話を？」

「笹野千奈美《キャリー》さんが失踪したって、彼女の家族から連絡があって。それで心配になって、ジェイソンと会うことになったんです」

「なんでですか？」

「なんでって。だって、気になるじゃないですか!?」

「なにが？」

「だって、だって。……世紀末五銃士のうち、一人は亡くなって、その妹も殺されて。さらに、一人は容疑者として逮捕されて。ここにきて、失踪者まで！　このままいったら、もしかしたら——」

「もしかしたら？」

訊かれたが、翔太は口を手で押さえた。その言葉を口にしてはならない。

なのに、

「自分たちも、殺されると思ったんですか？」

と、中澤慎也が翔太の代わりに、その言葉を口にした。

その言葉を聞いた途端、足の先から震えがはじまった。震えはあっという間に全身を覆い尽くす。翔太は、自分の体を両腕で抱きしめると、小さく縮《ちぢ》こまった。

そんなハムスターのような翔太を前にして、中澤慎也は、真顔でこんなことを言った。

「ところで。ブ、ブラッ、ク、ア、イ、ク、ラ、ブ、ブって知ってますか？」

は？

翔太は、捕食者を見上げる小動物のように、中澤慎也を恐る恐る見た。

「知りませんか？」

翔太は、子供のようにこくりと頷いた。

「そうですか。実は、僕も最近知ったんですけどね。ブラックアイクラブというのは――」

ここまで言いかけたところで、中澤慎也はいったん唇を閉じた。

翔太は、身を乗り出した。

「なんですか？　ブラックアイクラブって？」

「いや、今のは忘れてください。ちょっと、調子に乗りすぎました」

いや、忘れろって言われても。……こんなふうに中断されたら、ますます気になる。

「ジェイソンさんの話に戻りますが——」

なのに、中澤慎也はすぐさま話題を変えた。

「ジェイソンさんって、なんでジェイソンって？」

「は？」

「だから、ハンドルネームですよ。なんで、ジェイソンって？」

「さあ、さすがにそこまでは」

「僕、ずっと気になっていたんですよね。ジェイソンってハンドルネーム」

「なぜですか？」

「ちなみに、あなたはなぜゾンビなんですか？」

「は？」

なんだこいつ。人の話を全然聞いていないじゃないか。さっきからそうだ。ずっとずっと自分のペースで話を進めている。こちらが質問しても、次の話題に移る。馬鹿にしてんのか？　そうだろうな、馬鹿にしてんだよ、見下してんだよ、こいつは。なにしろ、こいつは大手新聞社の正社員。一方、自分は、小さな出版社の契約社員。しかもしかも、こいつは某野球選手似の甘いマスクに長身の恵体《めぐたい》。それにひきかえ自分は、自虐ではないが貧弱な小男。なんとかっていう役者に似ていると言われたことがある。ストーカーとか変質者とか、そんな役ばかりしている脇役専門の役者だ。すぐに名前も思い出せないほどの泡沫《ほうまつ》役者だ。しかも、最初にそう指摘したのは、父親だ。似てる似てると指さして笑ったのはじいちゃんだ。畜生《ちくしょう》、畜生！　みんなオレを馬鹿にしやがって！　こうなったら、意地でも、中澤慎也の質問には答えない。意地でも！

「で、なんでゾンビなんですか？」

中澤慎也の顔が、近づいてきた。この笑顔。悔《くや》しいけれど、嫌いじゃない。

「昔からの渾名《あだな》なんですよ、ゾンビって」

翔太は、あっさり陥落した。

「最初に付けられたのは、小学一年生のとき。入学式のその日に、隣に座っていたやつに『ゾンビ！』って呼ばれて、それからは他のやつらもゾンビって。その後も何度か転校しましたが、そのたびに、〝ゾンビ〟って渾名がついたんです。なんか、悔しかったですね。自尊心をズタズタにされたというか」

「まあ、小学生って、そういうところありますよね。容赦《ようしゃ》がない」

「で、四回目の転校のとき、いっそのこと自分から〝ゾンビ〟って名乗ってやろうと思ったんです。人からそう名付けられるとカチンときますが、自分から名乗ればそうでもないんじゃないかと」

「ああ、分かります。自虐することで、自分を守る……みたいな。芸人がよくやる手ですね」

「はい、まさにそれです。ネガティブな容姿の特徴を逆に利用して、笑いに変える……的な」

「でも、それはそれで、イジられて辛《つら》いのでは？」

「はい、まったくその通りでした。年がら年中、ゾンビのあのポーズを強要されて、辛かったですね」

翔太は、頭を力なく右に傾けると、両腕を前に突き出した。そして、

「体育祭やら学園祭やらには必ず、ゾンビの仮装もさせられました」

「それは、辛い」

「高校を卒業して、大学生になっても、です。飲み会の余興に、毎回ゾンビをやらされました」

「重ね重ね、辛い」

「でも、その頃になると、もう諦めの境地でしたね。仕方ない、このままゾンビのキャラでいくか……と。それに、このキャラは案外、役に立つんです。イジられることはあってもイジメられることはなくなりましたからね。……というのも、小学校低学年ぐらいまではひどいイジメにあっていたんですが、ゾンビのキャラを確立してからは、なくなったんです。それに、女の子とも普通に喋れるようになったんですよね」

「なるほど。女の子って、ゾンビのようなキャラ、大好きですからね。キャラが立っている男性に対しては警戒心も薄くなるんでしょうね。でも、それはつまり、異性として見られていないってことでもあるんですが」

畜生。中澤慎也、ずばりと言いやがる。

「あなたが〝ゾンビ〟なのは分かりました。で、ジェイソンは、なぜ〝ジェイソン〟？」

「だから、さっきも言いましたが、知りませんよ、そんなの」

「じゃ、あなたは、〝ジェイソン〟って名前を聞いて、真っ先になにをイメージしますか？」

「え?」そう問われて、翔太の頭に浮かんだのは、殺人鬼の姿だった。そう、映画『13日の金曜日』シリーズに出てくる、殺人鬼。

「殺人鬼をイメージしませんか?」

問われて、翔太は、こくりと頷いた。

「そうなんですよ、殺人鬼なんですよ!」

中澤慎也の顔がさらに近づいてきた。

「なんで、彼はわざわざ、殺人鬼を連想させる名前をハンドルネームにしたんでしょうかね?」

「まあ、それは。……空気を読んだからでは?」

「空気?」

「オレたちは、そもそも、オカルト動画の常連だったんです。だから、常連たちは、オカルトっぽいハンドルネームをつけていました。笹野千奈美さんが〝キャリー〟なのも、たぶん、それが理由です」

「うん? どういうこと?」

「『キャリー』って小説、知りません? スティーヴン・キングの」

「ああ、もしかして、映画になった? 超能力少女の話?」

「はい、それです。たぶん、そこからきているんだと思います」

「なるほど……」中澤慎也が、深く頷いた。そして、

「……今日は、色々とありがとうございました、参考になりました」

「は？」もう御役御免《おやくごめん》？　呆気にとられている間にも、中澤慎也がすっくと立ち上がった。

……畜生、つくづく、長身だな、この野郎。こいつの隣に立ったら、まさに罰ゲームだ。翔太は頑としてソファーに居座った。

「あ、そうだ」中澤慎也が、今一度、ソファーに体を沈めた。翔太と視線の高さが同じになる。

畜生……！　どうせオレは、胴長短足だよ！

「あなたたちが集《つど》っていたという、動画サイト――」

「『オカルトカリスマ』ですか？」

「そう、それ。そのサイトを立ち上げていたユーチューバーの――」

「恐児ですか？」

「そう、その人。今、どうなっているか知ってます？」

「いえ、知りません。『オカルトカリスマ』を閉鎖したあと、どうなっているか……。失踪したなんて言う人も。中には、例の事件の真犯人なんじゃないかって人も」

「例の事件って、『小金井市十五人集団自殺、あるいは殺人事件』？　通称、『ノストラダムス・エイジ事件』？」

「そうです」

「恐児って人、その事件には百パーセント、関係してないと思いますよ。それに、失踪もしてません。今は、ドバイにいます。そして、ちゃんと活動もしています」

「活動？」

「そう、今もユーチューバーです。毎日、動画をアップしてますよ。今は、投資動画が中心です」

「投資動画？」

「そう。まったく違うハンドルネームでね」

「オカルト動画ではなくて、投資動画？」

まったく想像できない。あの恐児が、投資？　恐児といえば、都市伝説やホラーだ。投資なんて——。

「都市伝説と投資って、案外親和性があるんですよ」

中澤慎也が、にやりと口角を上げた。

「そもそも、あのユーチューバーは金儲《かねもう》けが目的です。ハンドルネームを変えては、いろんなジャンルに手を出しています。オカルト動画の前は猫動画、その前はゲーム動画。映画のレビュー動画もやってましたよ。……つまり、儲けられそうなコンテンツを転がしているだけなんですよ」

「知らなかった……」

なんか、がっかりだ。てっきり、オカルトに人生を捧げているような人だと思っていたのに。

「『ノストラダムス・エイジ』っていう本も、あいつが仕掛けたんだと思いますよ。わざわざ偽者《にせもの》を用意して、話題作りまでして。手が込んでます」

言われるまでもない、翔太もそれは薄々疑っていた。だって、あまりにもできすぎている。

『ノストラダムス・エイジ』を書いたとされる秋本友里子だって、実在しているのかどうか。

「秋本友里子は実在しているようです。そこまでは、笹野千奈美も突き止めていた。……そう、あの日。取材に出ていた笹野千奈美が目を輝かせて戻ってきて――」

＋

「中澤さん！　聞いてくださいよ！」

笹野千奈美の目がキラキラと輝いている。

この女は、毎回そうだ。自分を見るときは、こんな目になる。まさに、恋する乙女《おとめ》の目だ。

こういう目を、慎也はもう何度も見てきた。物心ついたときからだから、数え切れない。女の目というのは、そういうものなのか？　常にキラキラしているのか？　とも思ったが、どうやら、違った。自分を見るときだけ、こういう目をするのだ。

自分が大層恵まれた容姿をしていることに気がついたのは、幼稚園の頃だ。

それまで、一度も叱《しか》られたことがなかった。怒鳴《どな》られたことも厳しい視線を向けられたことも。でも、それは当たり前のことで、みんながみんな、そうなのだろうと思っていた。ところが、幼稚園に入って知った。叱られ、怒鳴られ、厳しい視線を向けられる子もいることを。というか、そういう子のほうが多数派だった。一方、自分に向けられる視線はどれも優しく、そしてキラキラしていた。そして、みな丁寧な口調で接してくれる。笹野千奈美もそうだ。同期だというのに、いつでも敬語。

この差はどこから来ているのか。

それに気がついたのは、身体測定のときだった。明らかに、先生の態度が他の子のときと違う。その目はいっそう、キラキラと輝いていた。そして、まるでやんごとない人と接するときのように「まぁ、身長がこんなに伸びましたね！ 素晴らしいです。将来が楽しみです」などと、最上級の言葉でいつでも褒《ほ》めてくれる。

そうか、この顔とこの体が理由か！

この容姿には本当に感謝している。おかげで、どんなに失敗しても他の誰かが尻拭《しりぬぐ》いをしてくれたし、他の誰かの功績を自分のものにすることもできた。もちろん、自分から望んだことは一度もない。いつだって、他の誰かが、率先して自分のために働いてくれるのだ。この新聞社に入るときもそうだった。入社試験の筆記は散々だったが、誰かの成績と自分の成績が交換されたのだろう、内定を勝ち取ることができた。成績を操作したのは、たぶん、人事部のあの女部長だ。面接のとき、やはりその目はキラキラしていた。

入社してからも、慎也のために他の誰かが骨を折ってくれる。頼みもしないのに、「お役に立ちたいんです」と手柄を譲ってくれる。そのおかげで、慎也は出世コースに乗っていた。この調子でいけば、四十代で役員に、なんなら、社長にまで漕《こ》ぎ着けるかもしれない。

本当に、この容姿には感謝だ。特に、某野球選手には。彼があれほど活躍してくれているおかげで、僕まで努力家の天才というイメージが自然とついた。特になにもしなくても、某野球選手が活躍すればするほど、自分の評価も鰻《うなぎ》上りだ。みんながみんな、僕の歓心を買おうと躍起になってくれる。

そう、こうやって椅子に座っているだけで、「中澤さん！　聞いてくださいよ！」と、向こうから情報がやってくる。

「どうしたの？」

慎也は、お得意のその表情をしてみせた。目を細めて、口角をひょいと上げる。

「なんとなく、分かってきたことがあるんです」

「なに？」

「秋本友里子のことです」

「うん？」

「ほら、だから。『ノストラダムス・エイジ』の秋本友里子ですよ」

「ああ、あの預言書の？」

「そうです。秋本友里子と恐児は――」

「キョウジって？」

「だから、『ノストラダムス・エイジ』を広めたユーチューバーですよ」

「ああ、はいはい、恐児ね。で、秋本友里子と恐児がどうしたって？」

「あの二人、どうやら繋がっているようです」

「そりゃ、そうでしょう。だから、恐児の動画で、『ノストラダムス・エイジ』を紹介したんじゃないの？」

「いえ、そういう単純な繋がりではなくて」

「じゃ、どういう繋がり？」

「はじめから、グルだったんですよ！」

「グルって、つまり……共犯者ってこと？」

「そうです。二人が共謀して、はじめから騙《だま》すつもりだったんですよ。偽者騒動もそう。あの二人が仕掛けたものらしいです」

「話題作りのために？」

「そうです。ずいぶんと手の込んだことをやったものです」

「目的は？」

「金儲けに決まってんじゃないですか」

「本を売るため？」

「もちろん、それもあります。でも、他にもあります」

「それはなに？」

「それは――」

笹野千奈美が、勿体《もったい》ぶるように唇を閉じた。

おい、笹野のくせに生意気だぞ！　僕を焦《じ》らすつもりか!?

「ね、それはなに？」

慎也は、さらに目を細めて、口角もきゅっと上げてみた。ついでに首も傾けてみた。

なのに、

「いずれにしても、秋本友里子と恐児は、ドバイにいます。そして今も動画サイトで暗躍しています」

おい！　話をスキップさせるな！

「ね、ちゃんと丁寧に説明してよ。二人の本当の目的はなんなの？」

「それは――」

「それは？」

慎也はさらに口角を上げてみせたが、笹野千奈美の視線は、自身の腕時計に注がれた。

「いけない、こんな時間。これから行かなくちゃいけないところがあるんだった」

「どこ？」

「まあ、それもあとで話します。じゃ、行ってきます！」

そして、笹野千奈美は、来たときと同じように目をキラキラさせて、オフィスを出て行った。

「なんだよ、あいつ！」

慎也は、イライラとデスクの脚を蹴った。向こう側のデスクに座る派遣社員の女が、怪訝《けげん》そうな顔でこちらを見た。

おっと、いけない。僕は、いつでもどこでもクールで穏《おだ》やかなイケメン。感情を態度に出してはいけない。

慎也は咄嗟《とっさ》に口角を上げると、とっておきのスマイルを飛ばした。派遣女は、「きゃっ」と顔を赤らめると、その目をキラキラと輝かせる。

ほんと、女ってちょろいな。

っていうか、ムカつく。……笹野千奈美のやつめ！　あんな中途半端な報告をしやがって。めちゃ気になるじゃんかよ！

うん？

デスクの上に手帳。これは、笹野千奈美のものだ。なんだよ、こんなところに忘れて。

……っていうか、これ、わざとだよな？　僕に見せるために、わざとここに置いていったんだよな？　なら、見ても大丈夫だよな？

うん、大丈夫だ。むしろ、見ないほうが失礼にあたる。

慎也は、そう何度も自分に言い聞かせると、その手帳をぱらりと捲《めく》った。

すると、付箋《ふせん》が立っているページが真っ先に開いた。

そこには、

〈ジェイソン、ゾンビ、イエヤス、ゴンベエ、この中に真相を知る者が？〉

〈ハンドルネームの意味に秘密が？〉

とあった。

どういうことだろう？　このハンドルネームの意味に、どんな秘密があるって言うんだろう？

ページを捲っていくと、

〈ジェイソンの動画、要確認〉

これもどういう意味だろう？　ジェイソンの動画って？　もしかして、ユーチューブでもやってるんだろうか？　でも、確か、彼、高校の教師じゃなかったっけ？　そうだよ、いつかの取材のときに、そんなことを言っていた。

〈ジェイソン、食べすぎ〉

は？　確かに、あの男は、ちょっと太っていた。いや、かなり太っちょだった。取材の最中も、チョコバーを頰張《ほおば》っていた。

〈ジェイソンには注意！〉

えぇぇ？　ほんと、どういう意味だろう？

さらにページを捲ると、

〈秋本友里子の正体は詐欺師《さぎし》？〉

〈『ノストラダムス・エイジ』を信じた読者をターゲットに、仮想通貨で儲けるのが目的？〉

……仮想通貨？

これまたどういう意味だろう？　『ノストラダムス・エイジ』と仮想通貨がどう関係するんだ？

さらにさらにページを捲ると、

〈ブラックアイクラブ　要確認〉

は？　ブラックアイクラブ？

これも、めちゃ気になる。気になる、気になる、気になる！

妙な衝動に駆られて、慎也は、ノートパソコンに体を向けた。検索エンジンを立ち上げて、〝ブラックアイクラブ〟と入力したとたんだった。

ブラック？　Black？

あれ？　そういえば。

っていうか、手帳には〝仮想通貨〟ってあったよな？

もしかして？

検索を後回しにすると、電子書籍リーダーを立ち上げる。

……確か、『ノストラダムス・エイジ』を電子書籍で買っておいたはずだ。あんなに話題になっていたからな。でも、途中まで読んで、そのまま放置していた。……お、これだ。

『ノストラダムス・エイジ』を開くと、検索ボックスに〝仮想通貨〟と入力。すると、あるページがヒットした。

そこには、「滅亡の前夜、リアルな貨幣はすべて無効になる。現金を持っていても無駄だ。唯一、有効なのは仮想通貨。Black coinしか使えなくなる」とあった。

ああ、やっぱり、そういうことか！

慎也は、思わず手を叩いた。

そうだ、そうだ、思い出したぞ。いつだったか、仮想通貨のBlack coinが爆上がりしたことがあった。それまで1ブラック（Black）百円ほどの価値しかなかったものが、一夜にして、百万円近くまで値上がりした。つまり、一万円分所有していた者は、一夜にして一億円の所有者になったという訳だ。そのあまりの爆上がりにネットが騒然としたことを記憶している。マイナーな銘柄であるBlack coinが、なぜこんなに高騰したのか。

もしかして、それは、『ノストラダムス・エイジ』が影響していたんではないか？

早速、調べてみると……。

ビンゴだ！

慎也は、再び手を叩いた。

派遣女が、再び怪訝そうな顔でこちらを見ている。が、そんなの相手にしている場合じゃない。

慎也は、「やっほー」とでも言わんばかりに、右手を振り上げた。

なるほどなるほど、そういうことか！『ノストラダムス・エイジ』が出版された本当の目的は、仮想通貨Black coinの価値を一瞬でも上げるためだったんだ！

あらかじめBlack coinを購入し、爆上がりしたその瞬間にリアルな貨幣に交換すれば、その者は一夜にして億万長者になっているはずだ。秋本友里子と恐児がグルだとすれば、それが目的に違いない！　そう、秋本友里子は預言者でも超能力者でもなく、ただの詐欺師だったんだよ！

……だとして。

じゃ、なんであの事件は起きたんだろう？　通称、「ノストラダムス・エイジ事件」。当初は、秋本友里子が仕掛けた集団自殺ではないかと言われていた。警察も秋本友里子に目をつけていたはずだ。検察で働く知人がそう教えてくれた。

「この事件は、当初は一種の集団ヒステリーじゃないかと思われていた」と。

カルト集団でありがちな集団自殺だと。今までにも、この手の集団自殺は多く起きている。有名なのは、「人民寺院事件」。九百人を超える死者が出た。そして、「太陽寺院事件」。五十人を超える犠牲者を出した。この手の集団自殺で共通しているのは、「終末論」だ。終わりを迎えつつある地球から魂を逃すために、肉体を滅ぼす……という教えを信じ込ませ、信者に自殺を促す。

ただ、ウガンダで起きた「神の十戒復古運動事件」のような、集団自殺に見せかけた大量殺人事件もある。

例の知人は言った。

「まさに、それだ。『ノストラダムス・エイジ事件』は、集団自殺に見せかけた、大量殺人事件なんだよ。今、警察は容疑者を追っているようだ」

が、あいつはその容疑者が誰か……までは教えてくれなかった。

何度も訊ねてみたが、「いや、それはさすがに言えない」と。そうこうしているうちに、横峯快斗という男が逮捕された。

恐児の動画チャンネルの常連だ。

「いや、でも、違和感がある。自分が犯人だと自供はしているけど、その記憶は怪しい。どうも、記憶障害があるようだ」

例の知人は頭を抱えた。さらに、

「このまま起訴したら、刑法第三十九条で、横峯快斗は無罪になってしまうだろう」

つまりそれは、犯人に責任能力がなかったとして、罰しないことが確定してしまうということだ。

「と、同時に、『ノストラダムス・エイジ事件』は、被告人無罪で確定してしまうってことだよ。刑事訴訟は一事不再理《いちじふさいり》……真犯人がいたとしたら、高笑いだろうね」

その知人が言いたいのはこういうことだった。……真犯人は、記憶障害がある横峯快斗になにもかも押し付けて、事件を終わらせようとしている。

「いや、こうなったら、横峯快斗の記憶障害も怪しいね。もしかしたら、真犯人に……」

ここで、あいつは完全に口を閉ざした。

さすがの慎也も、これ以上は訊けないと思って、断念したのだが。

もしかして、検察と警察は、真犯人が誰か見当をつけてるんじゃないかな？

やっぱり、秋本友里子なのか？　それとも恐児？　それとも――。

ぱさりと、何かが落ちた。

笹野千奈美の手帳だ。

見ると、慎也が最初に開いた付箋が立っているページが開いている。たぶん、もう何度もこのページを開いたのだろう、手帳に癖がついているようだ。

そのページに書かれているのは、

〈ジェイソン、ゾンビ、イエヤス、ゴンベエ、この中に真相を知る者が？〉
〈ハンドルネームの意味に秘密が？〉

これは、いったい、どういう意味があるんだ？　まさか、この中に真犯人のヒントが？

＋

「そんなことより、笹野千奈美《キャリー》さんは、いったい、どうなっちゃったんすかね？　なにか、知りませんか？」

翔太は、中澤慎也の視線に自分の視線を合わせた。

中澤慎也は口角をひょいと上げると、

「まあ、たぶん、どっかで取材してるんじゃないかな。彼女にはそういうところがあるんですよ、連絡も忘れて、取材に没頭するところが。前に、一週間連絡がなかったことがあって。心配していたところに、ひょっこり戻ってきました。……だから、今回もそうなんじゃないですかね」

「でも、ご家族にも連絡がないんですよ？　めちゃくちゃ心配してましたよ？」

「家族も言うほど心配してないんじゃないかな？　いつものことだって。本当に心配していたら、真っ先に警察に行くでしょう。行方《ゆくえ》不明者届を出しに。それをしてないってことは、ご家族も薄々、分かってるんじゃないのかな？　取材に飛び回っているだけだって」

「だといいんですけど」

「なにをそんなに心配しているんです？」

「だって、世紀末五銃士のうち、一人が亡くなって、一人が逮捕されて……」

「紗那ちゃんまで殺害された？」

「そうです。……あんな残酷な形で。ジェイソンなんか、学校まで辞めて、犯人捜しをはじめましたからね」

「殺人鬼」

「え？」

「〝ジェイソン〟っていうハンドルネーム、殺人鬼の名前が由来だとしたら」

「だとしたら？」

「名は体を表すって、昔から言いますよね」

「なにが言いたいんです？」

「ジェイソンの備忘録。あれは、かなりヤバい動画だった。……犯罪の臭いがした」

まあ、確かに、あの動画はヤバい。翔太はこくりと頷いた。

「ところで、殺人鬼が、犠牲者の持ち物や遺体の一部を持ち去ることはよくあると言われていますよね」

「ええ、戦利品というやつですね」

「そうです。戦利品、あるいは記念品。でも、〝品〟ではなくて、映像の場合もあるんです」

「は？」

「だから、犠牲者の姿を映像に残すんですよ。コレクションとして」

「……なにが言いたいんですか？」

「まあ、あとは、想像にお任せします」

中澤慎也が、腰を浮かせた。

「あ、そうだ。さっき言ったブラックアイクラブのことなんだけど――」

「ええ、はい」

翔太は、首が後ろに折れ曲がるほど、中澤慎也を見上げた。

「せっかくご足労いただいたので、お教えしましょうか？　ブラックアイクラブのこと」

なんなんだよ、この恩着せがましい言い方は。ほんと、こいつ、面倒臭いやつだな。さっきから勿体ぶるようにアヒルロなんかしやがって。男のくせに。……あ、男のくせに……というのは、性差別になるのかな？

いずれにしても、こいつはまったく某野球選手には似ていない。一瞬、某野球選手に見えたけど、まったくの別物だ。紛《まが》い物だ。昆虫でいえば、テントウムシダマシのようなものだ。益虫のテントウムシに見せかけて、実際は、野菜を食い荒らす害虫。

こんな〝ダマシ〟にこれ以上付き合ってられるか！　と思いながらも、

「ブラックアイクラブってなんですか？　教えてください」

と、翔太はハエのように手を揉んだ。

「ブラックアイクラブというのは、秘密結社です」

「は？」

「大物政治家やセレブの目に、突然、アザができていることが確認されている。あれは、秘密の儀式の結果なんです」

「は？　は？」

「なんてね。それは、ただの都市伝説。ブラックアイクラブというのは、恐児が今やっている動画チャンネル名です。興味があったら、アクセスしてみてください。たぶん、秋本友里子もからんでいると思います。なかなか面白い動画ですよ。ただ、気をつけてくださいね。ぶっちゃけ、あいつらは詐欺師なんで。一億円儲けよう！　と言いながら、逆に視聴者からたんまり金を巻き上げている。そのせいで、去年、逮捕状が出ています。だから、あいつらドバイに飛んだんですよ。それでも懲《こ》りず、いまだに、ハンドルネームとアカウントを変えて動画を配信しているんですからね。筋金入りです。……本物の悪党ですよ」

Chapter 4.

サイキック・ドライビング

15

『では、これから〝サイキック・ドライビング〟をはじめます』

「サイキック・ドライビングってなんですか？」

『直訳すれば、催眠術による精神の操作です』

「そ、操作……？」

『まあ、治療と同じ意味です』

「治療……」

『そうです。あなたには〝治療〟が必要なのです。安心してください。アメリカのＣＩＡでも採用された治療法ですので』

「ＣＩＡ？　それなら、安心だ」

『では、はじめますよ』

「はい」

『まずは、あなたのお名前は？』

「かいと……、よこみね……、かいと……」

『そうです、その調子です。あなたの名前は、横峯快斗。イエヤスとも呼ばれていました』

「イエヤス？」

『そう。イエヤス。……覚えていない？』

「イエヤス？　イエヤス……」

『そう、イエヤスよ。……イエヤス、イエヤス、イエヤス……』

16

腸の中身をあらかた放出した快斗は、考える人のポーズでしばし、その余韻に浸《ひた》っていた。

温水便座のシャワーが、死ぬほど気持ちいい。気が遠くなりそうだ。

ああ、本当に気持ちがいい……。

え？　温水シャワー？

嘘《うそ》だろう？

だって、ここは拘置所の中。温水シャワーなんかあるはずない。

でも、今、尻《しり》に当たっているのは、間違いなく温水シャワーだ。

なんで？

変な汗が出る。

快斗は、恐る恐る左の壁を見た。

リモコンが貼り付いている。よく見るメーカーのリモコン。

なんで？

なんで？

って、ここ、どこだ？

＋

「イエヤスくん、遅かったね。どうしたの？」

そのドアを開けると、女が声をかけてきた。……キャリーさん？

「もしかして、また、トイレのドアがなくなったとか？」

「え？」

「だって、前に、トイレのドアがなくなったって、パニクってたことあったじゃん」

「……うん。入ったときは前のほうにあったんだけど、いつのまにか、左側に移動していた」

快斗は、適当に話を合わせた。

「やだ、なにそれ！　妖怪の仕業《しわざ》？」

キャリーさんが、真剣に怖がってみせた。「ねえねえ、みんな聞いて。イエヤスくん、妖怪のいたずらに遭遇したみたい！　たぶん、枕返しの仲間だよ！」

快斗は、頭を二度、三度振ると、呼吸を整えた。そして、今現在、自分が置かれた状況を把握するために猛スピードで観察をはじめた。

ここは、カラオケボックス。

Chapter 4.

サイキック・ドライビング

知っている店だ。何度か来たことがある池袋のカラオケボックスだ。

目の前で、枕返しだ妖怪だと騒いでいるのは、キャリーさん。

それを面白がって聞いているのは、いかにも虚弱体質のゾンビ。

オニオンフライを忙しく口に運んでいるのは、小太りのジェイソン。

そして、奥で静かに微笑《ほほえ》んでいるのは、ゴンベエさん。

………。

快斗は、もう一度頭を振った。そして、もう一度呼吸も整えた。

が、状況は変わらない。

なんだ、なんだ？

いったい、どういうことだ？

俺は、さっきまで、拘置所の中の独房にいたはずだ。そう、通称「ノストラダムス・エイジ事件」の犯人として逮捕され、起訴されるのを待っていたはずだ。

いったいどうなっているんだ？

考えられるのはひとつ。

時間が巻き戻った？

快斗は、今更ながらに、左手首のその存在に気がついた。お気に入りのG-SHOCK。そして、その表示は――。

二〇二〇年の九月二十日。

マジか！　やっぱり、時間が巻き戻っている！

二〇二〇年の九月二十日といえば、……ああ、そうだ、ある怪談イベントがあって、それにたまたま参加していた「世紀末五銃士」でオフ会をすることになって、いつもの池袋のカラオケボックスにやってきて……。

あれ？　だとしたら、一人足りない。

そうだ。ホラー芸人のマトリックスさん。確か、飛び入りでオフ会に参加していたはずなんだが……。


「問題です。オーストラリアとニュージーランドの地図を思い浮かべてください」

突然、横からそんな声が聞こえてきて、快斗はぎょっと隣を見た。

あ、マトリックスさん、いた！

やっぱり、時間が巻き戻っている。

マトリックスさんの説明は一字一句、前に聞いたものだった。

「……そう、記憶と事実が異なる現象をマンデラ――」

「マンデラ効果《エフェクト》ですよね？」

快斗が言うと、マトリックスさんは一瞬顔をしかめたが、すかさず破顔した。

「そうです、マンデラ効果です！」そして、マトリックスさんは快斗に抱きつく勢いで、

「マンデラ効果、信じる？」

「…………」今、まさに、自分はマンデラ効果の真っ最中だ。

「マンデラ効果が起きる原因は――」

「並行世界《パラレルワールド》間の移動が原因ですよね？」

「そう！」マトリックスさんは、軽快に指を鳴らした。続けて、

「君の名前はなんて？」

「ここではイエヤスって呼ばれてますが――」

「イエヤス？　なんで、イエヤスなの？」

「特に、理由はありませんが。……まあ、あるとすれば、静岡県出身なのと、天ぷらが好きなことかな……」

「天ぷらには気をつけてよ。徳川家康もそれで命を落としているんだからさ」

「は……」

「で、イエヤスくんは、マンデラ効果に興味あるの？」

興味があるもなにも……。

「イエヤスくんは、どんなマンデラ効果を経験した？」

どんなって。……多すぎて、説明する気にもならない。

「っていうか、マトリックスさんはなぜ、マンデラ効果を？」

逆に快斗が質問すると、

「それは――」と、マトリックスさんの言葉は濁《にご》った。

「知り合いが、バイクに撥《は》ねられて、そのときに不思議な経験をしたんですよね？」快斗が言うと、

「え？」マトリックスさんの頬《ほお》がぴくっと引きつった。「なんで？　……知ってるの？」

「あ」いけない、この話を聞いたのは、元いた世界線だった。世界線A。いや、Bか。それともCか。

というか、自分はそもそもどの世界線にいて、どの世界線を経由して、今ここにいるんだろう？

間違いないのは、自分は、ひとつ前の世界線では拘置所の中にいたということだ。

……あれ？　でも、なんで拘置所の中にいたんだろう？　俺、なにをやらかしたんだ？

おかしい。さっきまでちゃんと覚えていたはずなのに、記憶がどんどん遠ざかっていく。靄《もや》がかかって、まるではっきりしない。世界線を移動すると、前の世界線での記憶は薄れていって消失するとマトリックスさんが言っていた気がするが、こういうことなのか？

「ね、イエヤスくん」

マトリックスさんが、快斗の耳に直接囁《ささや》いた。

「もしかして、君、世界線をジャンプしてきた？」

「え？」

「そうなんでしょ？」

「…………」

「だって、君、トイレから戻ってきてから、なんか別人のようだよ。トイレに行く前の君とは全然違う」

「……どう違いますか？」

「そう聞かれると説明に困るけど。……なんていうか、雰囲気？　オーラ？　いずれにしても、さっきとはまったく違う。さっきまではさ、僕がどんなに話を振っても全然無視で、なんなら小馬鹿にした感じだったのにさ。『このおっさん、なんなんだよ、邪魔だな、うぜーな、早く帰れよ』っていう声が聞こえるようだったよ。ところが、今はどう？　こんなにフレンドリーな感じになっちゃって。短時間でここまで雰囲気が変わる理由はひとつしかないよ。それは、意識だけが世界線をジャンプしたってことだ。……どうなの？」

「………………」

「ね、今から二人でここを抜け出さない？　話したいことがあるんだ」

マトリックスさんが、快斗の肘《ひじ》を摑《つか》んだ。その馴《な》れ馴れしさに、つい、体が反応した。

「止《や》めてくださいよ！」

快斗は、その手を振り払った。

視線が、一斉にこちらに集まる。

キャリーさん、ゾンビ、ジェイソン、そしてゴンベエさん。

ゴンベエさん。やっぱり可愛い。どんな世界線でも、やっぱり可愛い。でも、なかなか告白できずにいる。振られたときのことを考えると、勇気が出ない。

自分は割とモテるほうだとは思う。人からもそう言われる。でも、モテるのは眼中にないやつらからで、気がある人には振り向いてもらえない。昔からそうだ。小学生の頃も、中学生の頃も、高校生の頃も、振られっぱなしだ。そのたびに傷つき、臆病になっている。そのせいで、いまだに童貞だ。

こうなったら自分の気持ちに蓋《ふた》をして、自分に言い寄ってくる女と付き合うという手もある。たとえば、キャリーさん。彼女は、誰が見ても自分に気がある。こっちにはまったくその気はないが、振られて傷つくよりは、キャリーさんと付き合ったほうがいいのかもしれない。でないと、俺はこれから先も、ずっと童貞のままだ！

……いや、やっぱりダメだ。ここまで守ってきた童貞だ、それを失うのは、好きで好きでたまらない相手とでないと。

ああ、神様。どうか、どうか。……今度、世界線をジャンプすることがあったら、ゴンベエさんと付き合っている世界線にしてください！

どうか！

＋

「どうか！」

雄叫《おたけ》びのようなそんな声に驚いて、快斗は動きを止めた。

Chapter 4.
サイキック・ドライビング

目を開けてみるも、暗闇が広がるばかり。

はぁっはぁっはぁっ……。

荒い息。その息が快斗の顔面を乱暴になでつける。

しばらくすると、白い顔がぼんやりと浮かび上がってきた。

誰？

女？

……ゴンベエさん？

え、なんで？　なんで、こんな近くに、ゴンベエさんが？　しかも、……裸？　え、ゴンベエさん、裸？

そう意識したとたん、下半身に猛烈な快感と痺《しび》れが走った。それに衝《つ》き動かされるように、快斗は動きを再開した。

はぁっはぁっはぁっ……。

快斗の動きに合わせて、ゴンベエさんの息もどんどん激しくなる。ビールとニンニクと柑橘《かんきつ》系の匂いが混ざったような息。

どういうことだ？

洪水のように押し寄せる快感の波間で、快斗は考えた。

この状況。

いつもの自慰をしているのか？　ゴンベエさんを思いながらの自慰。あまりに思いすぎて、本物と身紛《みまが》うばかりのゴンベエさんの幻まで見えてしまっているのか？　息の匂いまで感じてしまうのか？

いや、違う。

この圧倒的な気持ち良さ、天にも昇るような至福感は、今までに経験したことがないものだ。

自慰では決して得られない快感だ。

あっ、あっ、あああああああ！

快斗はたまらず、獣《けもの》のように吼《ほ》えた。

だめだ、もう、だめだ、出ちゃう、出ちゃう、出ちゃう……！

「イエヤスくん、いいよ、そのまま出していいよ」

そんな声に導かれながら、快斗は、その欲望と快楽のすべてを放出した。

それは、とんでもない経験だった。人生の中で最高のひととき。

余韻に浸りながら、快斗は今一度、状況を分析してみる。答えはひとつだ。

たった今、俺は童貞を喪失した。

しかも、その相手は……。

「イエヤスくん、好き」

そう言いながら、たわわな乳房《ちぶさ》を押しつけてきたのは、ゴンベエさんだった。

マジか。

マジだ。

今、俺は、ゴンベエさんの中にいる。

あんなに恋い焦《こ》がれていたゴンベエさんとひとつになっている。

そう認識したとたん、たった今、一仕事終えたばかりのそれが、ゴンベエさんの中で再びむくむくと膨張しだした。

「いやだ、イエヤスくん、復活、早すぎ。しかも、こんなにぱんぱん。……私、破裂しそうだよ」ゴンベエさんの舌が、快斗の唇を舐《な》めた。「いいよ、もう一回、やろう」

結局、その日は立て続けに五回、ファックした。

さすがに、へとへとだった。

フルマラソンを終えたばかりの選手のように、イエヤスはその場に倒れ込んだ。

しかし、なんで、こんなことになったのだろう？

左手首に巻き付いたG-SHOCKは、二〇二一年の七月三十日と表示している。

ジャンプしてるじゃん！　しかも、一年近くも！

もしかして、また世界線を移動した？

願いが叶って、ゴンベエさんと相思相愛になっている世界線に？

「ねえ、イエヤスくん、なにかプレゼントして」

「え？」

「私たちのお付き合いスタート記念に」

そうか、どういう流れか分からないけど、今日、俺たちは付き合いはじめたのか。付き合いはじめの初日にセックスというのはちょっと早すぎる気もするが、まあ、そんなことはどうでもいい。

「プレゼント？　いいよ。なにが欲しい？」

「その時計」

「え？　G-SHOCK？」

「うん」

「うん、分かった。じゃ、お揃《そろ》いのやつ、買ってあげるよ」

快斗の思考も、この頃になるとだいぶ冷静さを取り戻していた。

朝日のせいかもしれない。

締め切ったカーテンの隙間《すきま》から、朝の光がなにかを警告するように溢《あふ》れ出ている。

ああ、あのカーテン。

間違いなく、自分の部屋だ。母さんが送ってくれた、青と白のストライプ。でもサイズが合ってなくて、つんつるてんだ。

そうか、俺は、自分の部屋で童貞を失ったということか。

理想とはかなりかけ離れているな。

理想では、初体験はおしゃれなシティホテルの一室と決めていたのに。しかも、高層階。東京の夜景を見ながらロマンチックな一夜を過ごし、そして、夜と朝がせめぎ合う空を愛する人と一緒に眺める。そのあとはルームサービスで朝食を頼み、いつか見たアメリカの映画のように愛する人と並んでベッドでそれを食す。……こんなことを夢想していると誰かが知ったら間違いなく馬鹿にされるだろう。「乙女《おとめ》か！」と。でも、一生に一度のことなんだ。最高のシチュエーションでそれを迎えたいじゃないか。友人なんかは風俗でそれを済ませるヤツも多いけれど、俺は、そんな惨《みじ》めなことだけはしたくないんだ。その思い出だけで生きていけるような、そんな最高の非日常を作りたかった。

が、実際は、日常の延長で、俺はその日を迎えてしまったようだ。

でも、まあ、それでも最高だけどな。だって、恋い焦がれていた人に童貞を捧《ささ》げることができたのだから。シチュエーションなんて二の次なんだよ。大切なのは相手だ。友人たちの話を聞くと、筆下ろしの相手は、大半は好きでもなんでもない女だと聞く。「所詮《しょせん》、穴さえ開いてればいいんだよ」と強がっていたヤツもいたが、でも、本音はそうではないだろう。やはり、相手は最愛の人であってほしいはずだ。そう、相手は誰でもいいってもんじゃない。やっぱり、最愛の人でないと！

と、改めて、隣のゴンベエさんの顔を見てみる。

って、ゴンベエさん、金髪⁉

朝日に照らされたその顔は、まるで知らない他人のようだった。

え？　俺、全然知らない女を部屋に引き入れたのか？　まさか、デリヘル嬢？　それとも――。

「Baby-Gがいいな」

「だから、時計の話。お揃いにするなら、Baby-Gがいいな」

「う、うん。分かった。Baby-Gね」

いや、その声は間違いなく、ゴンベエさんだ。

その目もその鼻もその口も。そしてその体臭も、間違いなくゴンベエさんのものだ。

「てか、いつイメチェンしたの？」

頭の中の言葉が、つい、口を衝いて出た。

「え？」

ゴンベエさんの目が、一瞬曇った。

「あ、ごめん。ううん、なんでもない」

慌《あわ》てて取り繕《つくろ》うが、ゴンベエさんの目からじゅわっと涙が溢れる。

「あ、本当にごめん。変なこと聞いて。……いやさ、俺も金髪に染めようかなって思って」

ゴンベエさんの目が、今度はかっと見開いた。

「……イエヤスくん、大丈夫？」

「え？」

「だって、もう金髪だよ？　染めたじゃん。私と一緒に」

「は？」

「ほら、いつかのオフ会の帰り、世紀末五銃士のみんなで池袋の繁華街を歩いていたら、ヘアカットモデルやりませんか？　って声をかけられて。ちょうど髪型を変えたいなぁと思っていたところだったんで私が手を挙げたら、イエヤスくんも手を挙げて。で、二人で、モデルをしたじゃない。そしたら、金髪にされてさ。はじめは『ぎゃー』ってなったけど、でも、そのおかげで、私たちの距離は縮まって。……そのときに、初キッスしたんだよ。覚えてない？」

初キッス？

え？　マジで、金髪がきっかけ？

快斗は、自身の髪に触れながら、向こう側を覗《のぞ》き込んだ。

あ、本当だ。金髪だ。

向こう側の鏡に映し出されたその姿に、快斗は訳の分からないため息をついた。

全然、似合ってないじゃんよ。なんで、こんな髪にしたんだよ、俺。つか、これじゃ、実家に帰れないよ。父さんも母さんも、がちがちの保守だからな。本当は、一人暮らしにも反対だった。寮に入れと。悪いことはしないから、真面目な生活をするからと説得して、ようやく一人暮らしを許してもらったというのに。

＋

「ね、快斗くん、聞いてる？」

そう声をかけられて視線を戻すと、そこには、ティーカップを手にしたゴンベエさんがいた。

さらさらの黒髪に戻っている。

向こう側のウインドウに映る自分も、黒髪だ。

ああ、そういえば。なんか、うっすらと記憶がある。ゴンベエさんに「やっぱり、前の髪に戻す。イエヤスくんはどうする？」と言われて、一緒にヘアーサロンに行ったんだっけ。

って、ここはどこだ？

視線をゆっくりと巡《めぐ》らせると、どうやらどこかのティールームのようだった。そして窓際のテーブルに座っている。

窓の向こう側に見えるのは、銀杏《いちょう》並木。……外苑《がいえん》？　そうだ。青山《あおやま》は外苑にあるティールームだ。

なんでこんなところに？　俺のテリトリーは主に池袋、新宿周辺だ。青山なんて、ほとんど来たこともないのに。……だって、なんか気が引けるんだよ。青山っていったら、金持ちで洗練された都会人が行くイメージで。俺も実家はそこそこ金持ちだけど、所詮は田舎者《いなかもの》だ。センスだって自信がない。だから、あえて避けていたのに。

なのに、なんで？

そうか。またジャンプしたんだな。世界線を！

快斗は、そっと左手首を見てみた。いつものG-SHOCKが示すのは、二〇二一年の十月二十四日。

「ね、快斗くんたら」

ゴンベエさんが、身を乗り出してきた。

その左手首には、快斗とお揃いのBaby-G。

「ね、快斗くん、大丈夫？　なんかおかしいよ？　また、お腹壊《なか》した？」

そういえば、さっきから、快斗、快斗って、本名で呼ばれている。それまでは、ずっとハンドルネームの〝イエヤス〟だったのに。

……そうか。付き合いはじめたから、本名で呼び合うことにしたんだな。

それに、こんなおしゃれなティールームで〝イエヤス〟だの〝ゴンベエ〟だのって呼び合ってたら、さすがに恥ずかしいよな。

……てか、ゴンベエさんの本名、知らない。なにしろ、たった今、意識だけ別の世界線からジャンプしてきたばかりだ。なんでここにいるのか、その経緯だってさっぱり分からない。

だからといって、それを説明しても信じてはくれないだろう。というか、説明のしようがない。じゃ、どうする？

「ね、なんで、〝ゴンベエ〟っていうハンドルネームなの？」

我ながら、グッドな手だ。ハンドルネームの話題を振って、話の流れでそれとなく、本名を聞き出そう。

「え？」

しかし、ゴンベエさんの目に警戒の色が滲《にじ》む。

あれ？　この質問、まずかったかな。

「ハンドルネームの由来、この前話したばかりなんだけど」

そうなんだ！　やばい、やばい、どうしよ？

快斗が慌てていると、ゴンベエさんはそれを宥《なだ》めるように言った。

「そうか、快斗くん、最近、物忘れ激しいんだっけ」

「え？」

「病院には行った？」

「ううん」

「早めに病院に行ったほうがいいと思うよ。それに——」

「それに？」

「ううん、なんでもない」

ゴンベエさんが、紅茶を一口すすった。続けて、

「名無し」

「え？」

「名無しのゴンベエって言うでしょう？」

「ああ、よく聞くね」

「ゴンベエって、名前であって、名前じゃないの。匿名《とくめい》とか名前知らずとか、そういう意味で使われるじゃない」

「確かに」

「それが由来なの」

「どういうこと?」

「要するに、私は、匿名ってこと」

「は?」

「いやだ、先月の快斗くんは、ここで納得してくれたんだけどな。今日の快斗くんは、違うんだね」

「…………」

「嘘だよ、快斗くんは、全然変わらないよ」

「…………」どう返せばいいのか分からず、無闇にお冷《ひや》をがぶ飲みしていると、

「うちの家族、複雑なんだよね」と、ゴンベエさんが、ため息交じりで言った。

「両親が、いわゆる仮面夫婦で。お互い不貞を働いている」

「不貞……」随分と古めかしい言葉だが、ゴンベエさんが言うと違和感がないから不思議だ。

「そう。不貞。しかも、結婚当初から」

「なんで? 好き合っていたから結婚したんだよね? それとも、お見合いだったの?」

「ううん。世間的には恋愛結婚ってことになっている」

「なのに、結婚当初から、仮面夫婦?」

「ね、おかしいでしょう? 快斗くんのところはどうなの?」

「うちの両親は……。田舎だし、古い家だから、見合い結婚みたい。でも、仲はいいよ。喧嘩《けんか》し

ているところも見たことがない」

「そうなんだ。羨《うらや》ましい。うちなんて、喧嘩ばかり」

「でも、喧嘩するほど仲がいいって――」

「そんなの、嘘に決まっているじゃない。喧嘩が多いのは、やっぱり、関係が破綻している証拠なんだよ」

「でも」

「私だって、色々やってみたよ？　グレてみたり、怪《あや》しい仲間とつるんでみたり、変な趣味に没頭してみたり。そうすることで、両親の仲が良くなればいいな……と思ってさ。ほら、雨降って地固まる……って言うじゃない。子供に手がかかると、親たちも協力し合うんじゃないかと思ってさ。でも、全然効果なし。むしろ、ますます悪化した。『カナがこんなふうになったのは、おまえのせいだ！』『いや、あなたのせいよ！』と責任の擦《なす》りつけ合い」

「で、カナちゃん――」

〝カナ〟？　もしかして、本名はカナちゃん？

確かめるように、快斗はその名で呼んでみた。

「うん？　なに？」

よっしゃ、カナちゃんで間違いなし！

「で、カナちゃんは、なんで〝ゴンベエ〟ってハンドルネームにしたの？」

「だから、さっきも言ったでしょ。匿名って意味よ」

Chapter 4. サイキック・ドライビング

「どういうこと？」

「何者でもないってことよ」

なんか、禅問答《ぜんもんどう》しているみたいだ。……というか、ゴンベエ……いや、カナちゃんて、案外面倒な子なのかな？

「ね、そんなことより、それ、読んだ？」

「それ？」

カナちゃんの視線を追うと、そこには見覚えのあるトートバッグ。快斗のバッグだった。そこから覗《のぞ》いているのは、本。

え？　なんだ、この本。引っ張り出してみると――。

「『ノストラダムス・エイジ』？」

「それ、読んだ？」

「え？」

どう答えたらいいんだろう？　ここはやはり、正直に。

「うん、読んだよ」

が、快斗の口から飛び出したのは、まるっきり意図していない言葉だった。しかも、

「なんか、すごいね、この本。興奮して、眠れなかったよ。……本物の預言書だね」

「でしょ？　私も同じこと思った。これこそ、預言書だって」

「俺、早速、Black coin、買っちゃったよ」

なんなんだ？　言葉が勝手に飛び出してくる。まるで、頭の中にもう一人自分がいるようだ。

「俺、秋本友里子先生って、マジで本物だと思う」

「そう、本物の神様《メシア》なんだよ、友里子様は」

カナちゃんが、うっとりしたような表情でそんなことを言う。

「友里子様のお言葉通り、この世の中は一度、浄化《リセット》しなくてはならないと思うの。そして、友里子様の言葉を信じる者だけが、新世界に転生することができる。……私、その日が待ち遠しいんだ。ようやく、この世界とおさらばできるって。そして、今度こそ、新しい世界で何者かになれるって。……快斗くんも、新しい世界、行きたいよね？」

おいおい、なんなんだよ、この展開は！　まるで、新興宗教の勧誘じゃないか！　が、そんな思いとは裏腹に、またもや勝手に言葉が飛び出す。

「もちろんだよ！　新しい世界に行きたいよ。なんなら、今すぐに！」

「もう、快斗くん、焦《あせ》りすぎ」

カナちゃんが、聖母のように笑う。そして、

「あ、もうこんな時間だね」カナちゃんが、左手首のBaby-Gを見た。「そろそろ？」

「うん、たぶん、もうそろそろ来るはずなんだけど」

って、誰が？　誰が来るんだよ？

「あ」

カナちゃんの視線が飛んだ。その先を追うと、見た顔がこちらに歩いてくる。

「マトリックスさん?」

そうだ、ホラー芸人のマトリックスさんだ。

なんで? なんでマトリックスさんが登場するんだ?

疑問符をいくつも頭に浮かべながらも、

「待ってましたよ!」

と、快斗は大きく手を振った。

17

「横峯さん、横峯さん!」

名前を呼ばれて、快斗ははっと顔を上げた。えっと。……ここはどこだっけ?

目の前に誰かがいる。

自然に任せて伸びた髪。痩《や》せこけた頰《ほお》。うつろな瞳《ひとみ》。そして灰色のスウェット。

うん? さらにその後ろに誰かいる。黒いスーツ姿の、年配の女性だ。

きれいにまとめた髪。赤い口紅。でも、険《けん》のある表情。

「大丈夫ですか?」

問われて、

「はい、大丈夫です」

快斗の口から勝手に言葉が飛び出す。「全然、大丈夫です。……大丈夫ですから」

快斗は繰り返した。すると、それがなにかの合図のように、視界がぱぁっと広がった。思考を覆っていた靄も消え、快斗は自分が置かれている状況をようやく把握した。

ここは、拘置所の面会室。目の前にはアクリル板。そこに映り込んでいるのは、自分自身。そしてその向こう側にいるのは、弁護士だ。

松川凜子《まつかわりんこ》。父親が依頼した私選弁護人だ。有名な辣腕《らつわん》弁護士で、快斗も何度かテレビで見たことがある。

「松川弁護士は、別名『無罪請負人《うけおいにん》』。あの人にかかれば、無罪間違いなしだ」

いつか面会に来た父親がそんなことを言っていたっけ。

……なんだろう。今日はやけに思考がクリアだ。快晴の日の富士山を見ているようだ。

富士山か。……そういえば、ここんところ見てないな。

実家に住んでいた頃は、毎日のように見ていた。それが当たり前すぎてありがたみをひとつも感じることはなく、視界の端で捉《とら》えていただけだが。

上京が決まり、一人暮らしの部屋を探していたときも、「この部屋は富士山が見えるんですよ！　ほら、ごらんください！」と不動産屋が嬉々《きき》として窓を開けたが、「だから、なに？」としか。そこから見えた富士山はひどく小さく、ビルの間からようやく見える程度。なのに、「富士山が見える部屋」として大きく宣伝を打ち、しかもその分、家賃も割高だった。あんな、豆粒ほどの富士山をなぜそこまでありがたがるのか。「いや、富士山、興味ないし」と快斗は笑い飛ばし、「富士山より、東京タワーかスカイツリーが見える部屋がいい」とリクエスト。結局、スカイツリーが見える部屋に決めた。空の果てに見える小さな小さなスカイツリー。それでも興奮した。毎日違う表情を見せるスカイツリーを眺めながら、炭酸飲料を飲むのが朝と夜のルーティンになっていた。都会人になった気がした。ああ、これから先も、スカイツリーを眺めながら暮らしていきたいと。

でも、今思い出すのは、富士山と苦い静岡茶だ。

見たいな、富士山。飲みたいな、静岡茶。

そう思ったとたん鼻の奥がツーンとして、頬に生温かいものが流れた。

「どうしました？」

松川弁護士が、特に表情も変えずに訊《き》いてきた。

「いえ。……お茶。濃い日本茶が飲みたいなって」

「日本茶？　差し入れしましょうか？　お茶のペットボトル」

「いえ、結構です」

ペットボトルのお茶なんて。やはり、日本茶は茶葉からいれないと。そして、一度沸騰させたお湯を七十度ほどまで冷まして、急須にゆっくりと注ぎ入れる。

実家にいたときは、母親がいれたお茶を、水を飲むように飲んでいた。それが当たり前すぎて、まったくありがたみは感じなかったが。でも、今は、無性に恋しい。

「……母さん」

快斗は呟《つぶや》いた。

会いたい。……母さん、母さん、母さん！

母さんがいれたお茶、母さんが焼いたアジの干物、母さんが握ったおにぎり！　……おにぎりの中身は、わさび漬けで……。

「母さん！」

快斗の頬に、次から次へと生温かいものが流れ落ちる。

「お母様のこと、思い出したんですね」

松川弁護士が、少しだけ表情を和《やわ》らげた。

「お母様のことは、本当に残念でした」

「え？」

残念？　なにが？

そう質問しようとしたとき、快斗の思考はさらにクリアになった。

そう、それは、先週のこと。松川弁護士がこうやって面会に来て。告げられたのは、「お母様が亡くなられました」

そのあとの記憶はない。

いつものように記憶がカットされて、気がついたら白い部屋に寝かされていた。拘置所の独房ではない。なにか独特な匂いのする部屋だった。……そう、あれは病院特有の匂いだ。そして、白衣を着た老若男女数人に取り囲まれて……。

Chapter 4.
サイキック・ドライビング

「先週は、失礼しました。もう少し、配慮すべきでした」

松川弁護士が、ロボットのように型通りに頭を下げる。「まさか、気を失うほどショックを受けるなんて。……本当にすみません」

快斗は、軽く頭を振った。

だめだ。どうしても思い出せない。

「すみません。前に訊いたことかもしれませんが、……もう一度、訊いてもいいですか？」

「はい、どうぞ」

「母さんは、なんで死んだんですか？」

「自殺です」

松川弁護士は、無表情で言った。続けて、

「きっと、世間からの誹謗中傷《ひぼうちゅうしょう》に耐えられなかったのでしょう。蔵の中で、首を吊《つ》った状態で発見されました」

蔵？　あの蔵か。小さい頃、よく、あそこに隠れて遊んだものだ。俺の秘密基地。そして、見つかるたびに母さんに叱《しか》られた。ここには神様がいらっしゃるのよ。怖い神様がね。あまり調子にのっていると、神様に祟《たた》られるわよ。だから、やたらめったら、蔵に近づいてはダメ。そう言いながら、俺の頭にこつんと拳《こぶし》を落とした母さん。そしてそのあとは必ず、優しく抱きしめてくれた母さん。

その母さんが蔵で自殺？

「亡くなるちょっと前、私のもとに手紙が届きました。手紙には『快斗は絶対に無実です。快斗は人を殺《あや》めるような子ではありません。虫一匹殺せないような優しい子なんです。あの子は本当にいい子なんです。私の自慢の息子なんです。きっと、誰かに嵌《は》められたに違いないんです。どうか、どうか、息子の無実を証明してください』とありました。……結局、この手紙がお母様の遺言となりました」

遺言……。

「お母様のためにも頑張って無実を勝ち取りましょう。大丈夫です、秘策があります。それにはまず、治療を続けていただく必要があります」

「治療を続ける？　俺、なにか治療しているんですか？」

「そうです。治療は、うまくいっているようですね。だって――」

松川弁護士が、珍しく笑った。

「今日は、すこぶる顔色がいい。それに、言葉もはっきりしている。回復に向かっている証拠です」

「あの、治療って？」

「……まあ、簡単にいえば、解毒のようなものです」

「解毒？」

「そう、解毒です。あなたは、ある種の毒を仕込まれているのです」

「は？」

「洗脳という毒です」

「洗脳……」

「私、あなたが逮捕されたというニュースを見たとき、ピンときました。あ、この人、洗脳されているって。というのも、以前、似たような事件を担当したことがありましてね。……自分が殺人犯だと思い込んで自首した女性を弁護したことがあるんです。明らかに様子がおかしかったので、初めは心神喪失で無罪に持ち込もうと思ったのですが、どうも、ただの心神喪失ではない。なにか、偽《にせ》の記憶がすり込まれている感じがする。案の定でした。その女性は、同棲している彼氏に大量のドラッグを盛られて、記憶を操作されていたんです」

「記憶を……操作？」

「そうです。真犯人は、言うまでもなく、その彼氏でした。彼氏は彼女を犯人に仕立てて、自分だけ助かろうとしたんです」

「ひどい話ですね」

「でしょう？　あなたの場合も、それと同じパターンなんじゃないかと思いました。だから、あなたのお父様から弁護依頼が来たとき、迷わずお引き受けしたというわけです。……この案件、必ず勝てると」

「必ず、勝てる？」

「はい、そうです。私が『無罪請負人』と言われて、ここまで勝率が高いのはなぜだか分かりますか？」

「なぜですか？」

「それは、勝てる見込みのある案件しか引き受けないからです」

松川弁護士がにやりと笑った。

怖い。快斗は、椅子《いす》ごと体を引いた。

が、すぐに身を乗り出すと、

「ところで、さっき、記憶を操作するとかなんとか言ってませんでした？　それって、どういうことですか？」

「サイキック・ドライビングってご存じですか？」

「いえ」

「オカルト愛好家の間では割と有名な言葉なんですけど。……あなた、オカルトサークルに入ってましたよね？『世紀末五銃士』とかいう」

「いえ、あれは、形だけなんで。……特にオカルトが好きとか、そういうことじゃないんです」

「じゃ、どうして、『世紀末五銃士』のメンバーを続けていたんですか？」

「まあ、あれはノリというか、流れというか」

「もしかして、『世紀末五銃士』の中に、好きな人がいたりして？」

そう問われて、快斗の心臓の奥がちくっとなった。快斗はその痛みを隠すように、

「で、サイキック・ドライビングって？」

「ＭＫウルトラ計画というのがありましてね。一九五〇年代、ＣＩＡが極秘に行っていた洗脳実

験です」

「ＣＩＡ？」

「はい、さすがにＣＩＡはご存じですよね？　アメリカ中央情報局。つまり、スパイ組織です」

「ええ、もちろん」

「ＭＫウルトラ計画というのは、簡単にいえば、洗脳《マインド・コントロール》の効果を立証するための実験です。ＬＳＤなどの薬物を大量に投与して被験者を昏睡《こんすい》状態にし、電気ショックを与えたり、大音響の音楽をエンドレスで聞かせたりして、記憶を操作したり、または消したりする実験を行っていました。ときには、放射性物質を使用していたとも聞きます」

「そんな、まさか。……とても信じられません」

「事実です。もっとも、ＣＩＡはその実験の資料のほとんどを破棄してしまいましたので全貌《ぜんぼう》は詳《つまび》らかにはされていませんが、被験者の家族が裁判を起こしたのをきっかけに、実験の存在が明らかになりました」

「まさか……小説やＳＦ映画じゃあるまいし」

「小説やＳＦ映画のほうが後追いなのです。ＭＫウルトラ計画をモチーフにしているんですよ」

「まさか……」

「フィクションとして真似するならまだしも、実際にＭＫウルトラ計画をそのままなぞって、洗脳を行おうとしている組織や人物も多くいます。前述の、彼女を陥《おとしい》れた男の話もそうです。彼は、ネットで知ったＭＫウルトラ計画を参考にして彼女を洗脳しようとしたと、後に供述しています。あと、有名なところでは、一九九五年に化学兵器テロを起こした例の宗教団体も、薬物と電気ショックで、信者を洗脳していました」

「まさか……」

「あなたも、まさに同じ方法で洗脳されていた可能性が高いのです」

「っていうか、誰に？」

「それを探《さぐ》るために、精神鑑定と銘打って、治療をはじめたところなんです」

「だから、治療って、どんな？」

「覚えていませんか？　あなた、昨日まで、病院で治療を行っていたんですが」

「いいえ、覚えていません。……あ、でも、ぼんやりと、病院のようなところにいた記憶はあります」

「そうですか。あなたの記憶を取り戻すには、まだまだ時間がかかりそうですね。……でも、根気強く挑戦していきましょう。お母様のためにも」

〝お母様〟と言われて、快斗の鼻の奥がまたツーンとした。

母さん、母さん、母さん……。

あれ？　さっきまで鮮明だった母親の記憶がどんどん遠のいていく。その顔もまったく思い出せない。ダメだ、思い出さないと。

……母さん、母さん、母さん。って、母さんって誰？

「横峯さん、どうしました？　横峯さん？」

女が、しつこく呼びかけてくる。

……って。この女、誰だ。

初めて見る顔だ。

「あの、すみません、あなたどなたですか？」

快斗が質問すると、その女性は大きく肩を竦《すく》めて、落胆したように頭を振った。

「ああ、また振り出しに戻っちゃったわね」

18

「イエヤスくん、イエヤスくん」

呼ばれて、快斗はゆっくりと視線を上げた。

えっと、……ここはどこだっけ？

自分を覗き込むその顔。しょぼくれたおっさん。……どこかで見たことがあるような、ないような。

「イエヤスくん、分かる？　マトリックスだよ、マトリックス」

肩を激しく揺さぶられ、イエヤスは思考のピントをゆっくりと合わせた。

そこにいたのは、確かホラー芸人の……、

「あ、マトリックスさん」

「あー、びっくりした。突然、寝ちゃうからさ。なに？　寝不足？」

「寝ちゃった？　俺が？」

そうか、俺、今まで寝てたのか。

じゃ、今までのことは全部夢？

っていうか、どんな夢を見ていたんだっけ？　確かに、なにか夢を見ていた気がするんだけど。

「お待たせ、快斗くん。熱いお茶をいれてきたよ」

視界に飛び込んで来たのは、とびきりの美女。やべっ、もろ、俺のタイプじゃん！

「快斗くん、大丈夫？　私のこと、分かる？」

そう言いながら、マグカップを握らせる美女。……ああ、この香り。日本茶だ。しかも、静岡茶！

初夏の風のような香りに刺激されて、快斗の思考もすっかり晴れ渡った。

あ、ゴンベエさん！　いや、カナちゃん！

快斗は、自分を覗き込む美女の顔を、改めてまじまじと見た。

そうだそうだ、どんどん思い出してきた。

俺、明治神宮《めいじじんぐう》外苑のカフェでカナちゃんとデートをしていたんだ。そんなとき、マトリックスさんがやってきて——。

って、ここはどこだ？

Chapter
4.
サイキック・ドライビング

快斗は、頭をゆっくり動かしながら、周囲を見回した。

それは、昭和の香りのする民家だった。

どこ?

「快斗くん、しっかりして。ここは、小金井よ」

こがねい? こがねいって、……どこだっけ?

「中央線《ちゅうおう》に乗ったのは覚えている?」

中央線?

そういえば。新宿駅で乗り換えたな。……ああ、あれは中央線だったか。

「快斗くん、高円寺《こうえんじ》あたりで、『あ、富士山が見える!』って大はしゃぎしていたじゃない。それからは、ずっと富士山の話。東京から見える富士山は小さすぎるとか、実家から見える富士山は凄《すご》いとか」

ああ、そういえば。

「つまり、〝こがねい〟って、中央線沿いにあるの?」

なんだか、小学生のような質問に、我ながら顔が熱くなる。

カナちゃんが、呆《あき》れたように肩を竦めた。そして、小学生にやさしく説明する保健室の先生のように、

「そう。正確には武蔵《むさし》小金井駅だけど」

むさしこがねい?

快斗は、後ろポケットからスマートフォンを取り出すと、路線図を表示させた。

中央線……。ああ、これか、武蔵小金井。

明治神宮外苑からずいぶんと距離がある。

なんで、こんなところに来たんだ？　しかも、ここはどう考えても、民家。喫茶店でもカフェでもない。十二畳ほどの畳の部屋。中央には大きめの座卓。そして床の間には、古いタイプのテレビとビデオデッキがぽつんと。

さらにだ。カナちゃんとマトリックスさん以外にも人がいる。

一人、二人、三人……十二人、十三人、十四人……え、なんでこんなにたくさんの人が？

「今日はぁ、わざわざいらしてくれてぇ、ご苦労様でしたぁ」

そして、大トリとばかりに、ふすまを開けて入ってきたのは、ぽっちゃり体型の女性だった。短く刈《か》り込んだ髪に、アヒルロ。紫色の作務衣《さむえ》を着ている。一見、どこぞのお寺の修行僧のような雰囲気だ。が、その声は、みごとにアニメ声。しかも、上限ぎりぎりまでトーンを上げた、キンキン声。

まったくの年齢不詳だが、よくよく見ると、白髪がちらほら。

「今日はご苦労様でしたぁ、横峯さん」

作務衣女が、快斗の前に立った。

そのあまりにすさまじい〝圧〟に、快斗は思わず立ち上がろうとしたが、どういうわけか体が動かない。というか、動かせない。……足が痺《しび》れているのだ。そう、快斗は正座していた。

Chapter 4.

サイキック・ドライビング

正座なんて、どのぐらい振りだろう？　実家にいるときだって、したことはない。

ああ、そうだ。小学生の頃、茶道の師匠をしていた母方のおばあちゃんの家に遊びに行ったとき、正座させられたことはあった。それが嫌すぎて、あれきり、おばあちゃんの家には行っていない。

つまり、かれこれ十年振りの正座だ。

しかし、なんだって、正座なんかしているんだ？

見ると、他のみんなも正座している。

平気そうな顔をしているけど、みんなもきっと、その痺れに苦しんでいるはずだ。少しでも動かすと、止められていた血が暴走をはじめ、耐えがたい〝むずむず〟が駆け巡る。

まるで、拷問だ！

「では、横峯さん、準備はＯＫですよね？」

作務衣女が、当たり前のように言い放った。そして、その手に持っていた一枚の紙切れを、座卓の上に置いた。

そこには、

『入信契約書』

と書かれている。

「は？」

快斗は思わず、声を上げた。作務衣女のアヒルロが、途端に猛禽類《もうきん》のそれに変わる。

「ちょっと！　カナさん、どういうことぉ？　説明はちゃんとしたの？」

作務衣女が、カナちゃんにきつい視線を投げた。まさに、その視線は猛禽類！

「え、はい、その……」

カナちゃんがしどろもどろに応える。そして、ちらちらと、恨めしそうに快斗のほうを見る。

いたたまれなくなった快斗は、

「あ、すみません。……ちゃんと話は聞いています」

と、笑顔を作った。

「あら、そう？」

作務衣女も、瞬時にアヒル口になって笑う。

「話は聞いていたんですが、……契約書まで作るなんて思ってもいなくて」

作務衣女の口が、また猛禽類のそれになる。

「いや、あの、えっと。……ああ、忘れてました！　そうですよね。契約書、契約書を作るって、ちゃんと聞いてました！　すみません、自分、なんだか最近、物忘れがひどくて――」

「あなた、記憶が飛ぶんですってぇ？」

作務衣女がゆっくり腰をかがめた。そして、快斗に目線を合わせると、

「話は聞いてますよ。記憶が飛んで悩んでいるって。でも、大丈夫。すぐに解決する。ステータスが上がれば、どんな悩みだって病《やま》いだって消えるのよ」

「は……」ステータス？

「ま、とにかく、その書類にサインなさい。話はそれからですよ」

契約書に目を落とすと、契約書にありがちな約款《やっかん》がない。サインをする欄と、そしてやけに大きな文字で、「一口　壱百萬円」とあるだけだ。

「百万円！」快斗はさらに大きな声を出した。

「あら？」

作務衣女の視線が飛んでくる。

と、同時に、隣に座っていたカナちゃんが肘《ひじ》で突っついてきた。そして、

「快斗くん、百万円、用意してきたって、さっき言ってたじゃない」

「え？」

「上着の内ポケット。さっきは、そこに入っているって」

内ポケット？

「そう、内ポケット。確認してみて」

言われるがまま内ポケットに触れてみると、何かが入っている。取り出してみると、それは銀行のロゴが入った封筒だった。そして、その中身は……、

「札束!?」

「あら、ちゃんと持ってきているじゃない」

作務衣女が、封筒を快斗の手からひったくった。

そして、目にもとまらない早業《はやわざ》で札束を数えはじめる。

「百万円、確かに受け取りました。あとは、サインだけ。さあ、サインしてください」

作務衣女が、アヒル口でしつこく促《うなが》す。仕方なく、ペンを握りしめる。

それでも戸惑う快斗に、

「にいさん、さっさとサイン、しちゃいなよ」

と、部屋の暗がりに座っていた老人がヤジを飛ばすように言った。

あれ？　この声。なんか聞き覚えがあるような……。

「ほら、にいさん！」

イタチのように、老人が暗がりから這《は》い出て来た。

「え⁉」

快斗は、持っていたペンを落とした。

「蕎麦《そば》屋のおじいさん⁉」

そうだ。間違いない。自宅の近くにある蕎麦屋のおじいさんだ。

「だから、そういう脅《おど》すような物言いはダメだって、言われたでしょう？　パワハラになるって」

おじいさんの隣に座る人物が、おじいさんを暗がりに引き戻す。

え？　この声。

快斗は、目を凝《こ》らした。

「あ！」

蕎麦屋のポンコツ店員！

なんで？　なんで蕎麦屋の二人がここに？

「快斗くん、また忘れちゃったんだね」

カナちゃんが、憐《あわ》れむような眼差《まなざ》しで快斗を見た。

なにを？　なにを忘れたって？

「この夏のことだよ。快斗くんと一緒に、あの蕎麦屋さんに入ったでしょう？　店主と店員の仲がぎくしゃくしていてまるでバイオレンス映画を見ているみたいなんだけど、でも、蕎麦は美味《おい》しいって、誘ってくれたじゃない」

そ、そうだったけ？

「確かに、バイオレンス映画のような店内だった」

「カナさん、それはもう言わないでくださいよ」

蕎麦屋のおじいさんが、照れくさそうに言った。続けて、

「あの頃は、〝魔〟に取り憑《つ》かれていたんですよ。本来の自分じゃなかったんです。ア、ア、アリサ様に〝魔〟を取り払ってもらって、今ではすっかり真人間になりました」

そして、おじいさんは、作務衣女に向かって手を合わせた。

アリサ様というのは、どうやら作務衣女のことのようだ。

「それもこれも、すべてにいさんとカナさん、あなたたちのおかげです」

そして、おじいさんは今度は快斗のほうに向かって、手を合わせた。

いやいや。そんなふうに拝《おが》まれるような覚えはまったくないのだが。

「覚えてませんか、にいさん。あなたが、あたしたちを、ここに誘ってくれたんですよ。アリサ様に引き合わせてくれたんです」

「そうよ、快斗くん」カナちゃんが、おじいさんの話を補足した。「あの日も、おじいさんが店員さんに壮絶なパワハラを繰り広げていて……」

「そうです。止めてくれていなかったら、もしかしたらあたしゃ、可愛い店員を殺していたかもしれない」

殺す？

……快斗の脳の奥のほうで、なにかが光った。その部分を凝視してみると、

「包丁！」

「そうです。あたしは、気がついたら包丁を握りしめていた。そしてそれを、店員に向かって振り下ろそうとしていた。それを止めてくれたのが、そちらにいるカナさんなんです。『だめですよ、そんなことをしちゃ！　人生、終わりますよ！　もっと、人生を大切にしてください！』って。そして、カナさんはこれを手渡してくれたんです」

おじいさんは、一冊の本を掲《かか》げた。

『ノストラダムス・エイジ』

「この本に巡り合って、あたしゃ、泣けて泣けて仕方なかった。このままではいけないとも思った。それで、その翌週、お店に来たあなたにその思いを素直に伝えたら、『アリサ様に会ってみ

ませんか？』って。『アリサ様って誰？』と訊くと、『秋本友里子先生の代弁者《スポークスマン》です』と。あたしゃ、すっかり秋本友里子先生に感化されていましたから、その代弁者に会えるなら、もちろん会いたいと応えました。そしたら、『店員さんもご一緒に』って、うちの若いやつまで誘ってくれましてね。そして、先月、あなたに先導されてこの家に来て、アリサ様のありがたいお言葉を頂戴《ちょうだい》した次第です。本日もまたアリサ様に会えるチャンスをいただいて、感無量です。お礼の言葉もありません」

いやいやいや、ちょっと待って。

俺が先導した？　小金井に？

おかしいじゃないか。俺は、小金井なんて知らない。今日、初めて来た。中央線だって、今日、初めて乗った……うん？　ちょっと待って、その記憶、今日のものなのか？　それとも、過去のことなのか？

快斗は、頭を抱えた。

記憶があまりにこんがらがっている。過去と現在が入り乱れている。時系列もめちゃくちゃだ。

整理しないと。

……今の時点で分かっているのは、俺がここに来るのは初めてではないってことだ。しかも、どうやら俺は、作務衣女……アリサ様のことも知っているようだ。というか、入信って？

入信っていうからには、なにかの宗教団体だよな？

そうだよ、俺は今、勧誘を受けて、入信しようとしているところだ。

よくあるやつだ。西新宿《にししんじゅく》あたりを歩いていたら小綺麗《こぎれい》な女性に声をかけられて、そのままどこかビルの一室に連れ込まれ、信者たちに取り囲まれ、まるでなにかの暗示にかけられたように入信契約書にサインする。……それと同じようなことが今、行われようとしている。

そう、入信契約書にサインをさせられそうになっている。しかも、百万円までとられて！

「うん？」

快斗は、座卓の上の契約書を改めて見てみた。『入会契約書』となっている。

入信じゃなくて、〝入会〟？

試しに裏を捲《めく》ってみると、そこには約款がびっしりと印字されていた。

拾い読みしてみると、どうやらそれは、なにかの投資の契約書のようだった。

「横峯さん、今日は百万円のご入金でしたので、利子の十万円をこの場でお渡ししますね」

作務衣女……アリサ様が、どこから持ってきたのか、小さな手提《てさ》げ金庫をぱかっと開けた。そして、快斗が持ってきた封筒をそこに入れると、それと入れ替わりに、一万円札を十枚、取り出した。

さらに、その一万円札を一枚一枚座卓に並べると、

「横峯さんからお預かりした百万円は、すぐに倍になります。しかも、毎月十万円の利息までつくのです。アタシが開発したメソッドに間違いはありません。これこそ、本当の錬金術。みなさんのお金も、必ず、二倍、三倍、いいえ百倍にしてさしあげます！」

アリサ様がそう言うと、そこにいた連中がわらわらと座卓に寄ってきた。そして、こぞって、懐《ふところ》から札束を取り出す。

アリサ様はアヒル口をさらにアヒル口にすると、札束を自分のところに寄せ集めた。

19

「横峯さん、横峯さん」

呼ばれて、快斗ははっと、意識を戻した。

えっと、ここは……。

ああ、拘置所の面会室だ。

アクリル板の向こう側にいるのは、松川弁護士。

「ああ、よかった。また、気を失ったのかと思いました」

「あ、すみません、ちょっとだけ、思い出したことがあって」

「思い出したこと？　なんです、それは」

「アリサ様って、分かります？」

「アリサ？」

「はい。今、記憶の断片がふわっと浮かんできたんです。それは〝アリサ様〟と呼ばれている、紫色の作務衣を着た、髪の短い、キンキン声の――」

「ああ、秋本有彩《ありさ》のことね」

「ご存じなんですか？」

「ご存じもなにも、小金井市の民家で起きた、『ノストラダムス・エイジ事件』の被害者の一人ですよ」

「え？　被害者？」

「そうです。被害者かつ、事件現場になった民家の住人でもありました」

「あの家は、アリサ様の住まいだったんですか……」

「元々は、祖父母の家だったんですが、そのあと父親に名義が移って、さらに一人娘の有彩のものになりました。ちなみに、秋本有彩は、『ノストラダムス・エイジ』という本の著者である、秋本友里子の姪《めい》にあたります」

「え？　親族だったんですか？」

「もっといえば、『六島勉子』というハンドルネームで、秋本友里子になりすましていた人物です」

あ、そういえば、偽者《にせもの》事件、あったな……。

「秋本有彩は、叔母の預言ブログを利用して、一儲《ひともう》けしようと企《たくら》んでいたようです。『ノストラダムス・エイジ』に感化された人たちを集めて、その人たちに投資を勧めていたんです」

「あ、もしかして、一口百万円とかいうやつですか？」

「そうです。あなたもその詐欺《さぎ》にまんまとひっかかり、母親から百万円を借りて、秋本有彩の許《もと》に行った。……そして、その日、事件が起きたのです。そこにいた十五人が殺害されたんです」

「え⁉ じゃ、蕎麦屋のおじいさんと、ポンコツ店員も？」

「はい、全員です。そして、井岡佳那さんと、マトリックスこと田端光昭さんも。さらには、先ほども言及しましたが秋本有彩も」

「ちょっと、待ってください。……ああ、混乱してきた。……そもそも、アリサ様と秋本友里子はグルだったんですか？ もっといえば、ユーチューバーの恐児も？」

「はい。当初、警察はそれを疑っていました。有彩、友里子、恐児が結託して、投資詐欺を働こうとした。その小道具として、『ノストラダムス・エイジ』を利用した……と。でも、なにかしらの内ゲバが起こり、有彩は他の被害者とともに粛清されたんじゃないかと。それで警察は、容疑者として友里子と恐児の跡を追っていたのです。そんなときに、横峯さん、あなたが自首してきた。ね、おかしな話でしょう？ どう考えても、あなたは嵌められたんですよ」

「嵌められた……」

「ちなみに、友里子と恐児は、別件の詐欺容疑で逮捕状がすでに出ています。でも、二人はドバイに逃亡中なので、逮捕には至っていません」

「ということは、俺は、友里子と恐児に嵌められたんですか？」

「今はまだ、断定はできません。だからこそ、あなたの記憶の治療が必要なのです。あなたの壊れた記憶の中に、重要な証拠が隠されているはずなんです」

「というか、俺はいったい誰に、記憶を操作《サイキック・ドライビング》されたんですか？」

「それも、あなたの記憶の中にあります。たぶん、あなたの記憶を操作した人物と、小金井で起きた大量殺人の犯人は、なにかしら関係があると思われます。あるいは――」

と、そのときだった。

「ジェイソン」

と、快斗の口からふいに名前が飛び出した。

「え？ ジェイソン？」

松川弁護士が、手元の手帳をペラペラ捲り出した。

「ジェイソンって……『世紀末五銃士』の一人ですか？ でも、なんで？ なんでその人の名前が？」

「いえ、俺にも分かりません。なんで、ジェイソンの名前が出たのか。よく分からないんですが、唐突に頭の中にその名前が浮かんで……」

「ああ、そうそう。『世紀末五銃士』といえば、言い忘れていたことがありました」

松川弁護士が、唐突に話題を変える。

「井岡佳那さんの妹の、紗那さん。覚えています？ 一度、会っているはずなんですが」

サナ？ ……聞いたことがあるような、ないような。

「彼女、亡くなりました」

「え？」

「三月二十七日のことです。あなたが逮捕された、三日後です」

この場合、どんなリアクションをすればいいんだろう？

一度会っているらしいが、はっきりとした記憶にはない。もはや、赤の他人だ。でも、なんかリアクションしておかないと。

「そうですか。……もしかして、殺害されたとか？」

Chapter 5.

ユニバース25

20

今は昔。

八匹の、オスメス対《つい》の四組のネズミが、楽園に放たれた。

その楽園には敵はいない。働く必要もない。食糧も水も、豊富にある。病気も予防されている。

約三〇〇日後、八匹だったネズミは六〇〇匹以上に増えた。

楽園のキャパシティーは三八四〇匹。まだまだ余裕はある。富を公平に分け合えば、みな幸せに暮らすことができる。

ところが、しだいにネズミたちは争うようになる。その結果、テリトリーに変化が出てきた。

狭《せま》いスペースにぎゅうぎゅうに暮らすネズミと、広いスペースでゆったりと暮らすネズミ。

言うまでもなく、前者は負け組で、後者は勝ち組。

勝ち組は暗黙のルール（秩序）のもと悠々と子育てに励《はげ》むが、負け組はいつでも小競《こぜ》り合い。

性別や年齢に関係なく強引に交尾（レイプ）しようとするオスも現れる。負け組のメスたちは子育ても上手にできない。産んでも産んでも、子ネズミは死んでしまう。子育てせず、子ネズミを無視（放置）するメスが多く出現するからだ。

負け組のネズミたちの一部は争いを避けて、引きこもりになってしまう。引きこもりのネズミは他のネズミとの交流も交尾も一切拒否し、孤独なまま一生を終える。

六〇〇日目。出生率の低下がはじまり、死亡率がそれを上回るようになる。

新しい世代のネズミたちは、子育てやテリトリー抗争には関心を示さず、食事や身だしなみにばかり時間を費やす。さらにあとの世代のネズミたちは、略奪など反社会的な行動を繰り返すようになる。

そして、一七八〇日目。最大時には二二〇〇匹まで増えていたネズミは、いよいよゼロになった——。


「えー、なんですか、それ」

井岡紗那が、抗議するように声を上げる。

「実験だよ」

鮎川公平《ジェイソン》が、笑いを含ませて軽快に答える。

「実験……？」

「そう。一九六〇年代にアメリカの動物学者が行った実験でね、俗に〝ユニバース25〟って呼ばれている」

「ユニバースって……世界ってことですか？」

「正解。でも、世界っていうより、楽園だね」

「楽園……」

「そう。理想郷とも天国とも極楽ともいえる。この実験は、楽園の中で生物はどうなるかを観察したものなんだ」

「楽園なら、みんな幸せになりますよね？」

「そう思うだろう？　でも、さっき話したように、途中から格差社会が出現し、負け組のネズミたちの秩序と本能は完全崩壊し、異常行動がはじまる。そしてついには生殖と子育てという、生物にとって一番重要な種の保存に直結する行為まで放棄してしまって、楽園の中のネズミは滅亡してしまうんだ」

「…………」

「生物は、楽園という環境に置かれると、自ら滅亡への道を辿《たど》るという恐ろしい結果が提示されたんだよ」

「でも、たまたまなんでは？　たまたま、その実験がそういう結果になっただけで——」

「いや、違う。たまたまではない。二十五回も同じ実験をして、すべて同じような展開になった」

「二十五回？　あ、だから、〝ユニバース25〟なんですか？」

「そう、当たり。紗那ちゃんはやっぱり優秀だな」

「そうか。……二十五回も同じ実験をして、すべて同じような展開になったんなら、それは、もう、そういうことなんでしょうね」

「そう、そういうこと。生物は、楽園でも地獄でも、結局は滅亡する運命ってことなんだよ」

「生物って、人類も当てはまりますか？」

「もちろん。今この地球で、〝ユニバース25〟をそのまま再現しているのは、まさに人類だ。凄《すさ》まじい格差社会、負け組の秩序崩壊、引きこもり、出生率の低下——」

「でも、世界的に見れば、人口は増加中ですよね？」

「そうだね。でも、それも近い将来、減少に転じるよ。先進国がそのいいサンプルだ」

「どういうことです？」

「先進国ほど、出生率が低下して死亡率がそれを上回っている。福祉が充実している国ほどそうなんだ。つまり、楽園度が高い国ほど、滅亡へのカウントダウンがはじまっているんだよ。……中国なんかがいい例だね。つい二、三十年前までは発展途上国と言われていて、人口増加率は凄まじかった。だから、一人っ子政策なんていうのも行われたんだよ」

「子供は一人しか作ってはいけない……ってやつですね」

「でも、経済大国となった今では、むしろ出生率の低下が問題になっている」

「一人っ子政策が緩和されたってニュース、見ました」

「ニュースをちゃんとチェックしているんだね。紗那ちゃんは本当に優秀だ」

「つまり、経済的に豊かになると、出生率が低下するってことなんですね」

「そういうこと。日本を見れば分かるけど、楽園に近づけば近づくほど、出生率は低下するんだよ」

「日本が楽園っていうのは、ちょっと違うと思います。ずっとずっと不景気が続いていて、格差も拡大して。上級国民がいる一方、年収二百万円以下で暮らさなくてはいけない人たちが多くいるじゃないですか。貧困すぎて、子供なんて作っている場合じゃないんですよ」

「世界には日本よりもっともっと貧しい国はたくさんあって、戦争に明け暮れている国もたくさんあるけど、そういう国ほど、出生率は下がらないんだ。つまり、貧困が出生率の低下を招いているわけではないんだよ。その証拠に、〝貧乏人の子沢山〟って言葉がある。貧困層ほど子供を多く作るって意味だよ。そりゃそうだ。命の危険があるほどの貧困の中では、人間は子供を作るしかないんだ。セックスに逃避するしかないんだよ」

「じゃ、なんで、日本は出生率が低下しているんですか？」

「だから、本当の意味での〝貧困〟ではないってことなんだよ。出生率を上げようと、どんなにお金をばら撒《ま》いても、どんなに優遇措置をとっても、ますます出生率は低下するだけだろうね」

「なんでです？」

「楽園のトラップだ。楽園という環境に慣れすぎると、人も生物も、自分の欲望と快楽を優先してしまうものなんだ。食糧も水も独占したい。自分だけが快適ならそれでいい。自分だけが幸せならそれでいい。わざわざ子供を作って、面倒な子育てなんかしようとは思わなくなるんだよ」

「そういうものでしょうか……」

「先進国の人ほど、『自分の人生を生きる』とか『自分らしく生きたい』とか『輝く人生』とか言うだろう？　一見、言葉は綺麗《きれい》だけど、それって結局、究極の自己中《ジコチュー》ってことだ。自分さえよければ、他者のことはどうでもいい。もっといえば、人類が滅ぼうと知ったこっちゃない……ってことだ。楽園に暮らしていると、どうしてもそういう考え方になってくる」

「そういうものでしょうか……」

「残酷な話だけど、〝ユニバース25〟という実験がそれを証明しているし、なにより、今のこの日本がまさにそれを証明しているじゃない。日本だけじゃない、先進国すべてがそれを証明している」

「…………」

「本当に残酷で矛盾した話だけど、全世界が、先進国並みの豊かさと平和を手に入れたときこそが、人類滅亡のカウントダウンのはじまりだ」

「世界平和が、滅亡のはじまりってことですか？」

「そういうことだね」

「……信じられません」

「でも、これこそが、真実なんだよ。古今東西の宗教が唱えている〝楽園〟こそが、地獄の一丁目なんだ」

「……そんな」

今にも泣きそうな声で、紗那が小さく抵抗する。

「やっぱり、信じられま——」

ビデオはここで終わっている。

公平はリモコンを手にすると、巻き戻しボタンを押した。

しゅるるるるるっ。

テープがデッキの中で、大袈裟《おおげさ》な音を立てている。まるで、「仕事をしているぜ！」とアピールしているかのようだ。

こういうところが、アナログだ。この健気《けなげ》さがたまらないんだよな。

公平は、ぶるっと大きく身震いした。

このVHSビデオデッキは、公平が生まれた年に父親が購入したものらしい。

一九九九年。この頃はまだ、映像機器もアナログだった。無論、再生だけならばレーザーディスクとかDVDとかがあったようだが、録画となると、やはり、〝ビデオテープ〟が主流だったと聞く。ちなみにデジタルカメラはすでに普及しはじめていたらしいが、静止画の記録がメイン。動画を記録する媒体としてはまだまだだったらしい。

が、デジタル技術の進歩と進化は凄まじく、動画もあっというまにアナログからデジタルに移行してしまったという。だから公平の記憶にはビデオデッキなどはなく、物心ついた頃には、すでにDVDデッキがテレビモニターと一緒に鎮座していた。

そういうわけで、ビデオデッキを物置から発掘したときは、公平にはそれがなんなのかさっぱり分からなかった。傍《かたわら》にはビデオテープも大量に積まれていたが、最初はそれがなんなのかもさっぱり分からなかった。

が、生まれつき好奇心が強く、疑問は徹底的に潰さないと気が済まない公平は、その謎《なぞ》の物体の正体をその日のうちに突きとめていた。

それからは、すっかりビデオテープにハマっている。デジタルで記録したものをわざわざテープにダビング、すなわちコピーするという、世間とは逆のことをしているのだ。

それには、ちょっとした理由があった。

ビデオデッキと一緒に埃《ほこり》をかぶっていた一冊の書籍。

『その日、すべてが消える？　２０００年問題に備えて』

このときはじめて、二〇〇〇年問題というのを知った。

日付の西暦を下二桁で処理してきた世界中のコンピューターが、二〇〇〇年になったとき、その下二桁〝〇〇〟を認識できずに誤作動するかもしれない……という問題だ。

電気・水道・通信などのインフラの崩壊、航空・鉄道などの交通網の狂い、金融関連の混乱、ミサイルや核爆弾の誤発射などなど、その危機が世界中で叫ばれた。

「これこそ、ノストラダムスの大予言なのではないか？」という人もいたそうだ。なにしろ、人類滅亡の年と騒がれた一九九九年の翌年だ。一年しか違っていない。実際、『その日、すべてが消える？　２０００年問題に備えて』という本も、そのことに言及していた。

公平が『ノストラダムスの大予言』に興味を持ったのは、そのときからだ。

と、同時に、デジタルの危《あや》うさも知った。便利ではあるけれど、ちょっとしたことですべてが吹っ飛ぶ、デジタル。たとえば、ちょっとしたミスで水浸《みずびた》しにしてしまったら、どんなに大量に記録していても、それらすべてが消えてしまうのだ。長期保存・長寿命のDVDだってそうだ。うっかり直射日光が当たる場所に放置してしまったことがあるが、みごとにデータが飛んだ。うっかり床に落として割ってしまったこともあった。DVDは案外、こういう〝うっかり〟に弱いのだ。クラウドだってそうだ。安心できない。なにかの拍子にデータがすべて消えるかもしれないし、ハッカーの存在だって怖い。そう考えると、夜も眠れなかった。そこで公平が目をつけたのが、例のビデオテープだった。

アナログはなにかと不便だけど、そうそう簡単に消えることはない。水浸しにしてしまっても、修復は可能だ。

実際、今見ている動画も、デジタルデータは一度水浸しになって再生不能になった。動画を記録したスマートフォンを水没させてしまったのだ。

が、幸い、動画データはビデオテープにバックアップをとっておいた。だから、こうして、今も紗那ちゃんの姿を再生することができる。

「本当に、ビデオテープにコピーしておいてよかった」

公平は、リモコンを握り締めながら、すぐそこのベッドに体を横たえた。

その反動で、ベッド横に積み上がっていたビデオテープの一本が床に落ちる。

二十平米《へいべい》のよくあるワンルーム。その八十パーセントは、ビデオテープで埋《う》め尽くされている。

玄関先のシューズボックスの中にも、キッチンの棚にも、トイレの中にも、ビデオテープが積まれている。

「ゴミ屋敷ならぬ、テープ屋敷だな」

公平は、自虐するようにひとりごちた。

テープはどれも大切なコレクション、宝物だ。それに埋もれて暮らすのは、むしろ至福の極みだ。ただ、さすがに、キャパオーバーだ。このままでは、テープの劣化が心配だ。この部屋は北向きのせいか妙に湿気が多く、常にカビ臭い。このカビがテープに及ぶことを考えただけで胃が痛い。一応、湿気取りをそこらじゅうに置いてはいるが、それだけでは心許《こころもと》ない。

やっぱり、引っ越したいな。

枕元には、いつだったか最寄り駅で手に入れた、無料《フリー》の賃貸住宅情報誌。付箋《ふせん》が立っているページには、理想の部屋が掲載されている。あまりに理想的すぎて、「もしかして、事故物件か？それとも、おとり物件か？」と、すら。

おとり物件には、一度ひどい目にあっている。そう、実家を出て一人暮らしをはじめようと不動産サイトをサーフィンしていたときだ。その立地もその環境もその間取りもその家賃も、すべてが理想。いや、理想以上のものだった。不動産に掘り出し物はないと聞いたことがあるけれど。……でも、探せばあるもんなんだなぁと、うきうきと不動産会社に電話をしてみたところ、「早い者勝ちです。ご来店をお待ちしています」という返事。早速、不動産会社に出向いてみると「残念でした。一足遅かったです。たった今、他の方が契約されました。……あ、でも、ご安心ください。他にもいい物件がございます」と、紹介されたのが、今住んでいるこのワンルームだ。内見もせずに決めてしまった。「早い者勝ちですよ。内見なんかしているうちに、他の誰かにとられますよ」という、不動産屋の口車に乗せられた。

騙《だま》された。明らかに騙された。なにが早い者勝ちだよ。こんな部屋、一度見たら、誰も住みたがらないよ。こんな洞窟《どうくつ》のような部屋。こんなカビ臭い部屋。しかも、ここは事故物件じゃないか。契約したあとに事故物件サイトで確認したら、この部屋ではかつて二件の自殺と一件の孤独死が発生している。あの腐れ不動産屋は、心理的瑕疵《かし》物件の告知義務も怠《おこた》っていた。

あのインチキ野郎め！

おれを、舐《な》めやがって！　騙しやがって！

でも、それを認めたくはなかった。自尊心がそれを許さなかった。おれは、高等な人間だ。だから、騙されるはずがない。おれが進んで、この部屋を選んだんだ！

それに、この部屋から逃げ出せば、あのインチキ不動産屋に負けたことになる。

そう言い聞かせて、この部屋に住み続けた。だって、やっぱり、家賃が安いのは魅力的だ。日当たりは悪いけれど、寝に帰るだけだし。なにより、最寄り駅から徒歩五分というのが魅力だ。目の前はコンビニだし、駅前には大きなスーパーだってある。事故物件だって、住めば都。

そうだ、おれはあの不動産屋に勝ったんだ！

自分でも意味不明な優越感に浸りながら、動画サイトを眺めていたときだ。

あの不動産屋を見つけた。

顔は隠しているし、声も加工している。が、間違いない。

恐児は、あの腐れ不動産屋だ！

おれの直感は昔から凄《すご》いのだ。外したことがない。

それでも、裏どりはしておいたほうがいいだろう。

そう思い、恐児の動画チャンネルの常連になり、「世紀末五銃士」にも参加してみた。オフ会なりで恐児と接触できれば、やつがあの腐れ不動産屋であることを証明できると思ったからだ。

やつの尻尾《しっぽ》を摑《つか》んだら、今度こそ、復讐《ふくしゅう》してやる。おれを騙したツケを払わせてやる。おれを舐めたことを、後悔させてやる！


「でも、やっぱり、信じられません」


紗那ちゃんの声が聞こえてきて、公平ははっと、視線をテレビモニターに戻した。

いつのまにリモコンのボタンを押したのか、ビデオテープが再生されている。

この動画は、紗那ちゃんとはじめて会ったときのものだ。

紗那ちゃんから、

「姉がどうして死んだのか、その理由を知りたい」

という連絡が来たのは、三月二十日のことだったか。無視しようとも思ったが、

「どうか、一度、話を聞いてください」

と懇願《こんがん》された。

「なら、会う？」

と、軽く誘ってみたところ、紗那ちゃんはまんまとその誘いに乗った。

こいつもまた、無防備な馬鹿女だな。

うちの高校の女子生徒と同じだ。パパ活だなんだと、ＳＮＳでせっせと金蔓《かねづる》を探して、安易に体を売る。まさに、夜鷹《よたか》の集団だ。金、金、金。金になるなら、どんなやつの前でも足を開く、阿婆擦《あばず》れ連中だ。

紗那ちゃんもまた、そうなのだろう。会ったこともない男の誘いにこんなに簡単に乗るのだから、服だって簡単に脱ぐに違いない。

女という人種は、どいつもこいつもそうなのだ。

「世紀末五銃士」の二人の女たちもまさにそうだった。

特に、笹野千奈美《キャリー》は簡単だった。意中の横峯快斗《イエヤス》に脈がないと知るや否《いな》や、安易にこちらに靡《なび》いてきた。はじめは、「デブ」だの「キモい」だの悪口を言って嫌悪していたくせに、他の男に誰も相手にされないと分かると、途端に態度を変えた。あるときから、妙な色目を使うようになった。

そうだよ、先に誘ったのは、キャリーのほうだ。

なのに、途中で拒絶しやがって。面倒な女だ。

あの女も、いつか痛い目にあわせてやる。覚えてろ。

……そんなモヤモヤを抱きながら、三月二十一日、紗那ちゃんとの待ち合わせ場所に行った。

Chapter 5. ユニバース25

場所は、西池袋のカラオケボックス。

ドアを開けた途端、公平は固まった。

ソファーに座る紗那ちゃんは、とんでもない美少女だった。

こんな完璧な美少女、テレビでもネットでも見たことがない。

まさに、絵に描いたような美少女。

よくもこんな美少女が、今まで表に出てこなかったものだ。本来なら、とっくに芸能スカウトやらに目をつけられて、世に出ているはずだ。

と、そのときだった。紗那ちゃんの姿が一瞬、透《す》けた気がした。と、同時に、自分自身の存在も足元から消えていく感覚に陥《おちい》った。

酩酊《めいてい》感が、全身を襲う。

妙な考えが、公平の中で破裂した。

もしかして、これ、仮想《バーチャル》？

〝シミュレーション仮説〟というのを、先日、読んだばかりだ。

この世の中の正体はコンピューターシミュレーション——つまり仮想現実《バーチャルリアリティ》で、この世のすべては幻想にすぎない——というものだ。

そういえば、仏教でも同じような考えがある。この世は夢幻泡影《むげんほうよう》。世界のすべてには実体がないと。大昔の中国の偉い人も「胡蝶《こちょう》の夢」と言っていたではないか。夢の中で蝶だった自分が現実で、今の自分は蝶が見ている夢なのかもしれない……と。

公平の奇妙な考えはますます迷走をはじめた。

これは夢なのか？　幻《まぼろし》なのか？　仮想《バーチャル》なのか？

「どうしました？」

紗那ちゃんが語りかけてくる。が、その声はまるでエフェクトがかかったようにこもっている。その肉体にはまるで質感がなく、白い壁をスクリーンにして映像を投影しているようにも見える。

しかも、その映像は今にも消えそうだ。

ほら、今、一瞬、ノイズが走った。

ああ、やっぱり、俺は夢を見ているんだ。これは、幻なのだ。

そうだよ。幻に違いない。幻だから、こんなにまで完璧なんだよ、紗那ちゃんは。

それにしても、本当に凄い美少女だな。こんな美少女とツーショットだなんて、夢でもなかなかない。

触れるんだろうか？　触ってみてもいいよね？

と、手を伸ばしたところで、

「痛い！　なにするんですか！」

紗那ちゃんの尖《とが》った声を合図に、世界がいつもの色を取り戻す。

見ると、公平の両手は、紗那ちゃんの両肩を摑んでいる。

見た目よりもしっかりと肉厚で、強い弾力。

これは、幻でもなんでもない。現実だ。

公平は、慌《あわ》てて、両手を引っ込めた。

「なにをするんですか！」

紗那ちゃんは、すっかり拒絶モード。眉間《みけん》には深い皺《しわ》が寄り、その目は敵を威嚇《いかく》する猫のようだ。

「あ、ごめん。……今さ、君の後ろに邪悪なのものがいたから、ちょっと脅《おど》してみた」

「は？　邪悪？」

「そう。でも、もう大丈夫。邪悪なものはもうどっかに飛んでいった」

「……邪悪なものって？」

「たぶん、生き霊《りょう》かな？　なにか、心当たりある？」

公平は、口から出任せに、言葉を並べていった。

職場の高校でもよく使う手だ。

生意気な女子高生が口答えでもしようものなら、「あ、ちょっと待って。君の後ろに変なものが……」と、視線をこれ見よがしに巡《めぐ》らすだけで、どんなに生意気な子でも一瞬で怯《おび》えたような表情になる。「ああ、生き霊かもしれないね」などと追い討ちをかければ、途端に泣き顔になる。さらに、「なにか、思い当たることない？」などと鎌をかけると、向こうから情報をべらべらと喋《しゃべ》り出す。ここまで来れば、あとは簡単だ。「大丈夫。おれが払っておいたから」などと言って、肩をぽんぽんと軽く叩くだけで、命の恩人を見るような眼差《まなざ》しで「ありがとうございます」

と、感謝してくれる。

この年頃の女子は、案外ちょろい。オカルト的なことを匂わすだけで、コロっといく。

この手法は、恐児から教わった。恐児の動画はオカルト的なテクニックで溢《あふ》れている。それはどれもこれも眉唾《まゆつば》もののインチキなのだが、不思議なことに、視聴者はコロっと騙される。特に、女がそうだ。人類滅亡だの悪霊だの地震の予言だの陰謀だの、そんな子供騙しな内容を本気で信じる。恐児はそうやってオカルトでカモを釣り、そして何十人、何百人、何千人もの人間から金を巻き上げてきたのだろう。自分もその一人かと思ったら腸《はらわた》が煮えくり返るが、でも、その手法《スキーム》から学ぶことは多い。

なにしろ、詐欺《さぎ》師は人の気持ちをコントロールする天才だ。人を懐柔する技をいくつも持っている。それを人間関係に応用しない手はない。恐児は敵《エネミー》ではあるが、いいお手本でもあり、師匠でもあるのだ。そういう意味では、公平は恐児に感謝もしている。なにしろ、恐児の手法をまるパクしたおかげで、〝人気ナンバーワン先生〟という地位を手に入れた。休み時間には、「私のうしろになにかいますか?」という女子生徒が列を作り、放課後には、噂《うわさ》を聞きつけた隣の高校の生徒まで訪れる。

そう、おれは人気ナンバーワンなんだ。

どんな美少女だろうが、おれの手にかかればイチコロさ。

が、

「生き霊?」

Chapter 5.
ユニバース25

紗那ちゃんが、少々の疑念を含ませて、公平を見た。

「ジェイソンさん、本当に視《み》える人なんですか？　なら、わたしにはどんな生き霊が？　具体的に教えてくれます？」

さすがは、超絶美少女だ。そんじょそこらのミーハー女子高生のように、簡単に籠絡《ろうらく》させることはできないようだ。

「どんな生き霊？　それは、紗那ちゃん自身が一番心当たりあるでしょう？」

詐欺師の常套句《じょうとうく》を口にしてみた。大概の女子高生なら、それで納得してくれる。が、

「わたしには、まったく心当たりはありません。……誰なんですか？」

「本当に、心当たりない？」

「はい」

紗那ちゃんの強い視線に、公平の気持ちが揺らぐ。……こういうとき、恐児ならどうする？

恐児の手口を頭の中で検索していると、

「たぶん、家族だと思う」

と、言葉が勝手に出てきた。

「家族？」

「そう、家族。まだ、心当たりない？」

「…………」

紗那ちゃんが、不自然に目を逸《そ》らした。

ビンゴだ。紗那ちゃんは、家族に問題を抱えている。

よくよく考えれば、そりゃそうだ。紗那ちゃんの姉である佳那《ゴンベエ》さんは、あんな形で死んだ。そこに至る原因の一つには、間違いなく家族関係がある。家族関係が良好なら、あんな集まりには参加しないだろう。今のところ集団自殺か殺人かは定かではないが、どちらにしても、あんな異常な状態で死んだのは、ゴンベエさんの心になにかしらの問題があったからだ。事実、ゴンベエさんは少し変わったところがあった。恐児に誰より心酔していたし、オカルト的な話題も大好物だった。しかも、キャラをちょくちょく変えて、アイデンティティーも不安定だった。奇行も多かった。こういう不思議ちゃん系な生徒はうちの高校にも何人かいるけれど、どの子も家庭に問題がある。

だからきっと、ゴンベエさんと紗那ちゃんの家庭は、どこかしら壊れているはずなのだ。

「でも、家族の生き霊なら安心です」

紗那ちゃんが、肩から力を抜いた。

「え？」

「知っている人の生き霊なら、そんなに怖くありません。怖いのは……」紗那ちゃんが、また視線を逸らす。「まったく見知らぬ人に、年がら年中監視されていることです」

「監視？」

「はい。……そういうこと、多いんです」

「ストーカー的な？」

「はい」

まあ、そうだろうな。紗那ちゃんほどの美少女なら、すれ違っただけの男が即ストーカーになることもあるだろう。

美女や美少女はなにかと得だとよく言われるが。その分、リスクも高い。目をつけられやすいからな。……そういう自分だって、さっきからムラムラが止まらない。スカートからのぞく生足が、刺激的すぎる。

「でも、今、わたしが一番怖いのは、ストーカーでも生き霊でもなくて。……怨霊《おんりよう》なんです」

「怨霊?」

「はい。なにより怖いんです」

「まあ、怨霊は怖いね」

「でも、わたしに憑《つ》いているのは、生き霊なんですよね?」

「う、うん」

「生き霊ってことは、本体は今も生きているってことですよね?」

「う、うん、そうだね」

「しかも、家族の生き霊なんですよね?」

「そ、そう」

「生きている家族ってことですよね?」

「…………」

「ああ、よかった」紗那ちゃんが、万歳の形で体を伸ばした。

「……どういうこと？」

公平は思わず、弱々しく質問してしまった。ここに、師である恐児がいたら、間違いなく顔をしかめるだろう。詐欺師が一番やってはいけないことだ。

「だから、わたしに憑いているのがお姉ちゃんじゃなくて」

「は？」

「わたし、お姉ちゃんにずっと恨《うら》まれていたので。お姉ちゃんが生きていたときは、それこそ、お姉ちゃんの存在をいつでもどこでも感じていました。たぶん、お姉ちゃんの生き霊だったんでしょうね」

「……は」

「実はお姉ちゃんが死んだ今も、気配を感じているんです。だから、もしかして、お姉ちゃん、成仏できていなくて、わたしに憑いているの？　って心配していたんです」

「……なるほど」

「夢も見るんです。夢の中では、わたしがお姉ちゃんで。誰かに殺されるんです。でも、目が覚めて、鏡を見て、毎回、不思議に思うんです。鏡に映っているのは〝紗那〟だけど、もしかしたら、これはお姉ちゃんが見ている夢なのかもしれないって」

まさに、〝胡蝶の夢〟だ。

公平は、また不思議な感覚に囚《とら》われた。足元がふわっと浮き、透けてなくなるような感覚。ア

Chapter 5.
ユニバース25

イデンティティーがぐらつくような感覚。

やっぱり、幻なのだろうか？

これは、すべて、夢なのだろうか？

「教えてください。……お姉ちゃんは、本当に死にましたよね？」

紗那ちゃんが、こちらに身を乗り出した。

何を食べたのか、息が少し、臭う。

「死んだに決まっているでしょ」

「頭では分かっているんです。でも、やっぱり、お姉ちゃんの気配を感じるんです。それで毎日、気持ち悪くて。だから、すっきりしたいんです。お姉ちゃんがなんで死んだのか分かれば、お姉ちゃんの気配も消えると思うんです」

「ゴンベエさんが、なんで死んだのか——」

「ゴンベエって、お姉ちゃんのハンドルネームですよね？」

「うん」

「もしかして、わたしの後ろにいるのは……お姉ちゃんなんですよね？　そうなんでしょう？

本当のことを言ってください！」

「…………」

「ああ、やっぱり、そうなんですね。お姉ちゃん、まだ、ここにいるんだ」

「…………」

「お姉ちゃんを成仏させるには、死の真相を突き止めるしかない」

「真相って。集団自殺でしょう？」

「集団自殺にしろ、なんで、あんな形で自殺しなくてはいけなかったんです？」

「それは――」

「なぜです？」

ああ、こういうとき、恐児だったらなんと言うだろう？　恐児だったら――。

「簡単だよ。人類は滅亡する運命にあるからさ」

公平の口から、また言葉が勝手に飛び出した。

「生きていても、いずれは滅亡する。だったら、その日が来る前に、自分たちの意思で命を閉じることを選択したんじゃないかな。肉体から解放されることで、魂を楽園に飛ばそうとしたんだよ」

「楽園？」

「馬鹿げた話だよ。でも、珍しい話でもない。この世と訣別《けつべつ》し、楽園に行くために集団自殺する例はあまたある」

「そうみたいですね。わたし、集団自殺について色々と調べたんですが、宗教的な儀式として行われることが多いように感じました。この世に絶望して、別の世界……楽園に行くために、自殺する」

「……でも、おれに言わせりゃ、それは無駄死にもいいところだ」

「どういうことです？」

「楽園もまた、人間にとっては滅亡へのゆりかごでしかないってことだよ」

「意味が、分かりません」

「じゃ、楽園の話をしてみようか？　どう？　聞きたい？」

「はい、聞かせてください」

「今は昔。八匹の、オスメス対の四組のネズミが、楽園に放たれた――」

公平は、リモコンの停止ボタンを押した。

テレビモニターに映し出されているのは、紗那ちゃんのスカートから覗《のぞ》く、股間。そう、公平はあの日、そっと、小型カメラのレンズを紗那ちゃんの下半身に向けていたのだった。

いわゆる、盗撮だ。

紗那ちゃんのベージュ色のショーツから、うっすらと豊かな陰毛が見え隠れしている。美少女の割には、その茂みは野趣《やしゅ》に溢れている。まるで、豪邸の裏庭にある、放置された秘密の花園のようだ。

それにしても、いつ見ても、このアングルは素晴らしい。

ここまで完璧に撮れたのは、これがはじめてだ。自分史上、最高傑作だ。

が、今は後悔している。

股間だけではなくて、紗那ちゃんの顔もちゃんと撮っておくべきだった。

〝ユニバース25〟の話を聞く紗那ちゃんの顔は、それはそれは表情が豊かで、美しかった。その顔を、ワンカットでもいいから残しておくべきだった。

公平は、ベッドからやおら起き上がると、腕だけを伸ばして、ビデオデッキのイジェクトボタンを押した。

「ぐわっしゅっ」と野蛮な音を立てて、テープが吐き出される。

相変わらず、おっさんのくしゃみみたいな音だな。この中には、本当におっさんが入っているんじゃないか？

『なわけないでしょ』

そんな声が聞こえたような気がして、公平は、はっと振り向いた。

視界にノイズが走る。と、同時に意識がふわっと上昇し、体から抜けるような感覚に襲われた。

な、なんだ？

公平は、ベッドにしがみついた。

『ジェイソンさん、こんなものを撮っていたんだね』

その声は、先ほどまでテレビモニターから流れていた紗那ちゃんのものだ。

公平は、恐る恐る、視線をテレビモニターに戻した。

うわっ！

腰が抜けるとは、まさにこのことだ。公平はその場で固まった。

テレビモニターに映し出されていたのは、紗那ちゃんの顔のどアップ。

いや、違う。映し出されているのではなくて、浮いているのだ。紗那ちゃんの顔が、テレビモニターの前に浮いている！

そんなことがあるはずない。

だって、紗那ちゃんは死んだ。

間違いない、死んだ。

だとしたら、これは夢なんだ。そうだ、おれは夢を見ているんだ。

だったら、目を瞑《つぶ》れば夢から醒《さ》めるんじゃないか？

と、目を瞑ってみるも、紗那ちゃんの顔が相変わらず浮いている。

『ね、ジェイソンさん。教えてよ。わたし、なんで死んだの？　なんで殺されたの？　誰に殺されたの？　あなたなら、知っているんでしょう？　あなた、そのときの様子もカメラで撮っているでしょう？』

紗那ちゃんの視線が、ビデオテープの山の一角を指した。

その中には、あのテープがある。

そう、紗那ちゃんが殺害される一部始終を記録したテープが。

21

公平が、井岡紗那につきまとうようになったのは、もちろん純粋な恋心からだ。

出会ったその瞬間に心臓を撃ち抜かれ、それからは寝ても覚めても紗那ちゃんの幻影に悩まされるようになった。盗撮した動画を毎日のように流して自慰に耽《ふけ》る。それだけでは足りずに、紗那ちゃんをストーキングし、その姿を遠くから盗み見る。そのせいで、仕事には何度も遅刻し、ときには無断欠勤することもあった。このままでは仕事を失うのは明白だったが、紗那ちゃんへの邪恋を消すことはどうしてもできなかった。

公平と同じ思いでいる男がもうひとりいた。

そいつは、公平の思いを上回る情熱で、紗那ちゃんにつきまとった。公平は、隠れて紗那ちゃんの姿を拝《おが》んでいただけだが、そいつは大胆にも、行動に出た。そう、紗那ちゃんの体に触れ、紗那ちゃんの中にすら挿入《はい》ろうとした。いや、挿入った。

「なんだって、あんな男をすんなり受け入れてしまうんだ？」

公平は激しい嫉妬《しっと》と怒りに震えた。

なにしろ紗那ちゃんは、いとも簡単に、その男を受け入れたのだ。しかも、自宅のリビングで！

「けっ、あの女もやっぱりビッチだ」

Chapter 5.
ユニバース25

公平は吐き捨てた。

「しかし、親も親だ。娘の素行にはまったく無関心。両親ともいっつも留守にしていて、娘の養育を放棄してやがる」

公平が担当する生徒の親の中にも、そういう輩《やから》は多い。子供の自主性を尊重するだの、子供を束縛したくないだの言っているが、そんなのは言い訳にすぎず、ただ単純に、親の義務を放棄しているにすぎない。

ほんと、どいつもこいつも。

自由だ個性だ自主性だと綺麗事を並べながら、とどのつまりが、すべて自分最優先なんだよな。欲望が肥大しているだけなんだ。

そう、今、目の前でまぐわっている二人も、性欲に支配された獣《けもの》に他ならない。なんなら、獣以下だ！

と言いながらも、公平の欲望もまた、最大限に肥大していた。


公平が、井岡家のリビングに盗撮カメラを仕掛けたのは、紗那ちゃんとはじめて会ったその日のことだった。その日のうちに家を突き止め、いつか使おうと準備していた小型の盗撮カメラを持って、家に侵入した。盗撮カメラは市販のペット見守りカメラを改造したものだ。我ながら素晴らしい出来で、ぱっと見は電源タップにしか見えない。とはいえ、これを実際に使用するとは思っていなかった。見つかったときのリスクが大きいからだ。そう、改造はあくまで趣味の域だった。が、紗那ちゃんに対する邪《よこしま》な思いは、その域を易々《やすやす》と突破してしまった。

どんなリスクがあろうと、ありのままの紗那ちゃんを見てみたい！

その欲望が、あらゆるリスクを上回ったのだ。まさに、痴漢《ちかん》の心理だ。捕まるリスクが高い犯罪なのに、どうして後を絶たないのか。それはずばり、欲望がリスクを凌駕《りようが》するからだ。捕まれば人生終わり……と分かっていながら、目の前にいる女子高生の尻《しり》を触ってしまう。触らずにはいられない！　悲しいかな、その行為に耽《ふけ》っているときは、人生が終わってもいいとすら考えてしまう。それほど、欲望は人を支配し、操作するものなのだ。

だから、仕方ない。

というか、欲望を煽《あお》るようなことをするほうが悪い。こちらは、むしろ、被害者なのだ。

そのときの公平も、まさにそういう心境だった。

「なんだってこのご時世に、鍵をかけないいんだ？」

紗那ちゃんを尾行していたときだ。家に入った彼女は、数分後、再度家を出た。なんと、施錠はせずに！　家族がいるからだろうか？　と思ったが、いや、家族の気配はなかった。リビングらしき部屋は真っ暗だ。試しにインターホンを鳴らしてみたが、案の定、誰も出てこなかった。

紗那ちゃんはその十五分後にコンビニの袋を提げて家に戻ってきたが、施錠する音はまったく聞こえなかった。

「まさか、施錠してない？」

当たりだった。

Chapter 5. ユニバース25

公平が恐る恐るドアノブに手をかけると、玄関ドアは呆気《あっけ》なく開いた。

その瞬間だった。公平の欲望が噴火したのは。急いで自宅に戻ると、例の盗撮カメラをジャケットのポケットに忍ばせて、再び紗那ちゃんの家にやってきた。

家の明かりは暗いままだ。

が、ドアは、やっぱり施錠されていなかった。

「あの子、頭のネジが何本か足りねえんじゃないか？　いくらなんでもうかつすぎるよ」

公平は、静かに靴を脱いだ。

「おれだからよかったようなものの、これが凶悪な殺人鬼だったら、紗那ちゃん、間違いなく殺されているよ。ほんと、今度会ったら、注意しておかなくちゃな」

そんなことを独《ひと》りごちながら、公平は、スマートフォンのライトを頼りに、リビングまでやってきた。

「マジか！」

最初に目に入ったのが、テレビモニターの下に置いてあった、ＤＶＤデッキだった。

「これ、ＶＨＳビデオも再生できるやつじゃん」

公平は、旧友に会ったような懐かしさに包まれた。ここで警戒心が完全に解除された。

大胆にもリビングの照明をつけると、盗撮カメラを設置するにふさわしい場所を吟味《ぎんみ》しはじめる。

あれこれと迷った結果、

「やっぱり、ここだな」

と、振り出しに戻るかのように、テレビモニター下のデッキに視線を定めた。

その横に、コンセントがある。穴がちょうどひとつ空いている。公平はジャケットのポケットから電源タップに似せた盗撮カメラを取り出すと、その穴に差し込んだ。

「やっぱり、ここにして正解だったな。ばっちりなアングルだ」

公平は、ペットを見守るような気分で、スマートフォンの画面を眺めた。

「まあ、もともとが、ペット見守りカメラだしな」

ペット見守りカメラは、言うまでもなく、いつでも、どこでも、ペットを見守ることができるのがうたい文句のカメラだ。その様子は、いつでも、どこでも、スマートフォンからチェックすることができる。

そのうたい文句に応えるように、公平は、いつでも、どこでも、紗那ちゃんの様子をチェックし続けた。

それにしても、異常な家だった。リビングに家族が集まることはない。一人一人が、ぽつんぽつんとやってくるだけだ。そして短時間で用事を済ませ、リビングを去って行く。絵に描いたような、機能不全家族。まあ、それも仕方ないのかもしれない。長女の佳那《ゴンベエ》さんがあんなことになった。家族それぞれ、傷《トラウマ》を負ったのだろう。

それにしたって。

Chapter 5.
ユニバース25

これじゃ、わざわざカメラをセットした意味がないじゃんかよ！

スマートフォンに映し出されているのは、大半はオーブのように舞う虫や埃のみ。

これじゃ、心霊現象を検証するどこかのテレビ番組みたいじゃんかよ！

ああ、まったく。カメラをセットしたときはあれほど興奮の坩堝《るつぼ》にいたのに。紗那ちゃんのあんなところやこんなところを観察できると思って、鼻血まで出たというのに。

やっぱり、リビングじゃなくて、紗那ちゃんの部屋にセットすべきだったか？　いや、さすがにそれはリスクが大きすぎる。……でも、やっぱり、紗那ちゃんの――と、悶々《もんもん》としながらいつものようにスマートフォンのアプリを立ち上げたときだった。紗那ちゃんが誰かといる？

誰？　男だ。知っている男だ。

……あ、あいつだ！

なんで、この男が？　紗那ちゃんの家に？　しかも、こんなに密着して？

紗那ちゃんもまんざらではないという感じで、やたらとボディタッチしてくる男の手を受け入れている。

その手は、ひどくいかがわしかった。まるでAV男優のように手慣れてもいる。今までにも、たくさんの女をモノにしてきたのだろう。

だからといって、なぜ紗那ちゃんを？

彼女はまだ未成年。十七歳だったはず。

れっきとした、犯罪だ。

そんなこと、百も承知だろう。それとも、なんだ。バレないとでも？　世の中の女どもはみな自分に夢中で、自分の立場が悪くなるようなことはしないだろうし、言わないだろうと高を括《くく》っているのか。

それにしたってさ！

紗那ちゃんも紗那ちゃんだよ。少しは抵抗しろよ、形だけでもさ！

なんなんだよ、その呆《ほう》けた顔は。すっかりイカされている女の顔じゃねえか。

ほんと、がっかりだよ。

面白くもねえ。

これがAVだったら、間違いなく駄作だな。やっぱり、最初は抵抗しなくちゃダメなんだよ。抵抗して抵抗して、それでも抵抗して。徐々に体がいうことをきかなくなる過程を見てみたいんだよ。気持ちとは裏腹に、どんどん濡れてくる過程を見て、男は興奮するんだよ。

なのに、なんなんだよ、紗那ちゃん。自分から足を開いちゃってさ。

そうじゃないだろう、もっと焦《じ》らさなくちゃ！　もっと焦らしてくれよ、ああ、お願いだよ紗那ちゃん、あっ、あっ、あっ、あ――――！

スマートフォンの画面が、白く濁る。

公平は、放出後の快感と脱力感のはざまで、しばらくはクラゲのように漂っていた。

不思議な感覚だった。まるで、自分自身が紗那ちゃんの中に入っていたようだった。

いや、間違いなく入っていた。紗那ちゃんの無数の襞《ひだ》に搦《から》め捕られながら、ときにはきゅっきゅっと締め付けられながら、すっぱくて甘い、ぬめった海の中を泳ぎ続けていた。

そんなはずはないのに。

最近、こういうことが多い。心が体から抜け出し、もうひとつの世界に吸収されるような感覚。

もしかして、これが原因か?

公平は、テーブルの上に置かれた容器をぼんやり眺めた。容器には、漢方薬のような色の錠剤が入っている。

いつだったか、やつにもらった、サプリメント。ダイエット効果があると言われて、飲んでいるが。

効果はよく分からない。

ただ、これを飲むと、訳もなく気分が上がる。頭の中だけで済ませていたことを、実際にやってみようと思うほどに。盗撮カメラを紗那ちゃん家《ち》にセットできたのも、このサプリのおかげだ。

薄々、気がついてはいる。

これが、ただのダイエットサプリではないことは。

たぶん、危険薬物などと言われる類《たぐ》いのものだろう。そう、かつて〝合法ドラッグ〟とも〝脱法ドラッグ〟とも呼ばれていたものだ。文字通り、危険だけれど法には触れない、ギリギリラインの薬物。

マジックマッシュルームとかＬＳＤのように、トリップ作用がある薬物。

そんなものをなぜ、やつはおれに渡したのか？

理由を考えるより先に、毎回、手が出てしまう。

公平は、テーブルからそれを引き寄せると、いつもより多めに口に放り込んだ。

スマートフォンの画面では、紗那ちゃんにまたがったあの男がいまだ腰を振っている。

なんだよ、こいつ。ずいぶんと粘《ねば》るな。おれが早いだけなのかもしれないけれど、それにしたって。

よし、負けるものか。

公平は、さらにサプリを口に入れた。


あ、あ、あ、気持ちがいい。あ、あ、あ、なんなんだ、この快感は！　この世のものとは思えない！

あ、あ、あ、あ――――！

「おまえ、凄いな」

そんな声に導かれ、快感の合間を覗き込むように公平はゆっくりと後ろを振り返った。

誰だ？　……嘘《うそ》だろ！

なんで、おまえがここに？

あっ！

臀部《でんぶ》を強く突かれて、公平はのけぞった。

「おまえ、まるで女みたいだな。いや、女より凄いぜ。締まりはすげーし、弾力も半端《はんぱ》ねーし、なにより汁が豊潤《ほうじゅん》だよ。おまえ、仕込んだらとんでもない男娼《だんしょう》になりそうだな」

男娼？

その言葉で、公平はようやく自身が置かれている状況に気づかされた。

掘られている。服を着たまま、ズボンだけ下ろされて、男に犯《や》られている！　な、な、なんで？　なんでこんなことに？

「君、なにも覚えてないの？」

え？

「君は、自らここにやってきたんだよ」

おれが、自ら……？

「そ。小一時間前のことだよ。このリビングに飛び込んできた。驚いたよ。なにしろ、その顔は殺人鬼そのものだ。君、確か、ハンドルネームは〝ジェイソン〟って言うんだよな？　そう、まさに、ジェイソンの顔だったよ。僕、マジで焦《あせ》ったわ。殺されるってさ。だって、君、紗那ちゃんのこと、好きなんだろう？」

なぜ、それを？

「これほどの美少女だもん、男はイチコロだ。そう、そして、僕もだ。はじめて見たときから、絶対モノにしようと思っていた。で、モノにした。見てみろよ、ほら」

男が視線で指した方向を見ると、紗那ちゃんが局部を丸出しにして転がっている。

嘘だろう？

……死んでる？

「違うよ。紗那ちゃん、僕に三回犯られて、失神してるだけだ。しかし、なんだ。処女だとばかり思っていたら、違ったよ。やっぱり、女は見かけだけで判断しちゃいけないな。非処女ほど、処女のように振る舞うんだから、詐欺師顔負けだよ。……その逆もな。尻軽そうな女ほど、処女だったりする。笹野千奈美がまさにそうだ」

キャリーさん？　……そうなんだ、キャリーさん、処女だったんだ。……ってなぜ、それを？

「だって、あっちから色目を使ってきたんだよ？　据《す》え膳《ぜん》食わぬは……と言うじゃない。だから、美味《おい》しくいただいた。……いや、本当は美味しくなかった。痛い痛いとわめいて、そりゃ、大変だった。しかも、ガリガリでさ。動くたびに骨が当たって、こっちが痛いのなんの。こりゃ、二度目はないな……と距離を置いていたら、あっちからぐいぐいきてさ、まるで恋人気取り。ほんと、だから処女は面倒なんだよな。セックスごときで本気になる。セックスなんて、ただの挨拶《あいさつ》のようなもんなのにさ」

挨拶……。

「そ。挨拶。だから、僕と君も挨拶をしただけの話」

は？

「僕、一目見て分かっちゃったんだよね。君さ、本当は犯られたい側なんでしょ？」

は？

「だから、男に犯られたいんでしょ？」

なに言ってんだ。おれは、正真正銘、女好きだ。カメラを仕込んで、紗那ちゃんを盗撮するほど、女好きだ！

「違うね。君は、本性では女を嫌っている。いや、憎んでいる。だから、女を観察したいんだよ。女が隠している恥部や醜《みにく》い部分を観察して、楽しんでいるだけなんだよ。……君は、本当は男が好きなんだよ。でも、好きな男はすべて女に取られる。蔑《さげす》みたいだけなんだよ。だから、君は、女に復讐しているにすぎないんだ」

…………。

「ほら、図星を突かれたという顔をしている。……可愛《かわい》いね」

可愛い……と言われて、焼けた備長炭のように公平の全身が熱くなる。ついでに、局部も反応しはじめた。

「ほんと、君、素直で可愛いな。僕、君みたいな子、嫌いじゃないよ。……ね、もう一発、する？」

体が、手に負えないほど、熱くなる。公平は、襟《えり》元を両手で広げた。

「今度は服を脱ぎなよ。脱いだほうが楽だよ。さあ」

男の言葉に従うように、公平は着ているものをすべて脱ぎ捨てた。

「はっはっはっ。やっぱり可愛いな。まるで、くまのプーさんだ！　ほらほら、プーさん、こっちにおいでよ。だっこしてあげるからさ。だから、もう一発、やろうよ？」

言われて公平は、恐る恐る、尻を突き出した。

ああああああ！

なんていう快感なのだろう！

女は、この快感を当たり前のようにむさぼっている。一方、おれのような男は、一生その快感を知らないで終わることが多い。快感どころか、その真実の欲望を一生、封印しなければならない。おれも、無意識のうちに封印してきた。だから、おれは、今の今まで、自分の本当の欲望に気がつかずにいた。

そうか。そうだったんだ。

おれが欲しかったのは女ではない。イケてる男だったのだ！

それに気がついた今、目の前でみっともなく転がる紗那ちゃんが憎くて仕方がない。

この女は、三回も犯られた。おれはまだようやく二回目だというのに、この女は、三回も！

公平の中に、今まで感じたことのないような嫉妬《しっと》が燃え上がる。それは、手のつけられない、狂犬のような激しさだった。

この女が生きていれば、これから先、また抱かれるのだろう。そのたびに、おれは嫉妬に身をよじるはめになる。そんな生き地獄はまっぴらだ。

どうしたらいい？

どうしたら？

「殺せば？」

そんな囁《ささや》きが、公平の頰《ほお》をかすする。

殺す？

そう言葉にしたとたん、公平の中で蠢《うごめ》く無数の嫉妬がはっきりとした形になった。

殺意。

そうか。排除すればいいのだ。ストレス源はなくすに限る。そんな説をネットで見たことがある。人の病《やま》いの原因は、大半はストレス。それをなくすには、ストレスとなる対象を排除すればいい。

思えば、公平の今までの人生は、病いとの闘いだった。

そう、心の病い。

物心ついた頃から、他者の目が気になって仕方なかった。全人類が、自分の悪口を言っているとすら。その妄想は日々公平を痛めつけ、それが理由で過食になった。そのせいで容姿はどんどん醜くなり、自虐の癖もついた。自虐の果てに、自死しようとしたことも何度もあった。そのたびに、心を落ち着かせようと、過食する。その繰り返し。絵に描いたような悪循環《カルマ》。そのカルマから抜け出すのは不可能だと思っていた。

「殺せば？」

そうだ、よくよく考えれば、カルマから抜け出すのは簡単なことだ。

その元凶を排除すればいい。

殺せばいいんだよ。

公平は、ゆっくりと起き上がった。ちょうど、向こう側はキッチンだ。包丁もずらりと並んでいる。

公平は、その中で最も鋭利な包丁を手に取ると、床に転がる紗那ちゃんの首目掛けてそれを振り下ろした。


「え？」

公平は、目を凝《こ》らした。

ここは、……どこ？

見慣れた光景。

なんだ、自分の部屋か。

夢を見ていた。いつもの悪夢を。

紗那ちゃんを包丁で滅多刺しにする夢。

夢……なんだろうか？

夢にしては、やけに生々しいし、リアルだった。……その感触も、その臭いも。

もしかして、夢ではないのか？

その疑念がここのところずっとつきまとっている。

夢ではなくて、……記憶なのか？

記憶。

ということは、紗那ちゃんを殺したのは……？

『やっと思い出した？　そうだよ。わたしは、あんたに殺されたんだよ』

紗那ちゃんの声が、天井から響いてくる。それはまるで、神の声のようだ。

公平は、天井を仰《あお》いだ。

紗那ちゃんの顔が、天井に浮いている。

公平は、ひれ伏した。

22

「嘘だろう？　あのジェイソンが？」

渡辺翔太《ソンビ》は、ネットニュースに表示されている画像を見ながら、しばらく唖然《あぜん》とした。

この顔は、間違いない、あのジェイソンだ。卒アルの顔写真なのか、知っているジェイソンよりは少し幼い気もするが、間違いなく、ジェイソンだ。

翔太は、しばらく「考える人のポーズ」で、その画像を凝視した。

もう五分はこうしている。

いつものルーチンだ。

朝、起きたら真っ先にスマートフォンを持ってトイレに行く。そして、ネットサーフィンしながら、腸の蠕動《ぜんどう》がはじまるのを待つ。

いつもなら、それは五分ほどだ。そろそろだろうか？

が、今日はなかなか腸は動いてくれなかった。動揺が大きすぎて、腸もいつもの仕事を忘れているようだ。

翔太がその日、真っ先に見つけたニュースは、井岡紗那を殺害した犯人が逮捕されたというものだった。

「ああ、そうか。ようやく解決したか」とほっとしたのもつかの間、容疑者の顔を見た瞬間、翔太は「えええええええ」という奇声を上げるはめになった。

「嘘だろう？　あのジェイソンが？」

翔太は、もう何回も呟《つぶや》いているこの台詞《せりふ》を、また呟いた。

というか、もうその台詞しか出てこない。まるで催眠術にかかったように体全体が膠着《こうちゃく》し、同じ台詞しか出てこないのだ。

「嘘だろう？　あのジェイソンが？　……紗那ちゃん殺しの犯人？」

〝紗那〟という名前を口にした途端、体の膠着がようやく解けた。翔太は、自由になった指で、スマートフォンの画面をタップした。すると、記事の詳細が現れた。

……記事によると、ジェイソンは、井岡紗那殺しの真犯人として、近くの警察署に出頭したとのこと。「井岡紗那につきまとっていた。嫉妬のあまり、殺害した」と供述しているという。

つきまとっていた？　嫉妬？

ジェイソン、紗那ちゃんのストーカーだったんだ。

……心のどこかで予想はしていたが、こうやって文字で読むと、やはり衝撃は大きい。

つか、ジェイソン、鮎川《あゆかわ》公平という名前だったんだ。

本名を知った途端、現実《リアル》を突きつけられる。

普段はハンドルネームで呼び合っているせいか、オフ会をしていても、どこかバーチャルな感覚から抜け出せなかった。だから、小金井のノストラダムス・エイジ事件でゴンベエさんが死んだと聞いたときも、その犯人としてイエヤスくんが逮捕されたときも、紗那ちゃんが殺害されたと聞いたときも、キャリーさんが失踪《しっそう》したらしいと聞いたときも、実際のところあまり現実の問題としては考えられなかった。ゲームの中にいるような、バーチャルリアリティの中にいるような、はたまたドッキリ動画を見ているような、そんなふわふわした感覚だった。

が、今、翔太はようやく、地に足がついた思いだった。

足の裏に、床の冷たさが伝わってくる。翔太は、今更ながら、自分の足を見つめた。

オレの足、こんな形、してたんだな。

あ、なんか、指から毛がぼうぼうに生えている。我ながら、キモ！　……うん？　小指、なんか、爪が割れている。これ、小さいときからなんだよな。しょっちゅう割れる。というか、爪が二枚に分かれている。そのせいで、よく靴下に引っかかって、それが痛いのなんの……。

うん？

一瞬、視界にノイズが入る。

ここ最近、過去のことを思い出そうとすると、毎回これだ。ノイズだけならまだしも、記憶が飛んだり、最悪、まったく記憶にない記憶が頭に浮かんできたりする。

なんなんだ、これ？

あ、またノイズ。

と、思った瞬間。

翔太は、部屋の中に立っていた。

あれ？　さっきまで、トイレにいなかった？　そうだよ、トイレでスマホを見ていたら、驚きの記事を目にして。

驚きの記事？

それ、なんだっけ？

オレ、何を見て、驚いたんだっけ？

えっと。

…………。

そうだ、スマホ、スマホはどこだ？

捜しはじめたときだった。着信音が部屋に谺《こだま》した。

それは、テレグラムに新しい着信があったときの音だ。ロシア発のチャットアプリ〝テレグラム〟はLINEによく似たアプリだが、一番の違いは、一定期間が過ぎると会話の内容のすべてが削除される点だ。さすがは、スパイ大国ロシア、開発するアプリもどこか謎めいている。実際、工作員《スパイ》活動や犯罪に活用されているようだと、このアプリを入れることを勧めてくれた人は言っていた。

あれ？

誰が勧めてくれたんだっけ？

「世紀末五銃士」の誰かであることは間違いないんだけど。

だって、このアプリで会話しているのは、この連中だけだ。

都市伝説だ、陰謀だと、そんな会話が残るのは恥ずかしい……ということで、削除ありきのこのアプリで会話しようということを提案されて……。

誰に提案されたんだっけ？

まあ、そんなことは、今はいい。とりあえず、今は、スマホだ。

どこだ、どこだ？

「あ、こんなところに！」

トイレのドアの前にそれは落ちていた。なんで、こんなところに置いたんだよ、自分。

慌てて拾い上げ、テレグラムをチェック。

「え！」

あまりに意外な名前に、翔太はスマートフォンを床に落としそうになったが、すんでのところでそれをキャッチ。息を整えると、改めてその名前を確認した。

「キャリーさん⁉」


『お久しぶり。ちょっと色々あって、助けてほしいことがあるの』

『キャリーさん、どうしたの？　今、どこ？　ご家族が心配していたよ？』

『うん、だから、色々とあって』

『無事なんだね？』

『まあ、とりあえず、生きてはいる』

『電話し直そうか？』

『あ、それはダメなんだ。電話はとれない。そういう状況なんで』

『どういう状況？』

『それは、今は詳しく言えない。ただ、取材中とだけ』

『なんの取材？』

『それも詳しくは言えないんだけど。……まあ、紗那ちゃん殺害の件についてとだけ』


紗那ちゃん殺害の件？

あれ、それって。

……あ、そうだ、思い出した。それ、ジェイソンが犯人だったたって、さっきネットニュースで！

『ニュースで知ったよ。ジェイソンが犯人だったんでしょう？　マジで驚いたよ』
『それ、違うから』
『え？』
『イエヤスくんのときと同じ。冤罪《えんざい》なんだよ』
『イエヤスくん、冤罪なの？』
『うん。近いうちに釈放されるって聞いた』
『じゃ、ジェイソンも冤罪なの？』
『そう』
『でも、自分が犯人だって、警察署に出頭したんでしょう？』
『そうするように、裏で操《あやつ》っている人がいる』
『マジで？　黒幕がいるってこと？』
『マジだよ、マジ』
『それは、誰？』
『見当はついている。でも、証拠がないんだ。証拠があれば――』
『もしかして、その証拠を捜しているの？』
『うん。つか、証拠のありかは分かってる』

『マジで？』

『それで、ゾンビくんにお願いがあるんだ。その証拠、捜してくれない？』

『は？』

『証拠は、ジェイソンくんの自宅にある』

『え？　でも、ジェイソンの自宅なんて知らないよ』

『住所は……八王子市××町……』

『いや、ちょっと待ってよ。住所が分かっても、鍵が』

『下の階に大家さんが住んでる。八十代のおばあちゃんで、ちょっとぼけてきてる。警察関係者です、部屋の中を確認したいんです、とかなんとか言えば、鍵を貸してくれるはず』

『いや、でも、本物の警察もいるでしょう？　家宅捜索とかしてるんじゃないの？』

『今はまだ家宅捜索ははじまってない。これからだと思う。だから、時間がないの。警察がそれを発見する前に、捜し出したいの』

『だから、なにを？』

『ビデオテープ』

『ビデオテープ？』

『ジェイソンくんがアナログフリークなのは知っているよね？』

『うん。デジタルで撮った画像や動画をいちいちビデオテープにダビングしてるっていうのは聞いた』

『だから、証拠も必ずダビングしてるはずなんだ』

『だから、その証拠ってなに？』

『真犯人が、紗那ちゃんを殺害しているシーンが映っている動画だよ！』

『え！　なんで、そんなものが！』

『ジェイソンくんは、紗那ちゃん家のリビングに盗撮カメラを仕掛けていた』

『なんで、知っているの？』

『紗那ちゃんのお父さんが、言ってた。ビデオデッキ横のコンセントに、見覚えのない電源タップが挿《さ》さってたって。ピンと来たよ。盗撮カメラだって』

『ジェイソンが、その盗撮カメラを？』

『だって、あいつ、盗撮マニアじゃん。知ってた？　オフ会のたびに、うちら盗撮されてたんだよ』

『マジか……』

『だから、今回も間違いないと思う。だって、紗那ちゃんにメロメロだったじゃん、ジェイソンくん。きっと、紗那ちゃんの日常を覗き見たくて、セットしたんだと思う』

『その盗撮カメラは？』

『処分されちゃったみたいだけど――』

『なんだ、証拠は隠滅されちゃったのか』

『でも、映像はジェイソンくんのスマホに飛ばされていると思う。ジェイソンくんのことだから、その映像をビデオテープにダビングしているはずなんだ。だから、紗那ちゃんを殺害しているシーンも、残されているはずなんだ。真犯人の姿も』

『なるほど。……いや、でも、おかしいじゃん。だったら、なんで、ジェイソンは自分が犯人だと？』

『それなんだよ。一連の事件の謎の鍵は』

『どういうこと？』

『ゾンビくんさ、最近、おかしなことない？　記憶が飛ぶとか、知らない記憶が植え付けられてるとか』

『え？　……うん、ある。実はさっきも』

『私もなんだよ。ここ最近、なんか記憶が変なんだ。……あのサプリを飲むようになってから』

『あのサプリ？　あ』

『そう、あの人からもらった、サプリ。ゾンビくんももらったでしょう？』

『うん。滋養強壮になるって言われて』

『私は、モテフェロモンが増えると言われた。たぶん、ジェイソンくんもゴンベエさんも、コンプレックスだと感じている部分を改善できるサプリだと言われて、その人からもらっていた』

『え、どういうこと？』

『だからさ、サプリじゃないんだよ、あれは。簡単に言えば、ドラッグ』

『ドラッグ!?』

『知人の薬剤師に、調べてもらったんだ。そしたら、かなりヤバい危険薬物が検出されたって。成分はＬＳＤに似ているんだけど、それよりももっと強力で効果覿面《てきめん》のやつらしい』

『効果覿面？』

『そう。一番の効果は、記憶の喪失と幻覚の強化。真実の記憶と幻覚がごっちゃになって、バッドトリップしてしまうらしい。時間の感覚もなくなる』

『じゃ、ジェイソンは……』

『実際に起きた現実と幻覚がごっちゃになって、自分が犯人だと思い込んでいるんだと思う』

『つまり、冤罪ってこと⁉』

『だから。さっきから言っているでしょ。冤罪だって。その証拠を捜してきてって』

『いや、でもさ。遅かれ早かれ、警察がそれを押収して、調べるんじゃない？　そしたら、おのずと冤罪だということが――』

『それじゃ、遅いんだって』

『どういうこと？』

『真犯人は、すべての罪をジェイソンにかぶせたまま、高飛びしようとしている』

『高飛び？　っていうか、キャリーさんは、本当に真犯人が誰か知ってるの？』

『まあね。だって、私は〝キャリー〟だよ？　キャリーといえば、超能力者。私には視えるんだよ！』

は？　超能力者？　なんか、雲行きが怪《あや》しくなってきた。

それとも、このチャットじたい、幻覚なのかもしれない。なにしろ、朝イチで、例のサプリを飲んでしまった。


『ちょっと、ゾンビくん、いる？』

『うん、いる。……っていうかさ、真犯人の見当がついていて、証拠も捜せばあるかもしれないなら、やっぱり警察に行ったほうが早いんじゃないの？』

『警察なんか、あてにならないよ！』

『いや、でもさ』

『これ、めちゃ凄いスクープなんだよ？』


スクープ？

この言葉に、翔太の気持ちは前のめりになった。

なにしろ、自分はジャーナリストの端くれだ。今は雑用をやらされているけど、自分ではジャーナリストのつもりだ。


『ゾンビくん、スクープ、欲しくない？』

そりゃ、欲しい！

オレをこき使っているやつらを見返してやりたい！

『だったら、今すぐ、ジェイソンの家に行って！　そして、証拠を捜してきて！』

『証拠を捜したら、そのあとは？　どうしたら？』

『それは、ゾンビくん、あなたのものよ』

『え？』

『煮るなり焼くなり、好きにすればいい』

『スクープを、譲ってくれるってこと？』

『そう』

『なんで？　キャリーさんの手柄にすればいいじゃないか』

『あ、もう行かなくちゃ、私。……じゃ、頑張ってね。ばいばい』


訳が分からない。それでも翔太は、妙なやる気に満ち溢れていた。

スクープ、スクープ！

そう何度も繰り返しながら、キャリーさんが言った通りにジェイソンの自宅に行き、大家さんから合鍵を借りて、部屋に入る。

溢れ返るテープの量に一瞬心が挫《くじ》けるが、証拠品らしきものは案外簡単に見つかった。すべてのテープにはラベルが貼られていて、テープの中身と日付が細かく記されていたからだ。

『紗那ちゃん盗撮シリーズ』と記されたテープは、全部で八本。日付が一番新しいものが、たぶん、目当てのテープだろう。

そのテープをデッキにセットして、早速再生してみる。

「え、え、え、AV?」

それは、まさしくAVのような内容だった。男と女が激しく乳繰《ちちく》り合っている。

「女は……紗那ちゃんだよね?」

なんとも言えない気分になる。知り合いが出演しているAVを見てしまったときのような、バツの悪さ。

だが、男のほうは分からない。ジェイソンではないのは確かなのだが、顔が不鮮明だ。

でも、見覚えはあった。

「えっと、誰だったっけな……。最近、会ったことがあるような気がするんだけど。……ああ、だめだ、最近、記憶がおかしい!」

と、頭を振ったときだった。

モニターの中で、男がキッチンに向かい、包丁を手にした。

そして、その包丁を紗那ちゃんの首目掛けて振り下ろす。

「マジか!」

キャリーさんの言う通り、ジェイソンが犯人ではなかった。犯人は他にいた。

とんでもないスクープだ。

が、翔太は、テープを元の位置に戻すと、そのまま部屋を出た。

いずれ、警察があのテープを見つけるだろう。そうすれば、ジェイソンの冤罪も証明される。

我ながら、なんて小心者なんだろう。

せっかくキャリーさんがくれたチャンスなのに。

でも、やっぱり、自分には無理だ。

というか、お手上げだ。完全に、キャパオーバーだ。

オレは、所詮《しょせん》、雑用係がお似合いの男なんだ。でっかいことをして名を上げるような玉ではない。

キャリーさん、悪かったな。


翌日。彼女にメッセージを送ろうとスマートフォンを手にしたときだった。

ふいに新着のネットニュースが表示された。

女性の死体が見つかった。そんなようなニュースだった。よくあるニュースなのでスルーしようとしたとき、その画像が現れた。被害者の顔写真だ。

「キャリーさん！」

Chapter 6.

シミュレーション仮説

23

一九九九年、七月。

いよいよ、きた。

僕は、カレンダーを見ながら身構えました。そのとき、妙に「わくわく」とした気分になったことをよく覚えています。

久しぶりの高揚感です。高揚しすぎて、腹を下したのもよく覚えています。そう、僕は、なぜだか興奮すると腹を下す体質なんです。これって、遺伝するものなんでしょうかね。息子が、まさにそれなんです。興奮したり気分が高まると、必ずトイレに駆け込む。その姿を見るたびに、僕はなんとも言えない充実感を覚えたものです。僕の遺伝子が確実に受け継がれている。僕がたとえ死んだとしても、僕の遺伝子は脈々と生き続ける。そう思うと、個人の〝死〟なんて些細《ささい》なことです。小さなステップにすぎません。

話を戻します。

思えば僕は、物心ついた頃から「一九九九年、七月」に囚《とら》われていました。僕だけではなく、多くの人々が囚われていたはずです。まさに、呪《のろ》いです、『ノストラダムスの大予言』は。

僕が、五島勉の『ノストラダムスの大予言』という本を知ったのは、なにかのテレビ番組でした。たちまちのうちに魅せられ、早速、図書館に駆け込みました。図書館には、『ノストラダムスの大予言』シリーズがずらりと並んでいて、もちろんすべて借りました。そして、たちまちのうちにすべて読破しました。

僕の人生は、それからがらりと変わりました。西暦はキリストの誕生を基準に紀元前《B.C.》と紀元後《A.D.》に分けられますが、僕の人生の年表も、『ノストラダムスの大予言』を知る前と知った後でくっきりと分けられてしまったのです。そう、僕の頭の奥深くまで、「一九九九年、七月」という呪《のろ》いの杭《くい》が打ち込まれたのです。

そういう人って、割と多いと思いますよ。大学時代、バイトで知り合った人はそのとき三十代後半だったんですが、「どうせ、一九九九年、人類は滅亡するんだからさ」と、定職につくことはありませんでした。さらに、「結婚？　するわけないじゃん。子供？　ないない。だって、どうせ、一九九九年に人類は滅亡するんだから」

今、日本は少子化が問題になっていますが、その原因のひとつに、「一九九九年に人類は滅亡する」という予言があるのではないかと推測します。

著者の五島勉さんも、まさかここまで影響するなんて思ってもいなかったでしょうね。

それにしても、なんであの本は、あそこまで人々を魅了したのでしょうか。

たぶん、人間って「滅亡」が大好きなんだと思います。

だって、そうでしょう？

キリスト教、仏教をはじめ、古今東西の宗教には必ず「終末思想」がある。もっといえば、「終末思想」こそが宗教なのです。もっともっと言えば、人心を魅了するには、「終末思想」は不可欠なんです。つまり人間は、「終末」すなわち「滅亡」を強く望んでいる。なんなら、「滅亡」に快感すら覚えている。「滅亡」と聞くだけでアドレナリンが溢《あふ》れ、あるいは酩酊《めいてい》感がやってくる。そういうふうにプログラムされているに違いないのです。

不思議ですよね、人間って。

いったい、誰が、こんなふうにプログラムしたんでしょうかね。

やはり、〝神〟でしょうかね？

だとしたら、〝神〟は、とんだ詐欺師《トリックスター》ですよ。

滅亡という幻想で快楽を与える一方で、ときには子孫を残したいという欲望も煽《あお》る。

そう、あのときの僕がまさにそれでした。子孫を残したいという欲望の虜《とりこ》になっていた。

一九九九年七月から遡《さかのぼ》ること一年。

高校時代の悪友から、あるアルバイトを依頼されます。

そいつは研修医で、それまでにも高額ギャラの治験アルバイトを色々と紹介してくれていました。でも、一ヶ月寝たきりとか、危険《リスク》の高い薬を大量に投与するとか、ギャラはいいけれど割ときつい治験が続いていたので、もう引き受けるのはやめようと思っていたところでした。

ところが、

「今回は、治験ではない。ボランティアだと思ってくれれば」

ボランティア？

「そう。だから、ギャラは決して高くはないんだけど、でも、人として、いや、男として、かなり意義のある仕事だ」

男として？

「そう。男として、これほどロマンのある仕事はない」

「いったい、どんなバイト？」

「了解してくれたら、詳細を教えてやる」

怪《あや》しいとは思いました。でも、詳細も気になる。だから僕は、「分かった。やる。だから、教えてくれ。それは、どんな——」

「精子提供《ドナー》だよ」

噂《うわさ》では聞いたことがありました。人工授精用の精子を、医学生が提供しているということは。でも、都市伝説のようなものだと思っていたのです。まさか、本当に行われていたなんて！

結果的には、その話は流れました。きっと、僕よりも優良な学生の精子が選ばれたに違いありません。そもそも、なんで僕なんかに話がきたのか。こんな冴《さ》えない僕の精子なんか、誰が欲しがるのか。

僕は、頭はいいのですが、なにしろ、容姿に難がありました。シークレットシューズをはいてようやく一六三センチの短身、手足も短く、しゃくれ顎《あご》の四角い顔。十代で髪も薄くなりはじめて、その頃はすっかり禿《は》げ上がってました。そんなだから、彼女いない歴＝年齢でした。

もちろん、童貞です。

風俗にでも行けばいつでも卒業することはできるんでしょうが、風俗だけはどうしても利用したくありませんでした。男性はすべて風俗に行くものだと思っている女性もいるかもしれませんが、それは大間違いです。男性の中にも、風俗が嫌いな人は多いのです。性を金で売り買いするなんて。そんな野蛮なことができない男も多いのです。

童貞を卒業するとしたら、ちゃんと好きな相手と合意の上で。

でも、僕は、前述したようにどこから見ても女性にはモテそうもない容姿。話術に長《た》けているわけでもなく、このままだと遺伝子を残すことはできないかもしれない。……そんなふうに諦《あきら》めていたのです。

ところが、そんな僕に光明《こうみよう》が差しました。

「精子提供《ドナー》」。

そうか、その手があったか。

不思議なものです。翌年は一九九九年。人類が滅亡するかもしれないというのに、僕は猛烈に子孫を残したくなったのです。

と、そんなときです。

ネットで、ある書き込みを見つけました。

ちなみに、当時はインターネット黎明期《れいめいき》。SNSなどのサービスはまだありませんでしたが、その代わりに個人が運営する掲示板が大層流行《はや》っていました。趣味や嗜好《しこう》ごとに同志が集う、サークルのようなノリでした。鍵付《クローズド》きの掲示板もたくさんあり、僕は、その中のひとつの常連になっていました。

『ノストラダムス』という名の掲示板です。その名の通り、ノストラダムスをはじめ、オカルト好きな人々が集まる掲示板でした。

参加メンバーは百人近くいたでしょうか。その掲示板に、

『子供が欲しい』

というある女性の切実な書き込みが唐突に投稿されたのです。

『子供が欲しいのに、できない。周囲は私に欠陥があると責めますが、違うと思います。欠陥があるのは夫のほうだと思う。でも、夫は不妊治療には参加してくれない。こうなったら、他の男と浮気してでも子供が欲しい。子供がいなければ、うちみたいな田舎《いなか》では嫁は生きていけない』

その書き込みを見て、僕は思わず、書き込みました。

『浮気なんかすることないですよ。精子があればいいだけの話です』

僕は、すでに色々と調査済みでした。

『新鮮な精子を、時間をおかずに女性の膣に注入すれば、セックスすることなく妊娠は可能です。いわゆる人工授精です』

その書き込みに、女性は食いつきました。

『色々と教えて欲しい。ぜひ、メールをください』

そして僕たちは密《ひそ》かにメールのやりとりをはじめました。彼女は真剣でした。なにがなんでも妊娠したいと。どんな手段を使っても。その熱意にも押され、僕は精子提供に踏み切ったのです。僕も僕で、本当にそんな方法で妊娠が可能なのか試してみたかったし、なにより子孫を残し

ておきたかった。だから、彼女の排卵日に会うことにしたのです。

七月の某日。待ち合わせ場所は、静岡県F市にあるショッピングモールのトイレの前。アイコンタクトでお互いを確認すると、まず僕がトイレに行きました。そして準備した容器(例の研修医の悪友を介して手に入れました)に射精(女性が想像以上の美人だったので射精はわりと簡単でした)、精子の入った容器を女性に手渡すと、今度は女性がトイレの中に消えました。僕はその背中を見送ると、そのまま帰路につきました。その女性とはそれっきりです。

ただ、二ヶ月後、メールが来ました。

『その節はありがとうございました。万事、うまくいっています。なので、もうご心配なく。このメールアドレスも解約しますので、これっきりといたしましょう』

そうか、妊娠したのか、成功したのか……。

僕は、万能感に溢れていました。

童貞でも、妊娠させることができる。

僕は、もはや、神なんじゃないか?

その万能感に引きずられるように、僕は掲示板を立ち上げました。掲示板の名前は、

『生死、さしあげます』

〝生死〟とは、言うまでもなく、〝精子〟のことでもあります。

鍵付きの掲示板でしたが、毎日のように入会申請のメールが届きました。

どうやら、例の女性が、ある匿名《とくめい》掲示板で精子提供者のおかげで妊娠することができた! と

書き込み、さらには、僕の掲示板のリンクも貼り付けたようなのです。

結果、荒しも多く現れ、掲示板は一ヶ月で閉鎖してしまったのですが、その一ヶ月で僕は、なんと約六十人の女性に精子を提供することに成功しました！　我ながら、驚異的な数です。上は五十歳から、下は十四歳の中学生まで。

容姿偏差値が低い僕の精子を、そんな多くの女性が欲しがるものか……ですって？

ええ、本当ですね。

でも、僕、先ほども言いましたけど、頭だけはいいんですよ。なにしろ、KS中学、KS高校、T大法学部卒。しかも、首席です。このスペックだけで、女性はなびきます。僕とセックスはしたくないけれど、僕の精子はぜひ欲しい……と。

女性は、〝遺伝子〟レベルでは、容姿より頭のスペックを重要視するみたいですね。

ちなみに、『生死、さしあげます』で精子を提供したのは、一九九八年の九月から十月にかけての一ヶ月。妊娠していれば、一九九九年七月頃に子供が誕生しているはずです。

そう、だから、一九九九年七月がめぐってきたとき、僕はやけに「わくわく」してしまったのです。

僕の子供たちが生まれる。

僕は、神になる……と。

（ある男のブログより）

一九九八年の秋でしたでしょうか。

当時、私は『ノストラダムス』という名のネット掲示板に参加していたのですが、そこで、不思議な噂を聞いたのです。

「この掲示板の参加者の一人に、精子をばらまいている頭のおかしい男がいる」

はじめは、レイプ野郎か？　とも思ったのですが、どうも違う。なんでも、生《なま》の精子を女性たちに提供しているというのです。例えば、ショッピングモールのトイレの前で待ち合わせて、まずは男がトイレに行き、準備しておいた容器の中に射精、その容器を受け取った女性もすぐさまトイレに行き、精子を膣に注入する。

そんなんで妊娠するか？　とも思ったんですが、どうやら可能なようです。実際、現在では頻繁に行われている方法のようです。「精子　提供」などといったワードでネット検索すれば、ざくざくと情報がヒットします。精子を提供したい人、精子を欲しい人の情報が。

とはいえ、一九九八年の時点ではきわめて珍しいことでした。人工授精という方法そのものが日本ではまだまだ一般的ではなかったし、精子をやりとりして妊娠だなんて、SFの世界の話でした。

だから、「精子をばらまいている頭のおかしい男がいる」という噂を聞いたときも、信じられなかったんですよね。仮に、本当にそんなことをする馬鹿がいたとしても、妊娠なんてさせられるはずないって。だから、すぐにそんな噂、忘れてしまったのですが。

私がその噂を思い出したのは三年前のこと、とある記事を読んでいたときです。それはアメリカで実際に起きた事件で、ある不妊治療の医師が、ドナーの精子だと偽《いつわ》り、自身の精子を患者に提供していたというものです。なんと、その精子で百人近くの子供を誕生させてしまったというのです。もちろん、これは重大なルール違反です。本来、同じドナーから提供された精子の数には制限を設けているはずですが、その医師はそれをまったく無視してしまったのです。

医師は、「より新鮮な精子を使うのが望ましいため、自分の精子を使ってしまった」と弁解しているようですが、それにしたって、回数が途方もない。と、同時に、セックスなしで、ひとりの男性から何十人、なんなら何百人の子供を作ることができる人工授精の恐ろしさに身悶《みもだ》える思いでした。極端なことを言えば、全人類が、ひとりの男性の精子に由来……という未来だってあり得るのです。多様性もへったくれもあったもんじゃありません。優生思想の最たるものです。

「まったく、いやな世の中になったもんだ」と怒りと不安に身をよじらせていたときです。

「あ、そういえば」

と、一九九八年頃に聞いた、精子ばらまき男の噂を思い出した次第です。

「もしかしたら、その男の子供が大量に生まれていたりして？」

私は、無性にそれを検証したくなりました。その頃、私の動画もそろそろネタ切れ気味で、視聴回数も減る一方、「マンネリ」というコメントも多く見られるようになっていました。

よし、ここで一発逆転、してみるか。

そんな欲が湧いてきたのです。

まず、私は、精子ばらまき男の噂を丹念に追跡しました。『ノストラダムス』という掲示板の常連だった人たちに、探偵事務所を使って片っ端から連絡してみたのです。その大半は行方《ゆくえ》知れずでしたが、何人かは見つかり、貴重な証言を得ることができました。すると、精子がばらまかれていたのは一九九八年の九月から十月にかけての約一ヶ月間。子供が誕生していたとしたら、翌年の一九九九年七月頃。そして、精子をばらまいていた男には、両方の前腕に傷跡のような線があり、足の小指の爪が二枚に分かれているという遺伝的特徴があったことを知ることができました。

なぜ知ることができたかというと、精子提供を受けたある女性が教えてくれたからです。その女性は妊娠することはありませんでしたが、男の特徴を克明に日記に残していました。というのも、遺伝的な病気や身体的特徴があったら困る、できたら優秀な遺伝子が欲しいと女性は考えていたからで、男の体の隅々《すみずみ》まで特徴を聞き出し、見て確認していたようでした。そのとき分かったのが、足の小指の二枚爪と、腕の線。いわゆる漢民線と言われるもので、それらは遺伝するものではあるけれど、蒙古斑《もうこはん》と同じで健康とは無関係。なので、問題なし……ということで精子の提供を受けることにしたそうです。

ちなみに、その女性曰《いわ》く、精子ばらまき男はいわゆる〝キモメン〟。薄毛で短身で顔もぱっとしない。絶対に彼氏にはしたくないタイプだったそうです。それでもその男の精子が欲しいと思ったのは、頭のよさです。その学歴に魅了されたんだそうです。

男性の場合、女性の見た目にまず惹《ひ》かれるものですが、女性の場合、違うんですね。相手の見た目は二の次、なにより重要なのは頭の出来。こんなところにも男女の差が出るもんなんだなぁと。男性は、中身がどうであれ、とにかく相手の見た目を気にする。つまり男性は女性の中身なんてどうでもよくて、一緒にいて自慢できる容姿であることが重要。一方、女性は見た目よりも、より稼《かせ》いでより自分に楽させてくれる優秀な男性を選ぶ。

……まあ、いずれにしても、精子ばらまき男の特徴をゲットした私は、ある企画を実行することにしました。

それは、自分の動画で、精子ばらまき男の子供たちを捜すというものです。

その第一弾として、自身の動画の生配信で、

「一九九九年七月生まれの人、いる？」

と声をかけてみました。

すると、五人の男女が手を挙げました。

もしかして、この中に精子ばらまき男の子供たちがいるかもしれないと思うと、大興奮しましたね。

あとは、精子ばらまき男の特徴を受け継いでいるかどうか。五人の中に一人でもいたら、それこそ大収穫ですよ！

どうです？　すごい企画でしょう？　Netflix《ネトフリ》だって顔負けですよ。実際、ある程度証拠が揃《そろ》っ

たところで、Netflixに企画を売ろうとも考えていました。

ところが、そんなときですよ。

「秋本有彩」が、声をかけてきました。

秋本有彩は、稀代《きたい》の詐欺《さぎ》師。ネットの裏世界では割と有名です。

秋本有彩は、いつものアニメ声で言いました。

「あなたの企画、悪くないけれどぉ、それほど儲《もう》からないわよ。今、一番儲けることができるのは、やっぱり仮想通貨。これ一択よぉ。アタシにいい考えがあるんだぁ。アタシの叔母がちょっと変わった人でね。霊感だとか預言だとか、そんなことばかり言っているオカルト女。で、思いついたのよぉ。叔母の〝霊感〟を利用して仮想通貨で儲けようってぇ。言わば新手の、霊感商法。成功する自信はある。だって、霊感商法の成功率はかなり高いんだからぁ。うまくいけば、億、ううん数十億儲けることができるよぉ。どう？　協力しない？」

秋本有彩のアニメ声には妙な引力がありました。さすがは海千山千の詐欺師です。気がつけば、私は彼女の言いなりでした。彼女に言われるまま、『ノストラダムス・エイジ』伝説をねつ造して、本まで出す手助けをした。言うまでもなく、あの本は、一文の価値もない「Black coin」という仮想通貨に価値をつけるためのものです。「世界は崩壊する。すべての価値は泡と消える。ただひとつ、Black coinだけが残る」という文言こそが、あの本を出した目的です。こんな原始的なやりかたでBlack coinが爆上がりするんだろうか？　と私は懐疑的でしたが、なんと、みごとに高騰しました。

Chapter 6. シミュレーション仮説

「世の中ってぇ、案外、ちょろいでしょう？」

秋本有彩は言いました。そして、

「世の中には二種類の人間がいるんだよぉ。騙《だま》されやすい馬鹿な人間。そして、馬鹿をいいように利用する頭のいい人間。あなたは、どちら側になりたい？」

そりゃ、もちろん、後者だ。

ところが、世の中にはもう一種類の人間がいたのです。

それは、

常軌を逸《いっ》した人間。

これは、怖いです。なにしろ、怖い物知らず。ストッパーというものがない。馬鹿を扇動し、ときには頭のいい人間を破滅させる。

そんな「常軌を逸した人間」の一人が、例の井岡佳那《ゴンベエ》だったのです。

彼女は、熱心な『ノストラダムス・エイジ』の信者でした。秋本有彩の言葉を借りれば、「騙されやすい馬鹿な人間」のはずでした。が、実際は、「常軌を逸した人間」だったのです。

そして、あの事件が起きたのです。『小金井市十五人集団自殺、あるいは殺人事件』、通称『ノストラダムス・エイジ事件』が。

ええ、あれは、殺人でもなんでもありませんよ。

本当の集団自殺だと思いますよ。

もっと言えば、井岡佳那が主導した、集団心中事件だと思います。

なにかのオフ会で、一度だけ井岡佳那と会ったことがあるんですけどね、彼女、言っていましたっけ。

「本当の世界は、一九九九年に滅亡した。今の世界は、幻。シミュレーションにすぎない」と。

ほら、〝シミュレーション仮説〟というのが、今のトレンドじゃないですか。

この世界は、誰かがプレイしているバーチャルリアリティである可能性が高いという。

かの大富豪、イーロン・マスクですら、そう信じているっていうじゃないですか。

もしかしたら、本当に今の世界は……。

井岡佳那の言葉って、秋本有彩とはまた違った妙な説得力があって、その世界観に引きずり込まれちゃうんですよね。

「この仮想世界から脱出して、本来の世界に戻るために、私たちは死ななければならない」

彼女が言うと、本当にそうなのかもしれない……と、信じてしまいたくなるんですよ。

だから、あれは、集団自殺で間違いないでしょう、私はそう思います。

でも、まさか、秋本有彩まで、死んじゃうなんてね。

騙していたはずなのに、いつのまにか、自ら『ノストラダムス・エイジ』の魔法にかかってしまったんでしょうかね。

本当に、ノストラダムスって、怖いですね。

（ユーチューバー「恐児」の証言より）

24

二〇二三年、六月。

「聞いたよ。来月から、正社員になるかもだって?」

カバンを手にしたところで、渡辺翔太《ゾンビ》は、ポンと肩を叩かれた。

「しかし、ラッキーだったな。うちの会社、リストラすることはあっても、契約から正社員に登用されるなんて皆無なんだぜ? いったい、どんな魔法を使ったんだよ?」

記者歴二十年目のベテラン社員、ヤマモトさんが皮肉を言う。この人は、元々正社員だったが、十五年目で契約社員に格下げされてしまったらしい。

「いやいや、本当にラッキーでした」

翔太は、わざとらしく頭を掻《か》いてみせた。

でも、実際、〝ラッキー〟だったのだ。

翔太が、精子ばらまき男のブログをたまたま見つけたのが先月。ブログはずっと放置されていたようで読者もゼロ、まさに、ネットの深海に沈んでいた。それを引き揚げたのは、ラッキーだったとしかいえない。

笹野千奈美《キャリー》さんのおかげだ。

キャリーさんの死体が発見されたのは、成田《なりた》空港近くの雑木林だった。誰かに殺害されたようだが、犯人はまだ捕まっていない。

犯人といえば。井岡家の次女、紗那ちゃんを殺害した犯人もまだ捕まっていない。

ただ、鮎川公平《ジェイソン》は無罪放免となった。例のビデオテープを警察が見つけたからだ。ジェイソン以外の誰かが井岡紗那を殺害したという証拠がばっちりと映っているビデオテープ。

だが、ジェイソンは釈放後も自分が殺したと言い張り、先月、自宅で首を吊《つ》って死んでしまった。

「それで、いったいどんな魔法を?」

ヤマモトさんがしつこい。

翔太は、またもやわざとらしく頭を掻いた。そして、

「あははは」

「それは、まだ秘密ですよ」

と、翔太はカバンを掻き抱《いだ》いた。

この中には、自分を正社員にしてくれる魔法が入っている。これを上司に見せたのが、先週。上司は断末魔の鯉《こい》のように口をパクパクさせると、

「いやいや、これは凄《すご》い。大スクープだ。でも、あともう一押しだ。最後のピースが欲しい。それをゲットできたら、正社員にしてやろう」

最後のピース。

そう言われて、翔太の頭に浮かんだのは、ある人物だった。

たぶん、こいつが、パズルの最後のピースを持っている。

よし。最後のピースをゲットしてくるか。

翔太はカバンをさらにさらに強く掻き抱くと、

「釣りに行ってきます」

「勤務中に釣りですか？　まあ、いっちょまえになったもんだな、新人くん」

ヤマモトさんがしつこく絡《から》んでくる。それをかわして、翔太はオフィスを出た。

＋

「結局、オレたち二人になっちゃったな」

池袋西口のカラオケ店。十八番《おはこ》を歌い終わると、翔太はオニオンフライをつまんだ。

「本当だな」

応えたのは、横峯快斗《イエヤス》。

イエヤスも晴れて無罪放免となり、娑婆《しゃば》に戻ってきていた。なんでも、釈放された後はしばらく精神科病棟に入院していたらしいが、今月の初め、退院したのだという。

「なんだか、浦島太郎の気分だよ。訳が分からない。ついさっきまで『世紀末五銃士』のオフ会をやっていたはずなのに、気がついたら、ゴンベエさんもキャリーさんもジェイソンも死んじゃってってさ」

イエヤスが、半笑いで烏龍茶《ウーロンちゃ》をすすった。

「その間の記憶、すっぽりないの？」

「うん。……記憶の断片はあるにはあるんだけど、それが本当の記憶なのか夢なのかよく分からないんだ。弁護士が言うには、相当強い洗脳が行われていたんじゃないかって」

「洗脳って、誰に？」

「それが分かったら、こんなにモヤモヤしてないよ」

「でも、キャリーさんはその辺の情報も摑《つか》んでいたみたいだよ」

「キャリーさんが？」

「そう。……ところでさ、オレ、正社員になるかもなんだ」

「そうなんだ！　非正規社員から正社員か。しかも出版社の！　やったじゃん、おめでとう！」

「……ありがとう。……キャリーさんのおかげだ」

「どういうこと？」

「キャリーさん、独自に取材していたみたいでさ。その取材メモと音声をオレに託してくれた。キャリーさんが死んだというニュースが流れたその日、スマホを見たら、ファイルが送られていたんだ」

翔太は、早速、釣り餌《え》をちらつかせた。

「へー。形見みたいなもんか？」

「そのおかげで、オレは正社員だ」

「だから、どういうこと？」

「ある男が残したブログを発掘することができたんだ」

「ある男？」

「見てみる？」

そして翔太は、いよいよ釣竿《つりざお》を大きく振り上げた。カバンの中からプリントの束《たば》を取り出す。ある男のブログをプリントアウトしたものだ。

イエヤスは、特に顔色も変えずに、それをぱらぱらと読む。

読み終わったのを確認すると、次に翔太はスマートフォンを手にした。そして、ある音声ファイルを再生する。

「あれ？　これ、もしかして恐児の声？」

イエヤスが、耳をそばだてた。

「そう。キャリーさん、ドバイにいる恐児に、オンラインで証言を得ていた」

「へー、キャリーさん、やるじゃん」

音声が終了すると、

「へー、なるほどね。『世紀末五銃士』って、そういう理由で集められたんだ」

と、イエヤスは、やはり顔色を変えずにソファーの背もたれに体を預けた。

「でもさ、馬鹿馬鹿しい話だよね？　それこそ、オカルトじみてるよ。精子ばらまき男の子供が何十人もいるかもしれないって？　そんなの、あるわけないよ。はっ！　ほんと、馬鹿馬鹿しい！　仮にさ、精子ばらまき男の子供が生まれていたとしてさ、一九九九年七月生まれの人って、いったい何人いると思う？　それだけの情報で、精子ばらまき男の子供を捜すなんてさ、無理に決まってんじゃん。恐児も、詰《つ》んでんな！　だから、詐欺なんかで逮捕状が出ちゃうんだよ」

イエヤスは、烏龍茶を一口啜《すす》ると、さらに続けた。

「あ、言っておくけど、俺は精子ばらまき男とは無関係だからね。だって、俺は一九九九年五月生まれだから。……じゃ、なんで、恐児の呼びかけに手を挙げたのかって？　そんなの、ただの好奇心に決まってんじゃん。特に意味はないよ。……それに、俺は、精子ばらまき男とはまったく似てないしさ」

「え？」

翔太は身構えた。まさか、こんなに早く食いついてくるなんて。翔太は、このチャンスを逃すまいとばかりに、リールを巻き上げるように畳みかけた。

「イエヤス、おまえさ、精子ばらまき男が誰なのか、知ってんの？」

「え？」

ここではじめて、イエヤスの顔色が変化した。そして、

「……ごめん、誰かと勘違いしていたかも。だって、ほら、いまだに記憶がぐちゃぐちゃだからさ、俺」

イエヤスが、釣り針から逃れようと巧《たく》みに言葉を繰り出す。

が、翔太も負けていなかった。

「確かに、イエヤスは、田端光昭には似ていない」

「え？」

「だから、ホラー芸人のマトリックスだよ。一度だけ『世紀末五銃士』のオフ会に飛び入り参加したじゃん。マトリックスこと田端光昭。彼こそが精子ばらまき男なんだよ」

「…………」

イエヤスの顔から、すっかり血の気がなくなった。唇なんか、冷たいプールから出てきた小学生のように真っ青だ。まるで死人のようだ。が、翔太は続けた。

「田端光昭は小金井のノストラダムス・エイジ事件で死んでいるけど、その事件の原因となった証言を、自身のブログの中に残していたんだよ」

そうなのだ。ノストラダムス・エイジ事件は、田端光昭こそがトリガーなのだ。

田端光昭は、かつて自分がやらかした精子ばらまきの結果を確かめたくなったのだろう。そのきっかけを作ったのが、恐児が動画生配信で募《つの》った「一九九九年七月生まれの人」。その動画をたまたま見ていた田端光昭は、ぴんときたはずだ。自分が提供した精子で生まれた子供たちもまた、「一九九九年七月生まれの人」だと。恐児がなぜ「一九九九年七月生まれの人」たちを募っているのか、その真意を確かめたい欲望にも駆られた。なにしろ、恐児は、『ノストラダムス』という掲示板の常連でもあった。なにかしら噂を聞いていたはずだ。考えれば考えるほど、自分と無関係とは思えなかった。居ても立ってもいられなくなり、あの日、『世紀末五銃士』のオフ会に乱入したのだ。

その結果、ある人物が、自分の息子であることを確信する。

その人物こそが、イエヤスだ。

イエヤスと田端光昭は、ぱっと見は似ていない。が、イエヤスには田端光昭と同じはっきりとした漢民線があり、さらに、耳の形も田端光昭にそっくりだ。その声もよく似ていた。

翔太は、あの日のオフ会で、田端光昭からこんな質問をされたことをよく覚えている。

「イエヤスくんって、もしかして、静岡県はF市の出身？」

そうらしいと答えると、田端光昭は嬉《うれ》しそうに大きく頷《うなず》いた。そして、

「イエヤスくん、顔は母親に似たんだな。あの人、美人だったもんな」と。さらに、「イエヤスくん、本当は五月生まれかもしれないね」と。

そのときは聞き流したが、今ならその意味が怖いほど分かる。

田端光昭が、イエヤスを息子だと認めた瞬間だったのだ。

そういえば、田端光昭は、こんな質問もしてきた。

「イエヤスっていうハンドルネーム、もしかして、薬と関係ある？」

なんでそんなことを訊《き》くんだろう？

「だって、ほら。徳川家康って、薬の調合が趣味だったじゃない。だから、それと関係あるのかな？　って」

「そういえば、イエヤスの実家は代々続く、老舗《しにせ》の薬問屋だったはず。で、本人も薬科大です

よ」

田端光昭は、スマートフォンですぐさま検索をはじめた。検索ワードは「静岡県F市薬問屋」。ヒットしたのはとある製薬会社のホームページで、父親である社長の顔写真と、母親である副社長の顔写真が載っていた。

「ほら、やっぱり！」

田端光昭が、ガッツポーズをしてみせる。

このときだ。イエヤスが、長いトイレから戻ってきたのは。

イエヤスは、すっかり酩酊状態だった。

こいつ、またトイレで、アレをやったな。

チキショウ、オレたちもやりたい！

でも、今日は田端光昭がいる。この邪魔者をとっとと追い出さないと。

そして、なんだかんだ言って田端光昭を体《てい》よく追い出すと、翔太たちは、いつものアレをイエヤスにねだった。

それは、イエヤスが調合した魔法の薬。ＬＳＤより強烈なトリップを体験することができる。

そう、『世紀末五銃士』とは表向きで、翔太たちの本当の目的は、ドラッグだった。

むろん、ドラッグだということは知らない振りをした。ダイエット、滋養強壮、モテフェロモン、それぞれに効く栄養剤だと言われていたから、そうだと信じた振りをしていた。

でも、違う。あれは明らかに、ドラッグだった。

だけど、それほど危険な成分は入っていない、数分間だけ別世界にトリップすることができるだけだ……とイエヤスは言っていた。実際、翔太をはじめ、他の連中にもそれほど大きな影響はなかった。短いトリップを終えたら無事に現実に戻ることができた。

が、当のイエヤスは、記憶の喪失が目立ちはじめていた。たぶん、自分だけ多めに摂取していたのだろう。洗脳でもなんでもない。イエヤスは自ら、記憶のバグが発生するほどドラッグにのめり込んでいたのだ。

でも、本当に、そうなのだろうか？　イエヤスの記憶がバグったのはドラッグのせいなのだろうか？

翔太は、血の気のない顔で遠くを見ているイエヤスをつくづくと眺めた。

イエヤスは、オレが非正規社員だったことを知っていた。なぜだ？　イエヤスは、オレが出版社に勤めていることも知らないはずだ。忘れていたはずだ。

なのに、なぜ、知っていたんだろう？

やっぱり、イエヤスの記憶は正常なのではなかろうか？

いや、前は本当にバグっていたとしても、今はすっかり思い出しているのでは？

だとしたら、とんでもないぞ。

こいつは、記憶の喪失を理由に、起訴を免《まぬか》れたのだ。

そう、こいつは犯人ではないから、釈放されたわけではない。

責任能力がないとされて、釈放されただけなのだ。

つまり、イエヤスが『小金井市十五人集団自殺、あるいは殺人事件』の犯人ではない、ということが証明されたわけではないのだ。

翔太は、ある推理を抱いている。

その推理が正しいかどうかを確かめるために、今日はイエヤスを呼び出した。

「結局のところ、ノストラダムス・エイジ事件は、集団自殺ではないと思うんだよ」

翔太は、死人のようなイエヤスに向かって言った。続けて、

「恐児は、ゴンベエさんが主導した心中だと話していたが、それも違うと思う。ゴンベエさんは、おまえが調合したドラッグのせいで『常軌を逸した人間』になっていたのは間違いないけれど、だからといって、自分以外の十四人を殺害するほどの行動力はない。彼女はいつだって受け身だったからね。彼女が仮に心中を主導していたとしたら、それは、誰かの影響があったからだと思う」

「影響って？」

イエヤスが、ここでようやく言葉を挟んだ。

「それは、イエヤス、おまえだよ」

「は？」

「ゴンベエさんは、おまえが調合したドラッグなしでは生きられない体になっていた。おまえの言うことならなんでも聞いただろうよ」

「まあね」イエヤスが、薄く笑う。

「認めるの？」

「だからといって、そこにいた全員を殺せとは言っていない。消して欲しかったのは、田端光昭《マトリックス》と、蕎麦《そば》屋の店員だけだった」

イエヤスの顔に、生気が戻った。

「やっぱり、おまえは田端光昭の正体を知っていたんだね」

「あいつが、自ら名乗ったからね。自分は君の本当の父親だ！　って。そして、精子提供のことも。まったく、鳥肌もんだよ。死にたくなったよ。実際、死のうとした。でも、なんで俺が死ななきゃいけないんだよ？　って。死ぬのは、あっちだろう？　田端光昭のほうだろうって」

「で、蕎麦屋の店員って？」

「うちの近所にある蕎麦屋の店員だよ。冴えない男でさ。聞けば、一九九九年七月生まれだって言うじゃない。なんかいやーな予感がしてさ。だって、田端光昭にそっくりなんだよ。チビでハゲで四角い顔で顎がしゃくれてて。クローンかっていうほど、似ていた。しかも、声もそっくりでさ。で、あいつの抜け毛をそっと持ち帰って、知り合いに頼んでDNA鑑定してもらった。そしたら、ビンゴ。俺と兄弟である確率は九十九パーセントだってさ。マジか！　って。絶望したよ。もう、ほんと、消えて欲しかった。あんな冴えない兄弟なんかいらねーよって。……そしたらさ、田端光昭も、蕎麦屋の店員が自分の息子だってことに気がついてさ。それを本人に言うっていうからさ、焦《あせ》ったよ。だって、そんなことしたら、俺とあいつが兄弟ってことになって、最悪、財産をよこせ！　なんてことに発展する可能性もあるわけじゃん？　冗談じゃないよ。うちの実家は、小さいけれどそれなりの稼ぎがある製薬会社なんだぜ？　一応、年商五十億円なんだぜ？　土地や株なんかを入れたら、十数億円の資産があるんだぜ？　それをよこせなんて言われたらさ。

ほんと、心底、田端光昭が憎かったね。こんな面倒を生みやがって！　って。

だから、死んでもらうことにした。蕎麦屋の店員も一緒に。方法を考えていたとき、ゴンベエさんが蕎麦屋の店員を『ノストラダムス・エイジ』の信者にしちゃったもんだから、これは使えると思ったよね。

『この仮想世界から脱出して、本来の世界に戻るために、俺たちは死ななければならない』とゴンベエさんに吹き込んだら、まんまと信じ込んじゃって。

さらに、秋本有彩のセミナーにも何回か一緒に参加した。

あ、ちなみに、秋本有彩は、ネットでは有名な詐欺師だ。そして、恐児ともつるんでいる。叔母の秋本友里子を引っ張り出して『ノストラダムス・エイジ』で一儲けしようと企んでいたらしい。

なんで、そんなことを知っているのかって？

田端光昭が教えてくれたんだよ。あの人、ぱっと見うだつの上がらない風情だけど、頭だけはいいみたいだね。すべてお見通しだった。そして、『あいつらには気をつけろ。騙されるな。近づくな』って。

そんなことを言われたら、逆のことをしたくなるじゃない。

秋本有彩が主催しているセミナーに潜《もぐ》り込んでみた。まあ、ちょっとした好奇心だね。そして、俺の中で絵が出来上がった。田端光昭と蕎麦屋の店員を同時に消す絵がね。

そして、二〇二一年十月二十四日。小金井のあの家で秋本有彩のセミナーが行われたとき、俺は蕎麦屋の店員と田端光昭も誘ったんだ。田端光昭には、『秋本有彩に騙されかけている。助けてくれ』とかなんとか言って、呼び出した。

これで、役者は揃った。あとは、ちょっとした演出で、練炭を用意して、そしてあるビデオテープを流してみた。

それは、世の中の終わりを告げるテープ。

なんてことはない、ネットに落ちていたフェイク動画だったけど、そこにいた人たちはおもしろいように信じ込んじゃってさ。田端光昭も、秋本有彩まで。

まあ、あらかじめ、バルビツール酸系の強めのドラッグをお茶に入れておいたから、それも功を奏したんだろうね。

そこにいた十五人はまるで追い詰められたネズミのように大人しくなった。俺が合図を出すと、ゴンベエさんはゆっくりと立ち上がり、まずは蕎麦屋の店員の首を絞《し》めた。そして、次々と、そこにいる連中の首を絞めていったんだ。ドラッグが効いていたせいか、みんな幸せそうだったよ。苦しんでいる人は一人もいなかった。そして最後にゴンベエさんの首を、俺が絞め上げたんだ。……そして、俺はそのまま逃げた。

Chapter 6.
シミュレーション仮説

これが、あの事件の真相だ。

消したかったのは、田端光昭と蕎麦屋の店員だけだったけど、まあ、仕方ないね、何事にも犠牲はつきものだ」

イエヤスの突然の独白に、翔太はたじろいだ。背中からは滝のような汗が流れ、足の震えも止まらない。が、気持ちを奮《ふる》い立たせると、

「キャリーさんとジェイソンも、君が？」

「キャリーさん、俺が拘置所にいるとき一度面会しに来たんだけどね、彼女、そのときすでに真相を突き止めていた。田端光昭と俺の関係を。蕎麦屋の店員までは突き止めていなかったけど、それも時間の問題だと思った。そしたらキャリーさん、必ずそれを記事にするんだろうと。冗談じゃないよ、俺が自分の子供じゃないと知ったら、うちの父さん、絶対に悲しむじゃん。なんなら、俺のことを捨てるかもしれないじゃん。そしたら、俺はどうなるんだよ？」

「それで、キャリーさんを？」

「釈放されたら、真っ先に殺すつもりだったけどね。俺が殺す前に、殺された。『ラッキー！』とガッツポーズしたけれど、想定外のことが起きた。まさか、彼女の取材メモと音声が、おまえのところに渡っていたなんてね。うかつだったよ。そういえば、キャリーさん、おまえのことが好きだったもんな」

「嘘《うそ》だろう。キャリーさんは、イエヤスのことを――」

「それははじめだけ。途中から、おまえに色目を使っていたよ。まあ、おまえはまったく気がつ

いてなかったけどね」

「嘘だよ、そんな――」

「取材メモと音声をおまえに託したのがそのいい証拠だよ」

「そんな――」

翔太もキャリーさんのことを気になりはじめていた。でも、どうせ片想いだと思って諦めていた。……なのに、キャリーさんも自分のことを？　胸が締め付けられて、呼吸が苦しい。今更、そんなことを聞かされても、キャリーさんはもういない。

翔太はオニオンフライを闇雲《やみくも》に口に詰め込むと、しばらくはその咀嚼《そしやく》に専念した。そして、口の中のすべてを食道に送り込むと、

「ジェイソンは？」

と、質問した。

「ジェイソン？　あいつのことなんか知らないよ。ただの自殺だろう？　そもそも、井岡紗那殺しと俺は一切、関係ない。なにしろ、俺は拘置所の中だったからね」

「それでも、ジェイソンが死んだのは、おまえが調合したドラッグのせいでもある。だって、オレたち、このカラオケ店で会ったよな？　おまえが逮捕される直前に。そのとき、おまえはオレたちに山ほどドラッグをくれたよな？」

「まあね。逮捕される予感はあったから、家にあるブツをすべて処分しておきたかったんだよ」

「ジェイソンは、そのほとんどを自分の懐《ふところ》に入れて独《ひと》り占めした」

Chapter 6. シミュレーション仮説

「あいつらしい」

「オレも少しは持ち帰ったけど、そのせいで、ここんところおかしいんだ」

「記憶がなくなるとか？」

「そうだ。……なあ。イエヤス。ずっと……気になっていたんだけど……なんで、オレたちにドラッグを？」

「簡単だよ。マウントをとるためだ。田舎者とバカにされないためだよ」

「そんな……ことのために？」

「そんなこと？　マウントを取るのは、この世で一番重要なことじゃないか！　でなければ、ずっとパシリの人生だ。誰かに指示されたり命令されたりするだけの人生なんか、まっぴらだからね！　……あれ、ゾンビ、ふらふらじゃないか」

「うん……なんだか頭がくらくらする……体に力が入らない」

「ゾンビ、なんか、パキっちゃってる？　オニオンフライが効いたかな？」

「え？」

「気がつかなかった？　おまえが一曲歌っている間に、オニオンフライに例のドラッグをまぶしておいた」

「………」

「記憶がなくなる前に、面白いことをひとつ、教えてやるよ。

おまえさ、漢民線あるだろう？　そして、足の小指の爪が二枚あるだろう？

まあ、なにより、おまえ、あの蕎麦屋の店員にそっくりなんだよな。チビでしゃくれ顎で四角い顔。頭髪も頼りない。そのうち、禿げるだろう。つまり、それはどういうことか、分かる？」

「…………」

「『世紀末五銃士』の中で、俺とおまえの二人が、田端光昭の子供だってことだよ」

ああ、それは薄々、予感があったよ。

田端光昭とはじめて会ったとき、まるで鏡を見ているようで、気持ちが悪かったことをよく覚えている。それからは地獄だったよ。鏡を見るたびに、田端光昭が浮かんでくる。

そして、田端光昭のブログを読んで、確信したよ。……オレ、あの男の子供だったんだ……って。

立ち直れないぐらい絶望したよ。

できたら、あの男と出会う前に時間を巻き戻してしまいたい。

「俺が、今日、おまえの誘いに乗ってのこのことやってきたのは――」イエヤスが、にやつきながら言葉を繋《つな》ぐ。「おまえを消すためなんだよ。ゾンビ、おまえは俺の兄弟でもあるからね。おまえが生きていたら、なにかと面倒なんだ」

面倒？　おまえの財産をよこせ……なんて言わないよ。オレの実家だって、そこそこ裕福だ。地元では、名家で通っている。

だから、できたら、渡辺家の子供として生涯を閉じたい。田端光昭の子供なんてまっぴらごめんだ。

ああ、それにしても、うちの母ちゃん、なんてことをしてくれたんだろうな。あんな男から精子を提供してもらうなんてさ。

そんな方法で生まれたって、全然幸せじゃないよ。苦悩しかないよ。母ちゃんにしてみれば、どうしても子供が欲しかったのかもしれないけれど。子供ができない嫁だといじめられて、切羽詰まっていたんだろうけど。だからって、こんな方法で子供を儲けてどうすんだよ。オレのことは考えたことあるのかよ。父親になにひとつ似ていなくて、それを他人に指摘されるたびに卑屈になって。

それでも、優しい母ちゃんだった。優しい父ちゃんだった。あの二人の子供として、生涯を閉じたい。

「安心しろ、おまえは渡辺家の子供として死んでいくんだよ。結局のところ、それが一番の幸せだからな」

イエヤスが、すっかり正気を取り戻した顔で言った。

「ゾンビ。そろそろ、意識がなくなってきたようだな。どう？　俺が調合した薬は凄いだろう？　苦しまずに、それどころか幸福感に包まれて穏《おだ》やかに死ぬことができるんだ」

ああ、本当だ。今、オレは子供の頃の心境だ。喩《たと》えるなら、夏休み前。解放感に満たされたあの気分だ。明日からの一ヶ月半、なにして遊ぼう？　釣りに行って、カブトムシを採って、祭りで神輿《みこし》をかついで。

ああ、なんか、興奮してきたな。

腹が痛くなってきた。

トイレ、トイレに行きたい。

25

腸の中身をあらかた放出した翔太は、考える人のポーズでしばし、その余韻に浸《ひた》っていた。

温水便座のシャワーが、死ぬほど気持ちいい。気が遠くなりそうだ。

ああ、本当に気持ちがいい……。

あ、と我に返ったとき、シャワーは止まっていた。タイマー付きのシャワーなんだろうか。水の節約のために？　でも、もう少しシャワーに当たりたい。翔太は、左の壁に貼りついたリモコンに視線をやった。

「あれ？」

リモコンがない。……マジか。さっきまであったじゃないか。そうだ、よく見るメーカーのリモコン。「大」のボタンを押したのも覚えている。いったい、どこに行ってしまったんだろう？

左の壁をくまなく捜すが、ない。

なんで？

変な汗が出る。

闇雲に視線を動かしていると、あった。右側の壁に。

「え？　さっきは、左の壁にあった気がするんだけど」

……酔っ払っちゃったかな？

トイレットペーパーをホルダーからカラカラ引き出していると、また違和感。トイレットペーパーの位置、ここだっけ？

うん？　また違和感。

今度は、ドアがない。

嘘だろう？

さっきまで、前にドアがあったじゃん。オレ、そこから入ってきたじゃん！　ドア、どこに行っちゃったんだよ！


「ゾンビくん、遅かったね。どうしたの？」

部屋に戻ると、キャリーさんが早速声をかけてきた。

「いや、トイレのドアがなくなって、パニクってた」

「トイレのドアがなくなった？」

「うん。入ったときは前のほうにあったんだけど、いつのまにか、左側に移動していた」

「やだ、それ、さっきイエヤスくんも同じことを言ってた！　やっぱり、二人、どっか似ているよね」

「似てる？　まさか。イエヤスはイケメンだけど、オレは――」

「もちろん、容姿はまったく似てないけど、なんていうのかな、雰囲気？　オーラ？」

「声だよ」

言葉を挟んだのは、ゴンベエさん。

「……ときどき、ゾンビくんとイエヤスくんの声、間違えることがある」

「あー、確かにそうだな」

大きく頷いたのは、ジェイソン。

が、当のイエヤスは、むすっと不機嫌に口を尖《とが》らせている。

まあ、あいつにしてみれば、オレみたいなブサメンと似ているなんて、死んでも言われたくないんだろうな。

オレは、まあ、ちょっと嬉しいけど。

「そんなことよりさ。なんの話してたの？」翔太が話を振ると、

「〝シミュレーション仮説〟の話」

と、イエヤスがようやく口を開いた。

「〝シミュレーション仮説〟？　ああ、実世界だと思っているこの世はコンピューターシミュレーションで、我々は、シミュレーションの中で生かされているにすぎない……というやつか」

「そう。だから、バグもしょっちゅう出現する。前に、ホラー芸人のマトリックスさんが言っていた、〝マンデラ効果〟なんかもそう」

「デジャヴなんかもそうかもしれないわね」ゴンベエさんが、身を乗り出した。

「予知夢とかもそうかも。私、しょっちゅう予知夢を見るんだよね」キャリーさんも目を輝かせる。

「この世がシミュレーションならば、自分の意思で人生を変えることもできるのかな？」

ジェイソンも、ウキウキと話に乗ってきた。

「いや、できないと思うよ。だって、プレイしているのは、プレイヤーだからさ」

イエヤスが、訳知り顔で言った。

「プレイヤー、すなわち、神。所詮、俺たちは、プレイヤーの手のひらで転がされているにすぎないんだよ。俺たちの意思ではどうすることもできない。……俺たちは、コマにすぎないんだ」

そうか、オレたちはコマなんだ。

「だとしたら、人類滅亡を予言したノストラダムスは、プレイヤー？」

翔太がそう質問すると、それまで騒がしかった室内が、一瞬にして沼の底のような静寂に覆われた。

あれ？

イエヤス？　ゴンベエさん？　キャリーさん？　ジェイソン？

呼んでみるも、誰も応えない。

誰もいない。

広がるのは、漆黒の闇。

いや、違う。田端光昭《マトリックス》の顔が、闇の中にぽっかり浮いている。

「そうか。プレイヤーはやっぱりおまえだったか」

翔太は最後にそう呟《つぶや》くと、今度こそ意識を手放した。

†巻末†

この年の六月、横峯快斗《イエヤス》が逮捕された。

容疑は、麻薬及び向精神薬取締法違反と、渡辺翔太《ゾンビ》殺害。

横峯快斗は、別件で不起訴になっているが、今回ばかりは言い逃れはできないだろう。

なにしろ、カラオケボックスでの渡辺翔太との会話は、ライブ配信されていた。そう、渡辺翔太は自分に危害が及ぶのを予測し、密《ひそ》かにカメラを回していたのだ。しかも、自身の動画アカウントから配信していた。それを観ていた多数の視聴者から警察に通報があり、横峯快斗は現行犯で逮捕された。

これが、『小金井市十五人集団自殺、あるいは殺人事件』、通称『ノストラダムス・エイジ事件』の顚末《てんまつ》である。

え？　納得がいかないと？

まだ、謎《なぞ》があると？

謎のひとつは、井岡家の次女、紗那を殺害したのは誰か？　という点だ。

当初は、鮎川公平《ジェイソン》が「自分が井岡紗那を殺害した」と出頭し逮捕されたが、のちに、殺害をリアルタイムで撮影したビデオテープが見つかり、その中で映っていた犯人は、ジェイソンとは別の何者かだった。確固たる証拠が出てきて、ジェイソンは釈放される。

では、なぜジェイソンは、自分が殺害したと出頭したのか。

逮捕時、ジェイソンの体内から薬物が検出された。それは、限りなくドラッグといっていいようなものだったが、厳密にはギリギリ合法だったため（その薬物はイエヤスが調合したものだが、その成分とレシピは、ここでは触れないでおこう。真似《まね》する人が出てくるのを防ぐために）、罪には問われなかった。が、その薬物が、ジェイソンになにかしらの妄想とミスリードを植え付けたのは確かだろう。ジェイソンはその薬物を常用していたのか深刻なほど汚染されており、釈放されたあとも、「自分が紗那を殺害した」という妄想から脱することができずに、自殺するに至った。ちなみに、その薬物は、凄《すさ》まじい絶望感をともなうバッドトリップも特徴だ。そのために、自ら死を選ぶ……という副作用がある。ジェイソンもまた、その副作用に搦《から》め捕られた格好だ。余談だが、『小金井市十五人集団自殺、あるいは殺人事件』もまた、この薬物が影の主犯である。亡くなった人全員から、催眠剤の他にこの薬物の成分が検出されている。言うまでもなく、この薬物を盛ったのはイエヤスで、井岡佳那《ゴンベエ》も、ジェイソン同様、この薬物を常飲していた。ゾンビと、笹野千奈美《キャリー》もそうだ。

つくづく、イエヤスという男は恐ろしい。

ゴンベエを薬で洗脳し、『小金井市十五人集団自殺、あるいは殺人事件』を引き起こした。

その動機は、田端光昭《マトリックス》に自分の出自をバラされる恐怖と、自分と兄弟であるかもしれない蕎麦《そば》屋の店員に財産を横取りされるかもしれない恐怖。前者はまあ理解できるとして、後者に至っては、笑止千万《しょうしせんばん》だ。本当に父親が同じ兄弟だったとしても、財産を横取りされることは、法的にはあり得ない。同じく父親が同じで兄弟の可能性があるゾンビを殺害した動機も、財産の横取りを防ぐため……ということらしいが、こちらもまったくもって、取り越し苦労だ。そんな心配はないというのに、イエヤスは、ゾンビも殺害した。

こうなると、恐ろしいというより、哀《あわ》れだ。イエヤスもまた、自ら調合した薬に汚染されていたというから、身から出た錆《さび》というか、自業自得というか。

もしかしたら、一番恐ろしいのは、マトリックスかもしれない。

なぜなら、その出自をイエヤスに吹き込んだのだから。

その話を聞いたイエヤスが、どんな心境に陥《おちい》ったのかは想像に易《やす》い。

足元からくずおれるような感覚だっただろう。アイデンティティーを失い、自分という存在が粉々にされたに違いない。

そういう意味では、マトリックスこそが、『小金井市十五人集団自殺、あるいは殺人事件』の黒幕だったのかもしれない。

いや、本当の黒幕は他にいる。

それは、ゴンベエだ。

ゴンベエこそ、この事件を計画し、そして実行した人物だ。

イエヤスは、自分がゴンベエを操《あやつ》ったと思っているようだが、違う。ゴンベエは、心底、秋本友里子に心酔し、そして『ノストラダムス・エイジ』を信じていた。

それは、ユーチューバー恐児が証言している。

『ゴンベエ？　ああ、覚えているよ。僕が最初に『ノストラダムス・エイジ』のブログをとりあげたとき、真っ先に食いついてきた。そりゃ、もう、常軌を逸《いっ》していた。秋本友里子に会いたいって。世界が滅びるその日を教えてくれ……って』

秋本友里子も、根を上げていた。

『恐児がうっかり私のメアドを教えちゃったんです。そしたら、毎日、長いメールが届くようになって。もううんざりでした。ちょうどその頃、私、体調を崩して。寝込んでいたんです。それで、姪《めい》に私の代役をしてもらうことにしたんです』

こうして、秋本友里子の偽者《にせもの》が誕生した。秋本有彩は、秋本友里子になりすまし、ＳＮＳでの発信もはじめた。

『ノストラダムス・エイジ』はますますネットで話題になり、書籍化の話まで飛び出すように。

恐児は、こうも証言している。

『さすが、秋本有彩は稀代《きたい》の詐欺《さぎ》師です。みごとに、秋本友里子を演じきりました。が、それを面白く思わなかったのが秋本友里子。「本物は私です」と名乗りをあげた。一種の嫉妬《しっと》だったんでしょうね。もう、カオスですよ。ところが、このカオスが、書籍版『ノストラダムス・エイジ』の売り上げに貢献してしまった。

ちなみに、印税は、秋本友里子と秋本有彩、そして僕の三人で山分けする段取りになっていたんですが、秋本有彩が独《ひと》り占めしてしまったんです。しかも、自分が主催する投資セミナーで「私こそが、預言者。ノストラダムス・エイジを書いたのは自分だ」と触れ回り、信者を集めていました。ゴンベエもまた、その信者のひとりとなっていました。怒ったのが、秋本友里子。秋本友里子は、自分の崇拝者であったゴンベエにメールを出したようです』

そのメールは、ゴンベエのスマートフォンに残っていた。

『秋本有彩は、私になりすまして、金儲《かねもう》けをしています。さらに、投資セミナーで参加者を騙《だま》してボロ儲けしている。とんでもない詐欺師です。悪魔です。……この世界は、穢《けが》れ切っています。その穢れを取り除かないといけません。でないと、世界は滅亡します。滅亡の日は近いのです。その前に、決断しなくてはいけません。実行しなくてはいけません』

このメールに触発されたゴンベエが、あのような事件を起こした。

そう、イエヤスがいなくてもあの事件は起きていたのだ。イエヤスがやったことといえば、蕎《そ》麦《ば》屋の店員と、マトリックスをあの場に連れてきたこと。そして、妙なビデオテープを流して、参加者のお茶に例の薬を注ぎ入れた。……そんなことをしなくても、ゴンベエは、参加者全員を殺害していただろう。

なぜなら、ゴンベエは、心底信じていたのだ。「世界が滅亡する」と。その前に、決断しなくてはいけないと。実行しなくてはいけないと。

それが、あの集団自殺なのだ。

事件が起きたとき、秋本友里子は大いに驚いたようだ。まさか、こんな大惨事になるなんて……と。明らかに、自分が出したメールが原因だ。このままでは、警察に捕まる……と震え上がり、一足先にドバイに高飛びする。

一方、恐児もまた震え上がった。

恐児は言う。

『冗談じゃない。俺はただ、秋本有彩に声をかけられて、仮想通貨で一儲けしようとしただけだ。『ノストラダムス・エイジ』を紹介しただけだ！『小金井市十五人集団自殺、あるいは殺人事件』とは、まったく関係ない。むしろ、被害者だ』

が、恐児にもまた、別件の詐欺容疑で逮捕状が出る。

そして、彼もまた、ドバイに飛んだ。

今、二人は、ドバイの高層ホテルに滞在している。そして、性懲《しょうこ》りもなく、滅亡だ都市伝説だ陰謀だ……と、動画を配信して稼いでいる。

「仲がよろしいんですね」

嫌味ではないが、そう言ってみたら、

「まさか。仕方ないから、一緒にいるだけだよ。こうなったら、一蓮托生《いちれんたくしょう》だ。腐れ縁だよ。それに、彼女には予知能力がある。その能力で、細々《ほそぼそ》と稼がせてもらうつもりだよ」

「秋本友里子は、本物の預言者なんですか？」

すると、

「さあね。よくは分からない。彼女の預言は、はずれていることも多いから。〝預言〟ってさ、本来、神の言葉なんだよ。だから、はずれることはないはずなんだ。そういう意味では、本物じゃないかもしれない。ただ、当たっていることもあるんだ。だから、本物かもしれないね」

「たとえば、なにが、当たっていますか？」と訊いたところ、

「君が、ドバイまで訪ねてくることだよ」

「ああ、それは。先に、秋本友里子とコンタクトを取って、オンラインでインタビューさせてもらったからですよ。そのときに、ドバイに行きますって、言いましたから」

「いや、そういうことではなくて——」恐児の瞼《まぶた》が一瞬、痙攣《けいれん》した。そして、「彼女、夢を見たらしいんだよ。ひとりの少女と、ひとりの女性を殺害した男性が、ここにやってくる夢を——」

+

中澤慎也は、いったん、キーボードから指を浮かせた。
そして、凝《こ》り固まった首をゆっくりと回した。
今、何時だ?
「午前二時か。ちょっと、眠るか」
そして、中澤慎也は短い二つの夢を見た。
ひとつは、あの少女の夢だ。
井岡紗那。

井岡紗那と初めて会ったのは、いつだったろうか。……三月二十六日だったか。飛び抜けた美少女だった。一瞬で、恋に落ちた。彼女のあとをつける……なんて、ストーカーのような真似をしてしまうほどに。
彼女の家を突き止めた僕は、翌日の夕方、家を訪ねた。「面白い動画を見つけたんだ。一緒に見る?」とかなんとか、理由をつけて。紗那はすんなりと家に入れてくれた。こういう無防備なところも、たまらなく魅力的だった。

家には、他に誰もいなかった。

そうか、なら、あとは簡単だ。

押し倒してしまえばいい。僕を受け入れない女なんて、この世にはいない。紗那だって、僕に気がある。だから、いとも簡単に、家に入れたのだ。……つまり、誘っているのだ。

が、万が一のことを考えて、催眠剤入りのペットボトルを持参していた。

「あ、ミルクティー買ってきんだけど、飲む？」

僕は、レジ袋からペットボトルを取り出した。

「ありがとうございます」

そして、彼女は、なんの疑いもなく、それを受け取った。蓋《ふた》をとるとき、「うん？」とちょっと小首を傾《かし》げたけれど、特に疑問には思わなかったようで、それをごくごくと飲みはじめた。

よし。これで、準備万端。

あとは、紗那が怖がるような演出だ。知り合いの検察事務官から聞いた『尊厳扶助　政府有事宣言時フィルム』の動画。これならきっと、紗那も怖がるだろう。そして、「きゃっ、怖い！」とかなんとか言って、僕に抱きついてくるに違いない。そしたら、まずはキスをして——。

逸《はや》る気持ちを一旦押し殺し、僕はいつもの笑顔を作った。そして、

「動画、再生してみようか？」

「でも、うちのテレビとデッキ、古い型なんで、デジタルの動画、再生できるかな……」

「テレビじゃなくてもいいよ。僕のタブレットで一緒に見よう。さあ、こっちに来て」

「はい……」

紗那は、すっかり夢心地だ。薬が効いてきたようだ。よし、今だ。

僕は、上着を脱いだ。彼女も、僕に身を委ねた。

……しかし、彼女は、途中から激しく抵抗をはじめた。薬の量が足りなかったようだ。

拒否されたのは、人生ではじめてだ。

存在そのものを否定された気がして、頭に血が上った。

そして気がつけば、僕は包丁を手にしていた。足元には、紗那が血だらけで転がっている。

殺してしまった。

そして、もうひとつの夢は、同期の笹野千奈美。

彼女も、また、殺してしまった。

だって、彼女はすべてお見通しだった。僕が、井岡紗那を殺害したことも、取材と称してドバイに高飛びしようとしていることも。成田空港まで追いかけてきやがって。

だから、殺した。

まさか、続けて二人を殺害してしまうなんて。捕まったら、間違いなく死刑だ。

が、特に慌《あわ》てることはなかった。僕は捕まらない。なぜなら、僕は、とてつもなく運が強いからだ。どんなピンチでも、必ず誰かが助けてくれる。

……と、楽観していたのに、まさか、鮎川公平が井岡紗那殺しを盗撮していたなんて。

とはいえ、やはり、僕は運がいい。鮎川公平が「自分が殺害した」と出頭したからだ。きっと、横峯快斗が調合したドラッグのせいで、頭がどうかしてしまったのだろう。しかも鮎川公平は、自殺してしまった。僕の犯罪を目撃していた証人が、勝手に消えてくれたのだ。

気になったのは、僕の犯罪を記録したビデオテープだが、こちらも、問題はなかった。知り合いの事務官に問い合わせてみたところ、画像は不鮮明で、犯人が誰なのかは分からなかったらしい。

僕は、本当に、運がいい！

これなら、堂々と帰国できる。

＋

帰国した中澤慎也は、早速、インタビュー記事をまとめた。

これが掲載されれば、間違いなく、話題になるだろう。社長賞は間違いない。

しかし、なんだ。世の中って、つくづく不公平だな。

殺人を犯しても、娑婆《しゃば》でこうして堂々としていられる。

一方、やってもないことをやったと思い込んで、自殺する馬鹿もいる。

そうなんだ。世の中って、勝ち組にはとことん、有利に働くようにできている。

もちろん、僕は、勝ち組さ！

この恵まれた容姿のおかげだな。

中澤慎也は、デスクの引き出しから手鏡を取り出した。ことあるごとに顔をチェックするのが習慣だ。

うん、我ながら惚《ほ》れ惚《ぼ》れするような、イケメンだ。

と、そのときだった。一瞬、誰かの顔が重なった。

「え？」

それは、どこかで見たことがある顔だ。

えっと。誰だっけ。誰……。

「あ」

田端光昭《マトリックス》。

実際に会ったことはない。画像で見ただけだが、その特徴的な顔は忘れようにも忘れられない。

その田端光昭《マトリックス》の顔が、なんで？

もう一度、鏡を覗《のぞ》き込んでみる。

いつもの、自分の顔がそこにあるだけだ。

気のせいか。と、シャツを腕まくりしたときだった。腕の内側、肘窩《ちゅうか》と手首の中間に、うっすらと線が見える。

漢民線だ。

「そうそう。紗那ちゃんと、漢民線の話題で盛り上がったっけ」

え？　ちょっと待てよ。

そういえば、田端光昭《マトリックス》にも漢民線があったと聞いた。横峯快斗《イエヤス》にも渡辺翔太《ゾンビ》にも、……井岡佳那《ゴンベエ》にも。

そうか、もしかしたら、井岡佳那《ゴンベエ》も、田端光昭《マトリックス》の子供だったのかもしれない。それを知り、絶望してあんな事件に発展してしまったのかもしれない。なにしろ、横峯快斗《イエヤス》と肉体関係にあったからな。つまり、兄妹で乳繰《ちちく》りあったということになる。

残酷な話だよな。

それにしてもさ、田端光昭《マトリックス》のやつ、いったい何人の女に精子を提供したんだ？　そして、何人、子供が生まれたんだ？

田端光昭《マトリックス》が最初に精子を提供したのは、一九九八年の七月。そして九月から十月にかけて大量にばらまいた。

最初の精子で授かったのが、横峯快斗《イエヤス》だとして……。

その他の子供たちは、翌年の七月頃に生まれているはずだ。

一九九九年の七月。

「っていうか。僕の誕生日も、一九九九年の七月じゃん。……まさかね」

中澤慎也は、もう一度、鏡を覗き込んだ。

参考資料

『ノストラダムスの大予言』シリーズ　五島勉　祥伝社

フランケンシュタインの誘惑　https://www.nhk.jp/p/ts/11Q1LRN1R3/episode/te/2LGP91VJKX/

ウィキペディア　https://ja.wikipedia.org/wiki/

web ムー　https://web-mu.jp

TOCANA　https://tocana.jp

コヤッキースタジオ　https://www.youtube.com/@koyakky-st

角由紀子のヤバイ帝国　https://www.youtube.com/@yabaiteikoku

Naokiman Show　https://www.youtube.com/@naokimanshow8230

本書は、月刊『小説ＮＯＮ』（祥伝社発行）二〇二一年十一月号から二〇二二年十月号まで掲載され、著者が刊行に際し、加筆、訂正した作品です。なお、この物語はフィクションであり、登場する人物、および団体名は、実在するものといっさい関係ありません。

——編集部

切りとり線

あなたにお願い

この本をお読みになって、どんな感想をお持ちでしょうか。次ページの「100字書評」を編集部までいただけたらありがたく存じます。個人名を識別できない形で処理したうえで、今後の企画の参考にさせていただくほか、作者に提供することがあります。

あなたの「100字書評」は新聞・雑誌などを通じて紹介させていただくことがあります。採用の場合は、特製図書カードを差し上げます。

次ページの原稿用紙（コピーしたものでもかまいません）に書評をお書きのうえ、このページを切り取り、左記へお送りください。祥伝社ホームページからも、書き込めます。

〒一〇一―八七〇一　東京都千代田区神田神保町三―三
祥伝社　文芸出版部　文芸編集　編集長　坂口芳和
電話〇三（三二六五）二〇八〇　www.shodensha.co.jp/bookreview

◎本書の購買動機（新聞、雑誌名を記入するか、○をつけてください）

＿＿＿新聞・誌の広告を見て	＿＿＿新聞・誌の書評を見て	好きな作家だから	カバーに惹かれて	タイトルに惹かれて	知人のすすめで

◎最近、印象に残った作品や作家をお書きください

◎その他この本についてご意見がありましたらお書きください

100字書評

ノストラダムス・エイジ

住所					
なまえ					
年齢					
職業					

真梨幸子（まりゆきこ）
1964年、宮崎県生まれ。多摩芸術学園卒業。2005年『孤虫症』でメフィスト賞を受賞し、デビュー。11年に文庫化された『殺人鬼フジコの衝動』がベストセラーに。他の著書に『一九六一　東京ハウス』『シェア』『さっちゃんは、なぜ死んだのか？』『４月１日のマイホーム』など多数。

ノストラダムス・エイジ

令和５年８月20日　初版第１刷発行

著者———真梨幸子《まりゆきこ》
発行者——辻 浩明
発行所——祥伝社《しょうでんしゃ》
〒101-8701　東京都千代田区神田神保町3-3
電話　03-3265-2081（販売）　03-3265-2080（編集）
03-3265-3622（業務）
印刷———萩原印刷
製本———積信堂

ISBN978-4-396-63647-0 C0093
祥伝社のホームページ・www.shodensha.co.jp

祥伝社

四六判文芸書

命を懸けて紡ぐ音楽は、聴くものを変える――
「この楽器が生まれたことに感謝しています」

風を彩る怪物

逸木 裕

二人の十九歳が〈パイプオルガン〉制作で様々な人と出会い、
自ら進む道を見つけていく音楽小説。

祥伝社

四六判文芸書

ボイルドエッグズ新人賞受賞、衝撃のミステリー

ドールハウスの惨劇

遠坂八重

高2の夏、僕らはとてつもない惨劇に遭う。
正義感の強い秀才×美麗の変人、
ふたりの高校生探偵が驚愕の事件に挑む！

祥伝社

四六判文芸書

突然の失踪。動機は不明。音信は不通。
消えてしまったあなたへ——

残された人が編む物語

桂 望実

足取りから見えてきた、失踪人たちの秘められた人生。
喪失を抱えて立ちすくむ人々が、あらたな一歩を踏み出す物語。